# ダイアナの秘密

パトリシア・F・ローエル 作

井上　碧 訳



ハーレクイン・ヒストリカル・ロマンス

東京・ロンドン・トロント・パリ・ニューヨーク・アテネ・アムステルダム
ハンブルク・ストックホルム・ミラノ・シドニー・マドリッド
ワルシャワ・ブダペスト

*A Treacherous Proposition*

*by Patricia Frances Rowell*



*Published by Harlequin K.K., Tokyo, 2006*

◇作者の横顔

**パトリシア・F・ローエル** ルイジアナ州北部の森の中に夫と建てた手作りの家に、二人で暮らす。七人の子供やたくさんの養子、八人の孫が訪ねてくるのを楽しみにしている。執筆の合間には森を散歩したり、ボートに乗って沼地を探索したりするという。作品はリージェンシー（英国摂政期）を舞台に、サスペンスの要素を取り入れて書き上げる。この時代が好きな理由は、現代より価値観が明確で、名誉が重んじられていたからと語る。

## 主要登場人物

ダイアナ・コービー……………………レディ。
ウィンモンド・コービー………………ダイアナの亡夫。愛称ウィン。
セリーナ・コービー……………………ダイアナの娘。
ビザム・コービー………………………ダイアナの息子。
ヴィンセント・イングルトン…………ロンズデール伯爵。
ヘンリー・イングルトン………………ヴィンセントの兄。別名ヘンリー・デラメア。
ヘレン・バーボン………………………ヴィンセントの継母。
アダム・バーボン………………………ヘレンの夫。リットン子爵。
チャールズ・ランドルフ………………ヘレンの兄。コールドベック伯爵。
キャサリン・ランドルフ………………チャールズの妻。
ジャスティニアン・サドベリー………ヴィンセントの友人。
セント・エドマンズ卿…………………ヴィンセントの知人。
スロック・モートン……………………ヴィンセントの護衛。元ボクサー。
デイモス…………………………………凶悪な暗殺者。

# プロローグ

一七九六年、四月
イングランド、ヨークシャー

「でも、パパ、ティモシーは友だちなんだ！」男の子の唇はわなわなと震えていた。

父親は息子のそばに立つ年長の少年をにらんだ。

「友だちだって？　十三にもなる大きな子供が八つにもならないおまえにどんな用があるというんだ？　おまえは彼に何かやったのか？」

男の子はうつむき、少年を横目で見やると、うしろめたそうに厩舎《きゅうしゃ》の床の麦藁《むぎわら》をじっと見つめた。

「言いなさい！」父親は腕を組んだ。

男の子が顎をつんと上げた。「兵隊さんをあげただけだよ。ティムはひとつも持ってないんだ」

男の子の父親は疑わしそうに目を細め、ぼろを着たティモシーをじろじろ眺めた。「そんな年でもおもちゃの兵隊で遊ぶのか？」突然、怒鳴りつける。「ポケットのなかを見せろ！」

少年は逃げようとして厩舎の戸口に向かって駆けだしたが、馬丁の見習いにつかまり、引きずり戻された。

父親は少年の襟首をつかんで揺さぶった。「ポケットのなかを見せるんだ」ティモシーがしぶしぶポケットを裏返すと、金貨が二枚、麦藁のなかに落ちた。男の子の父親はティモシーのむっとした顔を冷たく見据えながら、身をかがめてそれを拾った。

「すると、おまえは友だちから盗むのか？」

ティモシーが反抗的に顔を上げた。「そいつは友だちなんかじゃない！」麦藁を男の子に向かって蹴《け》だ！」

飛《と》ばす。「おまえは友だちじゃない。おまえはがきって走りだす。

ティモシーがくるりと背を向け、再び戸口に向かって走りだす。男の子の父親は今度はほうっておいた。そしてティモシーの姿が見えなくなると、息子のそばに膝をつき、涙の溢《あふ》れる目を覗《のぞ》き込んだ。

「ごめんよ、ヴィンセント。だがな、つらい教訓だが学ばなければいかんのだ。いずれ権力と富を持つようになる者は常に用心しなくてはいかん。常にだ。世間には友だち面をして近づいてくる人間がごまんといる。だが、本当はおまえが持っているものが欲しいだけなのだ。わかったな？」

男の子は口をぎゅっと引き結んでうなずいた。

「はい、パパ。わかりました」

# 1

一八一四年、四月

ロンドン

ロンズデール伯爵、ヴィンセント・イングルトンは胸の前で腕を組み、汚れた壁に背をもたせかけて、ベッドのそばに座る婦人の顔を見つめた。疲れた横顔……。それだけでなく、悲しそうだ。彼は目を細め、さらにしげしげと眺めた。いや、ちょっと違う。悲しみの影というよりは、底知れぬ倦怠《けんたい》があるだけだ。それも当然だろう。死の床に横たわっている男が彼女につらい人生を強いたのだから。育ちのよいレディならまず耐えられない人生を。

ヴィンセントは部屋にたちこめる血とかびのにおいに顔をしかめた。瀕死《ひんし》の男が咳《せ》き込み、上掛けを力なくまさぐった。「ダイアナ?」

彼女が手を伸ばして男の手を取り、傍らで医者が男の唇から血を拭《ぬぐ》い取った。「ここにいるわ、ウィン」

ヴィンセントはため息をつき、下を向いた。ヴィンモンド・コービーが彼女を必要とするとき、彼女はいつもそばにいた。夫が何をしようとも、レディ・ダイアナは夫の力になった。コービーが家族をちゃんと養わなくても、常に愛想よく女主人役を務め、友人たちを穏やかに歓迎した。落ちぶれて、こんなに狭く汚いところに住むようになっても、ずっと。

そんな世話をやく価値などほとんどない夫の……。だが、わたしに夫婦の愛を語る資格はない。そうした難しい問題に直面した経験はほとんどないのだから。

ヴィンセントは、壁にもたれて静かに会話している二人の男をちらりと見た。どんなに惨めな状況になっても、コービーのような男には常に友人がいるものらしい。それも当然だ。気のきいたせりふに、笑っている目もと。人なつこさ。それゆえに、コービーはヴィンセントがいまだに付き合っているただ一人の友だった。いや、唯一の友人と言ってもいい。わたしに決してたからなかった、ただ一人の友人。だが、何者かが彼の胸に刃《やいば》を突き立てるのは阻止できなかった。

そのとき、ヴィンセントは低いため息を聞いた。ダイアナだ。彼はダイアナに視線を戻した。疲れているだろうに、いつもと変わらず落ち着いて見える。蝋燭《ろうそく》の小さな明かりが、シニョンに結った淡い色の髪をつややかに浮き立たせる。すり切れた、さえない灰色のドレスを着ていても、彼女は美しい。実を言うと、ヴィンセントがコービーの家で多くの時間を過ごすのは、レディ・ダイアナといるのが楽しいからだった。

もちろん、ほかにもっと重要な理由があるのだが。

コービーが激しく咳き込んだので、ヴィンセントはベッドに近寄った。寝具に血が飛び散る。医者とダイアナがすばやくコービーの体を起こした。また彼の喉がごぼごぼと鳴った。ヴィンセントと二人の紳士がベッドの足もとに集まった。

「諸君……」弱々しい声を聞こうと皆が身を乗り出した。「頼む……」また咳き込み、血が飛び散る。「ダイアナと……子供たちの……面倒をみて……」目が閉じられた。ヴィンセントはついにこと切れたと思った。だが、コービーは最後の力を振り絞った。「ぼくには……でき……なかった」

彼は再び咳き込み、大量の血を吐いた。誰もが彼が臨終を迎えたことを知った。がくりと垂れた金髪の頭を医者が枕《まくら》に横たえる。「どうか安らかに」

ヴィンセントより少し年長のずんぐりした、砂色の髪の紳士が頭《こうべ》を垂れた。「アーメン」

「アーメン」痩《や》せた長身の若い紳士が繰り返す。

ダイアナは片手で自分の目をおおった。

ヴィンセントは目を閉じ、無言で歯を食い縛った。

「これで……」ずんぐりした男がふうっと長い息を吐いて、ベッドから離れた。「終わったな」彼はダイアナに歩み寄り、彼女の肩にむっちりした手をかけた。「将来のことは心配しなくていい。ウィンの願いどおり、喜んできみたちの面倒をみよう。葬儀がすみしだい準備をして、迎えの馬車をよこすよ」

彼の声がどこか気になり、ヴィンセントはつかの間悲しみを忘れた。はっと顔を上げてダイアナを見つめる。今度は難なくその表情を正確に読み取ることができた。

恐れている。

ヴィンセントはベッドの足もとを回って、ダイアナのそばに行った。「その件はもっとあとで話し合おう、セント・エドマンズ。奥方に……その、こうした取り決めを説明するのはまだ酷だと思うが」

セント・エドマンズはヴィンセントをきっとにらんだ。「なんとかなるだろう」

「そうだとは思うが、レディ・ダイアナとしても気まずいのではないかな」

長身の男が明るい茶色の髪を手でかきむしりながら、ためらいがちに口を開いた。

ヴィンセントはちらりと彼を見た。「なんだ、サドベリー？」

オナラブル・ジャスティニアン・サドベリーは考え込むように磨き抜かれたブーツを見つめた。「それは誰にとってもえらく気まずいだろうね」

「皆さん」ダイアナが凛《りん》とした物腰でセント・エドマンズの手から離れ、立ち上がった。「皆さんのお気遣いには心から感謝しています。ですが、ご心配なく。自分たちの面倒ぐらいみられます。誰も気まずい思いをする必要はありません」

その瞬間、ドアが開いた。だらしない格好をした、乱杭歯《らんぐい》の老婆が部屋に入ってきて、ベッドの亡骸《なきがら》をじっと見た。「とうとうくたばったのかい？　すると、ここの家賃は誰が払うんだね？」

ダイアナが返事をしようと口を開いたが、老婆は男たちを見ていた。ヴィンセントはダイアナから家主に視線を移した。「いくらだ？」老婆が金額を言うと、ヴィンセントは眉を吊《つ》り上げた。「ごまかすなよ。この部屋はその四分の一の値打ちもないぞ」

「四カ月も溜《た》まってるんだ。今月分もまださ。ちびたちがいなかったら、先月追い出したところだ」

なるほど、誰もが気まずい思いをした。ヴィンセントがダイアナをちらりと見ると、彼女はどうしようもないというふうに両手を上げてみせた。ヴィンセントは財布を取り出し、老婆の手に家賃分の硬貨をのせて、さらに一枚加えた。「これは来月分だ」老婆につめ寄る。「さあ、出ていけ」

老婆は言われたとおり、戸口に向かった。「わかったよ。出ていくとも」

ヴィンセントは当面の問題に戻った。セント・エドマンズとサドベリーが、屈辱的な表情でこぶしを握り締めているダイアナを見つめている。薄暗い明かりでも、彼女の頬が朱に染まっているのがわかった。

「ありがとう。おかげで、今後のことを考える時間ができました」ダイアナはまだ顔を上げない。

「ばかなことを！」セント・エドマンズが顔をしかめた。「きみが置かれた状況はみんな知っている」

サドベリーがうなずいた。「ヴィンはとてもいいやつだった。だが、金銭面にはからきし疎く、いつも困っていた。身内に頼れるあてはあるのかい？」

「たぶん」ダイアナの顔に不安げな表情がよぎった。「さっそく、父のいとこに手紙を書くつもりよ」

ヴィンセントは考えた。まずだめだろう。

彼女の父親が死んだとき、称号と領地はそのいとこに渡った――長年、音沙汰《おとさた》のなかった人物に。コービーの兄も弟に劣らず浪費家だ。だめだ、誰かが彼女の面倒をみなければ。コービーめ、馬やら女やらに入れ揚げて、放蕩《ほうとう》の末に、妻子をこんな立場に貶《おとし》めるとは！

しかも何者かに殺されるとは！

ヴィンセントは心の痛みをなんとか追いやった。腹立たしいがそれは後回しだ。今は考えなくては。セント・エドマンズにダイアナの人生を支配させてはならない。彼はコービーの友だちだったかもしれないが、わたしの友人ではない。

賢明にもダイアナは彼を気に入ってはいない。ロンドンの放蕩者のあいだでも彼はとかくの評判がある男だ。彼の手がついた女たちは皆不幸になる。なぜコービーは彼がダイアナを追い回すのを許したのだ？

もはや、そんなことはどうでもいい。彼女をこの部屋から出さなくては。彼女の前でこれ以上この微妙な問題を話し合うことはできない。「レディ・ダイアナ、子供たちはまだ眠っていますか？　泣き声が聞こえたようだが」

「寝ているはずです。真夜中ですもの。でも、様子を見てきますわ。皆さんはどうか居間でおくつろぎください。すぐに戻ります」レディ・ダイアナが衣《きぬ》擦《ず》れの音をたてて出ていくと、ヴィンセントは再び財布に手を伸ばしながら医者の方を振り向いた。

「今夜は世話になった。埋葬する支度も整えてもらえるとありがたいのだが」

「いいですとも。あまりお役に立てなくて残念です。しかし、肺まで達する刺し傷となると……」医者は悲しげに白髪まじりの頭を振った。

ヴィンセントは数枚の硬貨を医者に渡した。「これで足りなければ、ロンズデール・ハウスに伝言をくれ。支度がすんだら、知らせてほしい」

医者が一礼して出ていくと、残った三人の男は輪になった。セント・エドマンズが咳払《せきばら》いをした。

「さて、ヴィンセント・イングルトン、これまでのきみの配慮には感謝するが、それで何かが変わったとは思わない。ぼくはレディ・ダイアナに面倒をみると言った。そうするつもりだ」

ヴィンセントは腕組みをして眉を寄せた。「そしてわたしは、それは適切ではないと言った」

セント・エドマンズが冷笑を浮かべた。「きみはぼくよりふさわしいと思っているのか？　かんばしくない噂《うわさ》があるのに」

「少なくともわたしに妻はいない」

「ちょっと待て」サドベリーが割って入った。「レディ・ダイアナにきこう。誰の世話を受けるかは彼女に決めさせるべきだ。ぼくは懐が苦しいので……」

あとの二人はいらだたしげに彼を見やった。「さっきの話を聞いただろう？」セント・エドマンズは怒鳴った。「彼女はなんとかすると言い張るだろうが、できっこない。それは皆が知っている」

「そうだな」サドベリーはため息をついた。「もはや彼女はすっからかんだ。自分の財産も使い果たしたようだし。四カ月も家賃を溜めて……」うんざりしたように首を振る。「住み込みの家庭教師にでもなる気だろうか？」

「幼い子供が二人もいるのに？」セント・エドマンズは顔をしかめた。「それは無理だ。だから、ぼくが……」

「だめだ」ヴィンセントは賛成しようとしなかった。「きみが馬車を迎えによこせば、上流社会はすぐさまレディ・ダイアナによからぬ結論を下してしまう。わたしが何か違う方法を考える。ただし、このことは他言無用だ」ヴィンセントはサドベリーを意味ありげににらんだ。

「言わないよ」サドベリーは慌てて約束した。「ただのひと言も。ぼくの名誉にかけて」

セント・エドマンズの大きな顔が怒りで紅潮した。ヴィンセントにつめ寄る。「よせよ、イングルトン。きみの真の狙《ねら》いはわかっているぞ」

ヴィンセントは彼を冷たく見据えた。

サドベリーがもじもじと足を踏み替える。「おいおい、きみたち、紳士らしくないぞ。ウィンの亡骸がまだこの部屋にあるというのに」

「よし」ヴィンセントは上着のポケットにまた手を入れた。「紳士らしく解決しよう。〝ハザード〟で決めるのはどうだ？」

「さいころを振るのか？」セント・エドマンズの目

がずる賢そうに光った。「女のために？」

ヴィンセントは答えなかった。険しい表情でさいころを一方の手のなかに投げ入れる。

セント・エドマンズが不安げに笑った。「いいとも」目を細める。「だが、きみのさいころではごめんだ」

「よし、わかった」ヴィンセントは言葉の裏に潜む意味を大目に見た。セント・エドマンズはさいころ賭博《とばく》についてもとかくの噂がある。もっとも、正面切って彼のいかさまを非難する者はいない。彼は射撃の名手で、決闘になったりすれば復讐《ふくしゅう》心に燃えるからだ。もっとも、ヴィンセントはとうの昔にいかさまへの対処法を学んでいた。

ヴィンセントは一方の口もとをかすかに吊り上げた。

「でも、ハザードは時間がかかりすぎる。レディ・ダイアナが戻るまで時間はあまりない。互いにさいころを一度ずつ振ることにしよう。出た目の数が大きいほうが勝ちだ。わたしはきみのさいころを振る。きみはわたしのさいころを振ればいい」

サドベリーが訳知り顔でうなずいた。「それなら公平だ」

ヴィンセントは自分のさいころをサドベリー卿《きょう》に渡した。「これをセント・エドマンズに……」

セント・エドマンズの目が細くなった。「いったい何を考えているんだ、イングルトン？」

「きみはわたしのさいころが勝つと思っているようだから。わたしはきみのさいころを使おう」ヴィンセントはつかの間、ゆがんだ笑みを浮かべた。セント・エドマンズは疑《うたぐ》り深い顔で、しぶしぶサドベリーの持つさいころに手を伸ばした。ヴィンセントがぱっと平手を突き出す。「その前にきみのさいころをくれ」

セント・エドマンズは激怒し、ヴィンセントの手に自分のさいころを叩《たた》きつけた。そして、サドベリーが差し出すふたつのさいころをひっつかみ、歯のあいだから押し出すように声を出した。「よし、振れ」

ヴィンセントはうなずいて、ささくれた床に膝をついた。続いて、二人も膝をつく。ヴィンセントがさいころを振って、二人のあいだにほうり投げた。

サドベリーが覗《のぞ》き込む。「六だ。三のぞろ目」

セント・エドマンズがせせら笑った。「これはたまげた」そう言ってヴィンセントのさいころを振る。とたんに、顔をしかめた。

「三だ！」サドベリーが叫んだ。「イングルトンの勝ち」

ヴィンセントは自分のさいころを回収し、セント・エドマンズのそれは床に残した。

「たまげたか、セント・エドマンズ？」

ダイアナは子供たちと一緒に使っている部屋にそっと入った。ビザムが生まれた四年ほど前から、夫のベッドで眠ったことはない。上掛けで幼い息子を顎の下までくるみ込むと、金色に輝く巻き毛を撫《な》でてやった。六つになるセリーナは上掛けからはみ出している。母親とそっくりの亜麻色の髪が枕に広がっていた。ダイアナは娘の寝相を直して上掛けをかけ、薔薇《ばら》色の頬にキスをした。

ああ、目に入れても痛くないほどかわいい子供たち！　ウィンがくれた、唯一の大切な贈り物。今になって、涙がこみ上げてくる。子供たちの運命はどうなるの？　ご心配なくと言ったけれど、どうやって二人を養ったらいいのか見当もつかない。でも、なんであれ、セント・エドマンズ卿の申し出を受けるよりはましだ。卿の好意がどこに行き着くかはわかりきっている。

いやだけど父のいとこに手紙を書こう。一族の家長として、彼にはわたしを保護する義務がある。でも、父と彼との長年の確執を考えると、助けてくれるかどうかは疑問だ。無給の召使いにされるのが関の山かもしれない。子供たちは貧しい親類として蔑《さげす》まれ……。二人の将来はどうなるのだろう。わたしは子供たちから引き離されるかもしれない。

父のいない貧しい子供たち！　ウィンは悪い夫であると同時にひどい父親でもあった。でも、子供たちは彼が大好きだった。子供たちの愛情を失わない程度に一緒に過ごしたからだ。ふいに何週間も消えてしまうのが常だったけれど。

ウィンは彼なりに子供たちを愛していたのだ。彼なりにわたしを愛していたように。子供たちは父親を恋しがるだろう。悲しみに暮れるに違いない。どうやって慰めたらいいの？　彼らの愛する、無責任な父親のことをなんと話したらいいの？

ダイアナは自分の狭いベッドに行き、マットレスの下を探って安堵《あんど》のため息をもらした。うしろ暗いお金だけれど、とりあえずこれがあれば。贈り主がセント・エドマンズでなければいいけれど。もし彼なら……。ダイアナはぞっとした。

残ったわずかなお金をぎゅっと握り締める。硬貨がてのひらに食い込んだ。これだけあれば、来月まではかろうじて食べていける。ヴィンセント・イングルトンのおかげで一カ月の余裕ができたからだ。不思議な人だ。鷹《たか》のような顔の、むっつりした、冷たい人。噂を聞いたことがある。欲しいままに過ごした青春時代や冷酷な性格の噂を。でも、飲み騒ぐ彼の姿などまるで想像できない。彼は、わたしの前では謹厳で丁重そのものだった。そして、冷ややかだった。

三人の紳士が階下でわたしを待っている。彼らのもとに戻らなければ。灰色のドレスには血がついていたが、ダイアナには着替える気力もなかった。彼らはじきに帰っていくだろう。
わたしに死んだ夫と恐怖を残して。

ダイアナが居間に戻ると、三人の男は礼儀正しく立ち上がったが、セント・エドマンズの表情は険しかった。負けることに慣れていないからだ。それはヴィンセントも同様だが、彼はセント・エドマンズと違って勝負の相手を見くびったりはしない。

ヴィンセントはセント・エドマンズを無視して、ダイアナに尋ねた。「子供たちの様子は？」

「眠っているわ」ずきずきするこめかみを揉《も》む。ため息をついて、張り地のすり切れた椅子に沈み込んだ。「皆さん、来てくださってありがとう。葬儀の段取りが決まったら、お知らせします」

「ぼくにできることがあればなんなりと……」サドベリーは彼女が差し出した手にキスをした。

セント・エドマンズが咳払いをした。「ぼくでお役に立てることがあれば、知らせてくれればすぐに飛んできます」ヴィンセントをにらむ。「では失礼、レディ・ダイアナ、サドベリー」

サドベリーもヴィンセントに軽く会釈をしてから、セント・エドマンズに続いて帰っていった。

ヴィンセントはまだ座っていた。ダイアナが驚いていると、彼は口もとをゆがめ、中途半端な笑みを浮かべた。「セント・エドマンズ卿を説得して、わたしがきみのこれからを手助けすることになった」

一瞬、ダイアナの顔に安堵の表情がよぎったが、すぐに警戒の色が浮かんだ。どう言えば彼女を安心させることができるのだろう？　ヴィンセントがふと床に目をやると、ごきぶりが椅子の下から現れた。彼は舌打ちして、ブーツで踏み潰《つぶ》した。

「ごめんなさい」またしてもダイアナの頬が朱に染まった。「どんなに掃除しても、退治できなくて」

「無理もないよ、こんな薄汚い場所では」ヴィンセントはダイアナのそばに行った。彼女を見下ろし、こみ上げる怒りを抑えつけた。「いいかい、ごきぶりだろうと家賃の滞納だろうと、きみは自分を責める必要はない。わたしはウィンのことをよく知っている。彼が死んだのは悲しい。でも彼は、きみをこんな目に遭わせてはいけなかったんだ」ヴィンセントは部屋をじろりと見回した。彼女をこんなところに置き去りにするわけにはいかない。そんなことをしたら、わたしは人でなしだ。「きみがここに留《とど》まる理由はない。こんな場所にいては危険だ。必要な物をまとめなさい。きみたちをホテルに連れていく」

「どうも……ありがとう。だけど結構よ。わたしはここでなんとか生きて――」

「ダイアナ、世話を焼かせるな」ヴィンセントは彼女をにらみつけた。「今まではなんとか切り抜けてきた。だが、家主の婆《ばあ》さんの口からウィンが死んだという噂が広がった瞬間、きみは安全でなくなる」彼は口調を和らげた。「自尊心がじゃまをするのはわかる。しかし、きみたちは出なくてはいけない。さあ、必要な物をまとめなさい。わたしのことは信頼してくれていい」

それはわたしに手を出さないということね。

ダイアナはちょっと目を閉じて、口もとを手で押さえた。深い息をつき、ようやく立ち上がる。「あなたの言うとおりだわ。ここ何カ月もわたしは手もとにピストルを置いて寝ていたの。一緒に行きます。セリーナとビザムの身の安全をまず考えなければ。すぐに支度するわ」

ダイアナが出ていくと、ヴィンセントは小さな部屋を歩き回った。なぜウィンモンド・コービーは妻子や自分自身をこうまでないがしろにしたのだ？ヴィンセントは身震いした。わたしも同じ道をたどりそうになったことがある。破滅の寸前まで行ったことが。どうしてそうなったのか、今でもよくわからない。

そして、なぜその生き方を改めたのかも。

「これで一日二日は間に合うでしょう」ダイアナがふたつの小さな旅行鞄《かばん》を引きずってきた。「さあ、子供たちを起こして着替えさせなくては」

「手伝おう」ヴィンセントは寝室に向かった。「子供のことはあまり知らないが、何かできるはずだ」

彼が血だらけの夫を家に担ぎ込んでから初めてダイアナが笑顔を見せた。「さほど難しくはないわ。あなたはビザムに服を着せて。あの子は寝起きが悪いから、てこずるでしょうけど」

ヴィンセントの緊張がつかの間ゆるんだ。「子供に半ズボンをはかせるぐらいわけないさ」

ダイアナの瞳が輝いた。「見てのお楽しみね」

彼は驚くほど上手だったわ。フェントン・ホテルに向かう貸し馬車のなかでダイアナは思った。でも、ぱりっとした幅広のタイ《クラヴァット》は今やくしゃくしゃだけど。彼のおかげで助かった。寝ぼけ眼の不機嫌な子供と格闘するのは、母親のわたしでさえ大変だもの。セリーナに服を着せるのにもひと苦労した。わたしが最後にぐっすり眠ったのはいつだったかしら？　思い出せない。ダイアナは話しかけられているのに気づき、物思いから覚めた。

「埋葬の準備は医者に頼んだ。希望を言ってくれれば、医者に伝えるが」

「ありがとう」ダイアナは懸命に考えをまとめようとした。「だめ、今はとても……」ずきずきするこめかみを手で揉んだ。

「むりに考えなくていい。明日でも充分間に合う」

ヴィンセントは横で眠っているセリーナから少し身を離し、ポケットから財布を取り出した。そして、セリーナを再び自分に寄りかからせてから数枚の硬貨を抜き、財布をダイアナに渡した。「今夜と明日の朝の食事代ぐらいは賄えるはずだ。これを渡すところを誰にも見られたくなかったので待っていた」

なんと思慮深い人なのだろう。でも、彼がわたしの保護者になったことはすぐロンドンじゅうに広まるだろう。ダイアナはほぼ確信した。それも、ゴシップ付きで。これ以上彼からお金を受け取るのはやめよう。とはいえ、手持ちのお金は雀《すずめ》の涙ほどで、ホテル代はおろか子供たちの食事代など支払えるわけもない。ダイアナは唇を噛《か》み、大きな自尊心の塊をのみ込んだ。「ありがとう。できるだけ早くお返しします」

ヴィンセントに鋭い視線を向けられ、ダイアナははっとした。ヴィンセントは小さく肩をすくめた。

「わかっているよ。でも、きみの生活にめどがつくまで、ホテルの代金はわたしが払う」

馬車が止まり、ヴィンセントが扉を開けた。彼はダイアナの腕からビザムを受け取って彼女が降りるのに手を貸し、また幼児を母親に返した。それからセリーナを抱き上げて御者に料金を支払った。少女はヴィンセントの首筋に顔をすり寄せた。

ホテルに入ると、ダイアナはすぐそばのソファーに崩れるように座り込んだ。ヴィンセントがセリーナを抱いたままフロントに行った。彼はほんの数分で居間付きの部屋の手配をすませ、荷物をポーターに渡して、メイドに子供たちの世話をするよう指示した。

数分後、ヴィンセントは用があれば使いをよこすようにダイアナに言うと、明朝訪ねてくると約束し、一礼して出ていった。

疲れきったダイアナは朦朧《もうろう》としてベッドに倒れ込んだ。

# 2

こうするほかない。

彼女に助けてもらわざるをえない。こんなことはいやで仕方がないが。

それでなくても、昔、ずいぶん迷惑をかけたのに……。ヴィンセントは、とある邸宅の正面玄関を小走りで上り、ノッカーを叩《たた》いた。ドアの向こうで鈍い音が響き、すぐに玄関口に現れた顔が仰天したように彼を見た。

「これはロンズデール卿《きょう》。お久しぶりです」長身で白髪の執事が一歩下がり、お辞儀をしてヴィンセントを狭いが優美な玄関ホールに招じ入れた。

「おはよう、フィーサム」ヴィンセントは執事にうなずき、従僕に帽子と手袋を渡した。「レディ・リットンはご在宅か？」

「さあ、存じません。調べさせましょう」フィーサムが顎をしゃくると、従僕が階段を上っていった。

ヴィンセントは顔に表情を出さないようにした。執事の言葉の意味は、女主人が彼に会いたがるかどうかわからない、ということなのだ。すぐに従僕が戻ってきた。

「奥さまは居間にいらっしゃいます」彼は言った。「上がってきてほしいとのことです」

ヴィンセントは従僕について階段を上り、陽光で明るい、感じのいい部屋に入った。

ソファーに座った、黒っぽい髪のレディがにっこりほほえみ、手を差し出した。ヴィンセントよりほんの数歳年上だ。「ヴィンセント！　いったいどうしたの？」小さなしわが眉間《みけん》に寄り、しみひとつない肌を台なしにした。「何か困ったことでも？」

「いいえ」ヴィンセントは身をかがめて、継母のすべすべした手にキスをした。「少なくとも……」

「これは驚いた！」

振り向くと、金髪の紳士がぶらりと入ってきて会釈した。「おはようございます、リットン卿」

「きみに会うのは、わたしとヘレンの結婚式以来だな」リットン子爵アダム・バーボンは手を差し出し、ヴィンセントと握手した。

「あなたもそのほうがありがたかったのでは？」ヴィンセントは笑みを浮かべようとした。

「きみも言うね。わが家はきみを歓迎するよ」ヴィンセントはそれを聞いてほっとした。

ヘレン・バーボンが運ばれたばかりのカップに手を伸ばした。「コーヒーはまだブラックで飲んでいるの？」

「ええ。ありがとう」ヴィンセントはカップを受け取り、内心驚いた。継母に歓迎されているらしい。なんと寛大な人なのだろう。でも、わたしはそれを期待していた。でなければ、訪ねてはこなかった。

ダイアナのためでなかったら、決して来なかった。継母の新しい夫も同じぐらいの寛容さを発揮してくれるといいのだが。

リットン卿がにやりと笑った。「わたしはきみの訪問理由がわかるまで、感謝の念は棚上げにする」

ヴィンセントはコーヒーを飲みながら必死に言葉を探した。「助けてほしいんです」

リットン卿の一方の眉が上がった。「本気か？」

「迷惑はかけたくないのですが……」ヴィンセントは口もとがこわばるのを感じた。「わたしのことではないんです」

「まさかきみが人助けなんてね」

皮肉っぽい口調だったので、ヴィンセントは眉根を寄せて卿をじっと見た。腰を浮かせる。「あなたがそう思っているなら、すぐに失礼します」

リットン卿はその言葉を一蹴《いっしゅう》した。「いいから座れ。誰が何を必要としているのか言ってくれ」

「主人のことなど気にしないで」ヘレンはヴィンセントの袖口《そでぐち》に手をかけ、落ち着かせた。「この人の性格はわかっているでしょう？　喜んでお役に立つわ。それで……誰をお助けしたらいいの？」

アダム・バーボンのことはさておき、ヴィンセントはヘレンを真っすぐに見て言った。「あるレディです」

「レディ？」リットン卿は関心も新たにヴィンセントを眺めた。「希望が出てきたぞ」

ヴィンセントは頬に血が上るのを感じた。「誤解しないでください。わたしの愛人ではありません」

「誰なの？」ヘレンは勝手にヴィンセントのカップに熱いコーヒーを注《つ》ぎ足した。「わたしの知っている人？」

「きっと噂《うわさ》ぐらいは聞いているはずです。レディ・ダイアナ・コービーといって——」

「あら、彼女とならほんの少し面識があるわ。最近はまったく見かけないけど」

「無理もないよ」リットン卿は盆からペストリーをつまんだ。「あんな浪費家の夫を持っては、出かける余裕などあるわけがない」

「レディ・ダイアナにもはや夫はいません」ヴィンセントは驚いて目をみはる夫妻を見つめ返した。

「ヴィンモンド・コービーはゆうべ殺されました」

「まあ、なんてこと！」ヘレンは手で口をおおった。

「確かまだ小さなお子さんがいたはずよ」

ヴィンセントはうなずいた。

「彼は子供たちに何も残さなかっただろう？」リットン卿は物問いたげに眉を上げた。

「ええ。それで困っているんです。とりあえずわたしがレディ・ダイアナの面倒をみようと思っていますが」卿の眉がさらに吊《つ》り上がったので、ヴィンセントの顔はいっそう熱くなった。ちくしょう。「違います、リットン卿。誤解しないでください！」

ヘレンがため息をついた。「からかわないで、アダム」

「からかってなどいないよ。ただ……どうしてそういうことになったんだい？」

ヴィンセントはことの顛末《てんまつ》を語った。

「遺書はないんだろう？」

ヴィンセントは首を振った。「ええ。ウィンは昔から不死身だと思っていたようなので」

「無責任な、小ざかしい若者には困ったものだ」リットン卿は顔をしかめた。「妻子がいるのに……」

ヴィンセントがうなずく。「そうですね。でも、これは彼の最初で最後の頼みなんです。なんとか願いをかなえてやりたいんですよ」

「夫人はなんと？」リットン卿の顔には皮肉な表情など微塵《みじん》もなかった。

「彼女はとても立派な人です」ヴィンセントはそれしか言わなかった。

「なるほど」リットン卿は一瞬考え込む表情になった。「きみが彼女の面倒をみれば、疑いの目で見られるだろうな。それでも平気か？」

ヴィンセントはその質問を一蹴した。「ええ。でも、ずっと面倒をみるわけではありません。彼女は父親のいとこに手紙を書くと言っています。身内を援助するのは一族の長として当然の義務ですから」

「それは」リットン卿は首を振った。「彼女の父親は親族を顧みなかった。だから、いとこは彼を憎んでいる。断られたらどうするんだ？」

「先のことはまだわかりません。だから、こうしてお願いにあがったんです。レディ・ダイアナと子供たちをごきぶりや鼠《ねずみ》がうろちょろするような部屋には住まわせておけない。ゆうべはフェントンに連れていったが、あそこもちょっと……。なにしろ、わたしの屋敷に連れていくのは具合が悪いと思ったので」

そうなったらわたしは何をしでかすかわからない。「いいわよ」ヘレンが言った。「彼女を連れていらっしゃい。見通しがつくまで、子供たちも一緒にここに住めばいいわ」

「ありがとう。長く厄介にはならないと思います」

ヴィンセントは安堵《あんど》のため息をついた。「葬儀の準備はわたしがしますが、彼女のそばに誰かいれば安心です」

「彼女なら大歓迎よ。すぐに手紙を書くから持っていって」

ヘレンはデスクに向かい、文具を取り出して手紙を書き始めた。リットン卿はヴィンセントを意味ありげに眺めた。「葬儀を手伝おうか？」

「いいえ、結構です。ありがとう」

リットン卿は無言でうなずいた。彼はまだヴィンセントを見つめている。ヴィンセントは落ち着かなかった。卿はわたしが引き起こした喧嘩《けんか》のことを思い出しているのか？　それとも、あのときの……。そんなことはどうでもいい。彼はわたしの過去の不品行を数えきれないほど知っている。実際、わたしを叩き出さないのが不思議なくらいだ。

とはいえ、リットン卿の無言の凝視は続き、さすがにうんざりしてきた。「まだ何か質問でも？」

リットン卿は首を振った。「いや。ただ、わたしたちはきみのことをほとんどわかっていなかったと思ってね」

ヴィンセントは微笑した。彼が何も知らなかったらよかったのだが。

ドアにノックの音がしたときには、子供たちはホテルの設備をすべて試し終えていた。自分一人なら、ダイアナはホテルでの宿泊を堪能《たんのう》しただろう。見事な家具調度類、健康によい食事。清潔さ。そうした贅沢《ぜいたく》は久しく味わっていなかった。

しかし、ホテルの狭い部屋にずっと閉じ込められたままでは子供たちはありあまる元気のはけ口がない。子供たちをどうやって遊ばせるか、ダイアナの知恵は尽きかけていた。今は居間で文字のけいこをさせているが、じきに飽きてしまうだろう。

子供たちは何かが変だと気づいている。

父親が死んだことを話す気にはまだなれない。厳しい現状に打ちのめされて、どう話したらいいか考える力さえ失っていた。それに、今後のことをどうしよう？　わからなかった。

ウィンが外務省で得ていた給料はもうもらえない。たいした額ではないが、それでささやかな家計を賄ってきた。家賃までも。どうしてウィンは四カ月も家賃を滞納していたのだろう？　あの給料があれば、ぎりぎり食べられたはずなのに。ほかにあてがないとなると……。

ああ、あの件はどうしたものかしら？

戸口に立っている男性はどうしよう？

入ってもらうしかないけれど。

「おはようございます。どうぞ入って。さあ、子供たち、ロンズデール卿にご挨拶《あいさつ》なさい」

ビザムとセリーナがぱっと立ち上がり、声を揃《そろ》えて言った。「おはようございます」幼い息子がつたないお辞儀をし、小さな娘は見事に膝をかがめて挨拶した。狭い家に住む利点のひとつは、子供たちが頻繁に訪問客に接することだ。二人は小さいながらもしっかり礼儀をわきまえていた。しかも客が来たので、文字のけいこから逃れられ、うれしかったのだろう。

ダイアナは身ぶりで子供たちに文字のけいこに戻るよううながした。「さあ、座って。お茶でも用意させましょうか？」

「いや、結構。継母《はは》とコーヒーを飲んできたばかりなので。彼女からこの手紙をことづかってきた。それと……」子供たちをちらりと見た。「ほかに相談したいこともあるし」

「では、ワインはいかが？」ヴィンセントがまた首を横に振ったのを見て、ダイアナは座り心地のよいソファーの端に座り、彼は近くの椅子に腰を下ろした。ダイアナは手紙を受け取り、隅の署名に目を走らせた。「レディ・リットンがあなたの義理のお母さま？　知らなかったわ」

「父の死後、しばらくしてリットン卿と再婚した」

封蝋《ふうろう》を破り、文面にさっと目を走らせる。「まあ、ご親切に！　わたしたちをお屋敷に滞在させてくださるなんて」手紙越しに目をやると、ヴィンセントの無表情な視線にぶつかった。「きっとあなたのお考えね。お心遣いには感謝します……でも、ほとんど知らない方のお屋敷に、どうしてのうのうと押しかけられるでしょう」

彼の表情は変わらなかった。

ダイアナは膝に置いた両手をじっと見つめた。「なぜいけない？」

「あなたにホテル代を負担させて申し訳ないと思っているわ。かといって、わたしにはとうてい支払えない。前の住まいにも戻れないし、父のいとこが受け入れてくれるかどうかわかるまでは、彼のところにも行けない……受け入れてくれそうにないけれど。ああ、ヴィンセント、わたしはどうしたらいいの？　セント・エドマンズ卿は援助すると言ってくれたけど、でも……」

ヴィンセントがまるで心のなかを見透かすようにじっと彼女を見つめた。「きみが囲ってくれる男を探しているとは思えないが」

「もちろんよ！　子供たちが……。それがどんな意味を持つか、おわかりでしょう？」

「だったら、今はこの招待を受けることだ。そのうち解決策が見つかるよ」

袖に何かが触れる気配がしてヴィンセントが見下ろすと、セリーナが椅子の肘にもたれて彼を見上げていた。母親とそっくりの濃い灰色の瞳で。

ヴィンセントは驚いてダイアナを見やったが、母親が口を開く前にセリーナが言った。「わたしを抱いてきてくれたおじさんね。覚えているわ」

子供が周囲にいなかったので、ヴィンセントも子供を抱くのは初めてだった。腕に抱えた柔らかい小さな体。信頼しきってわたしの肩に預けた頭。かわいい寝言。最悪な状況だったが、思いがけなく楽しかった。いつか自分の子供を抱ける日が来るだろうか？　一瞬、ヴィンセントの胸を悲しみが駆け抜けた。そんな日は来そうにない……。

母親にまた文字のけいこをさせられる前に、セリーナが言った。「パパはどこ？」

ヴィンセントはぎくりとした。慌ててダイアナを見ると彼女の顔にも狼狽《ろうばい》がよぎったが、一瞬で消え、すぐにいつもの落ち着きを取り戻した。とはいえ、目の下に黒い隈《くま》ができている。

ダイアナは娘に手を差し出した。「いらっしゃい、セリーナ。ビザムもママのところに来て」

ビザムは椅子から滑り下り、ゆっくりと部屋を横切って母親のそばに行った。子供たちは明らかに何かあったと感づいている。父親の死を話す役目は自分ではないと思うと、ヴィンセントはほっとした。

しかしふと、昨夜のダイアナの混乱ぶりを思い出した。彼女もわたしと同様、どう話したらいいかわからないのだろう。忍耐の限界に達しているようだ。彼女を支えなくては。ヴィンセントはダイアナの隣に移って、ビザムを膝に抱き上げた。セリーナが母親の隣に這《は》い上がる。ダイアナが大きな息をついた。一度はためらったが、ヴィンセントはたまらずに彼女の肩に腕を回した。

ダイアナは子供たちの手を取り、それにキスをした。「あなたたちに悲しいお話があるの」声が喉につまり、ぐっと唾《つば》をのみ込んだ。「パパは……パパは死んだの。もう二度と会えないのよ」

「二度と？」セリーナが小さな眉をひそめた。「二度と会えないの？」

「ええ。それが死ぬということなの。パパは……天国に行ってしまったのよ」

そこがウィンモンド・コービーの行く先だろうか、とヴィンセントは思った。そうだといいが。いろいろ欠点はあったが、ウィンは忠実な友人だった。だが、彼が自分の家族にしたことときたら。

セリーナの顔がゆがんだ。「そんなの、いや。パパ、戻ってきて！」

わっと泣きだしたセリーナをダイアナは膝の上に引き寄せ、頭に頬をのせて静かに娘を揺らした。涙が頬を伝い落ちる。ビザムも理解できないままに、母と姉が涙に暮れるのを見て、泣きだした。ダイアナが片手を伸ばして息子の手を握る。ヴィンセントはビザムをさらに胸に引き寄せた。

この幼子たちは父親の死に耐えられるだろうか？ ダイアナは嘆き悲しむ子供たちを見るに忍びないだろう。それでなくても背負いきれないほどの重荷を負っているのに。ヴィンセントはどう慰めたらいいかわからず、ただ三人に力強い腕を回した。彼らを自分の力で守りたかった。

一瞬ののち、彼は自分も泣いているのに気づいた。

妙だ。最後に涙を流したのはいつだったろう？ ヴィンセントは思い出せなかった。他人に心を動かされたのがいつだったかも。彼は何ものにも心を動かされないことを信条にしてきた。危険だからだ。無関心でいるほうがはるかに安全だった。

だが、ダイアナのことは違っていた。

ヴィンセントは何カ月も前からその感情に気づいていた。悲惨な生活にあえぐ彼女——いつも穏やかで、忍耐強く、親切なダイアナ。いつもやさしかった。最近ではしばしば彼女を抱き締めたいという思いを抑えがたくなっていた。慰めたかった。守ってやりたかった。その甘い体を自分に押しつけたかった。

しかし、最近になって育《はぐく》まれた心がそれを許さなかった。たとえダイアナがたった一人の友人の妻でなくても、わたしは手を出さなかっただろう。彼女が保護者を持つべきだと思ったとしても。わたしの生活も依然として非常に不安定なのだから。用心しなくては。

昼下がり。馬車に乗せられた子供たちがヴィンセントの向かいでかしこまっていた。涙は乾いたが、緊張している。ダイアナは一張羅を着せていた。白い、あっさりしたドレスのセリーナ。上着に半ズボン姿のビザム。笑顔を見たい、とヴィンセントは思った。どうやったら、ウィンみたいに子供たちと遊んで笑わせられるのだろう?

ヴィンセントにはわからなかった。父はわたしをときどき釣りに連れ出してくれた。乗馬や狩りや男のたしなみも教えてくれた。だが、遊び相手にはなってくれなかった。わが子を何人も赤ん坊のときに失った悲しみで、父親の喜びを味わえなくなっていたのだ。だから、わたしがどんな悪さをしても、父はいつもかばい、許してくれた。

許してはいけなかったときでも。

ヴィンセントはダイアナに視線を移した。馬車の窓からじっと外を眺めている。物思いにふけっているようだ。これでとにかく彼女をリットン邸へ連れていける。そこまで同行しても、非難はされまい。

いや、それは無理かもしれない。人の口に戸は立てられないからだ。上流社会は噂《うわさ》の種に飢えている。速やかに彼女の問題を解決しなければ、社交界はわたしたちの噂でもちきりになるだろう。
そのことにも用心しなければ。

馬車が瀟洒《しょうしゃ》な邸宅の前に止まると、ダイアナは昨夜から考え続けている実りのない、憂鬱《ゆううつ》な物思いを振り払った。父のいとこから返事が来るまでは、堂々巡りをしていても無駄なのだ。いとこは皆が思っているより寛大な人間で、心配は杞憂《きゆう》だったということがわかるだろう。それまではレディ・リットンの厚意に甘えて、めちゃくちゃになった子供たちの生活を立て直すことに専念しよう。

馬車の扉が開くとヴィンセントは飛び降り、ダイアナが降りるのに手を貸そうと振り向いた。ダイアナが身を乗り出す。その瞬間、二人の目が合った。彼の激しく燃える黒い目に、ダイアナははっと息をのんだ。なぜ今まで気づかなかったの？　取り乱し、躊躇《ちゅうちょ》した。彼は俗に言うハンサムではない。浅黒い肌、角張った顔、そして……獰猛《どうもう》な肉食動物のよう。そうよ、まるで猛禽《もうきん》類だわ。その彼がわたしを見ている……。

どうしよう？

結論を下す前に、ヴィンセントの力強い手に両手を握られ、馬車から降ろされた。脇《わき》にどいて子供たちを抱き下ろす彼を見ていると、不意に、黒い上着の下で筋肉が動くのに気づいた。漆黒の髪に日の光が反射して、巻き毛がきらきらと光っている。

この人は何者？　わたしと子供たちの身を託したこの人は？　ダイアナは突然、ヴィンセント・イングルトンについてほとんど知らないことに気づいた。ヴィンの友人だった。わたしに親切だった。それは知っている。

そして、わたしに代わり、即座に何かと決めてくれたことは。

ダイアナが混乱している心を整理しているあいだに、ヴィンセントはビザムを片腕に抱き上げて、彼女にもう一方の手を差し出していた。ダイアナが慎重にその腕を取ってセリーナの手を握ると、ヴィンセントは階段を上り、三人を玄関ホールに引き入れた。

「レディ・ダイアナ、ようこそ」

ダイアナは声がしたほうに振り向いた。この人がヴィンセントの継母？　彼とあまり年の差はないようだけれど。

夫人が近づいて、手を差し出した。「このたびはご愁傷さまです」

「いたみいります。お招きをいただき、お礼の申し上げようもありません」ダイアナが差し出された手を取ると、夫人がやさしく彼女の手を叩いた。

「このおつらい時期を少しでも楽にしてさしあげられればと思って。こちらは夫のリットン卿です」

ダイアナはビザムの耳をくすぐっている紳士にほほえみかけた。見知らぬ人々に囲まれたビザムは恥ずかしがって、ヴィンセントの肩に顔を隠した。

リットン卿はくすぐるのをやめて、お辞儀をした。

「はじめまして。このかわいい坊やとすてきなお嬢ちゃんのお名前は？」

「息子のビザムと娘のセリーナです」

セリーナははにかみながらもなんとか挨拶したが、ビザムはお行儀を守らないことにしたらしく、ヴィンセントにさらにしがみついた。

「この子ったら」ダイアナは苦笑した。「昼寝をしたいようですわ」

「いいとも」リットン卿はビザムの肩をやさしく叩いた。「そのうち坊やの機嫌も直るだろう」

ダイアナは、リットン夫妻が子供たちにほほえんだとき、二人の顔がどこか寂しげなことに気づいた。レディ・リットンは近くにいる娘を身ぶりで示した。

「アリスが子供たちを階上《うえ》に連れていって、お世話します」

メイドが進み出てセリーナに手を差し出した。セリーナは不安そうにちらりと母親を見たが、それでもメイドの手を取った。だがビザムは泣き騒ぎ、ヴィンセントから離れようとしなかった。

「人見知りしているのですわ」ダイアナは腕を出した。「さあ、ビザムをくださいな。わたしもアリスと一緒に行きましょう」

だがビザムはヴィンセントの首に両腕を回して、必死にしがみついている。

「ビザム！」疲労と不安でダイアナの声が尖《とが》ってきた。「さあ、いらっしゃい……」

リットン卿が突然、笑い声をあげた。「ヴィンセント、きみにも崇拝者ができたらしいな。特に、きみの幅広のタイ《クラヴァット》が大好きな人間が」

ヴィンセントは糊《のり》のきいたクラヴァットを台なしにした丸ぽちゃのこぶしを見下ろし、にやりと笑った。「この子は趣味がいい。ゆうべもやられた。いいよ、ダイアナ、わたしが連れていって昼寝をさせよう。でも、いやがったら、どうすればいい？」

ダイアナは力なく両手を上げた。気力がわかない。

「すみません。わたしも一緒に行くわ」

ヴィンセントはダイアナが疲れているのを感じた。

「いいよ。なんとかするから」

ダイアナはありがとうというようにうなずき、レディ・リットンについて客間に向かった。

ヴィンセントは結局、アリスが出したケーキと、本物の馬に乗せるという約束でなんとかビザムを眠らせた。こういうときは買収がいちばんなのだ。彼は客間に向かいながらクラヴァットをきちんと直そうとしたが、うまくいかなかった。子供というのはかわいくもあり、面倒でもある。そういう生き物らしい。

　客間に戻ってくると、ダイアナとヘレンがちょうど階上に行くところだった。リットン卿が説明する。

「喪服の相談をしに行ったんだ。奥方たちはわたしたちに、わたしのクラブに行くようにほのめかしているんだよ」

　リットン卿のクラブ？　ヴィンセントはリットン卿から招かれたことはなかった。ましてや公の場所に招待されたことなどなかった。これはどういうことだろう？「ありがとうございます。でも、コービーの跡取り息子と一戦交えたばかりで、出歩ける格好ではないんです」

　リットン卿はヴィンセントの言葉を一蹴した。

「心配するな。ものの数分でちゃんとした格好になれる。わたしのを貸すから」

　ヴィンセントはその申し出を受け、身だしなみを整えると卿とセント・ジェームズ・ストリートに向かって歩き始めた。そして、卿が持ち出すありふれた話題に用心して丁重に答えながら、この誘いの真の狙《ねら》いはなんだろうかと考えた。

　にぎやかな通りに入ると人通りが多くなり、二人の歩調は自然とゆっくりになった。そのとき、みすぼらしい茶色のコートを着た男がつまずいてヴィンセントによろよろとぶつかってきた。「こりゃ、すみません」

　ヴィンセントがバランスを取り戻すと男は帽子をちょっと上げて詫《わ》び、振り返りもせずに行ってしまった。ヴィンセントはポケットを握り締めた。

「財布は大丈夫か？」リットン卿が立ち止まり、男を目で追った。「あとを追うか？」

「結構です」ヴィンセントはすべてのポケットを手で叩いて確かめた。「盗《と》られた物はないようだ」

「よかったな。もっとも、金を掏《す》ったとしても、今ごろは仲間の手に渡しているだろうが」二人が無言でさらに数歩歩いたとき、リットン卿が咳払《せきばら》いをした。「ききたいことがあるんだ」

やっと外出の目的がわかるぞ。「なんでしょう?」

「きみはオックスフォードから出てきて以来、コービーの親友だったな?」

「ええ」よけいなことは言うまい。

「彼についてちょっと小耳にはさんだことがあってね。外務省での立場にふさわしくない噂を」リットン卿は目を細めてヴィンセントをちらりと見た。

「そうですか?」

「とぼけるなよ。きみもおそらく聞いているはずだ。コービーはナポレオンがフランスの皇帝に復位することを支援していたのか?」リットン卿は足を止め、ヴィンセントを見た。

「そんな話は聞いたことがありません」ヴィンセントは間髪を入れず、正直に答えた。

リットン卿をだませはしない。彼は上目遣いでヴィンセントを凝視した。「本当か?」

「ええ、本当です」

それを聞いてリットン卿は晴れ晴れとした表情になり、また歩きだした。そして数歩行くと、ヴィンセントをちらりと見た。「別にどうでもいいことだが、わたしはきみにとってどういう存在だ? きみの継母の夫か、それとも、どこかの馬の骨か?」

ヴィンセントは肩をすくめた。「そんなふうに思ったことはまったくありません」

「わたしだってそうだ。いいか、きみの家族はヘレンとチャールズとわたししかいないんだぞ。きみが危ないことに首を突っ込んでいるのではないかと、心配していたんだ。いや、いい」リットン卿は手を上げてヴィンセントを制した。「答える必要はない。べつに誘導尋問をして告白させようなんて思ってはいない。嘘《うそ》もごめんだ。ただ……わたしとヘレンは、きみがどことなく変わったと感じている。きみがコービーと同じような目に遭うのではと気がかりなんだよ」

まさか。わたしを家族だと思っている？　わたしが変わった？　彼らが気づいていたとは知らなかった。いったいこれをどう解釈したらいいのだ？

「それは……どうも。ご心配をかけてすみません。でも、わたしは断じてナポレオンの支持者ではありません。それどころか、彼にはずっとエルバ島にいてもらいたいと強く願っています。もっと遠くの島ならなおいいと」

これも嘘偽りのない本心だった。

リットン卿のクラブの入り口まで来たとき、ヴィンセントはポケットに手をしのばせた。

折り畳んだ紙きれがこそっと音をたてた。渡された手紙がまだそこにあるのがわかった。

## 3

ダイアナは窓際に座って、濡《ぬ》れた髪を梳《と》かしながら就寝するときまで何をしようかと考えていた。顔のまわりの髪はすでに乾き、淡い黄金色に輝いている。しかし、腰まで届く豊かな髪を完全に乾かして、寝るときの三つ編みにするまでにはあと一時間はかかるだろう。ちゃんとした浴槽で入浴したのは数年ぶりだった。夫と暮らした部屋では、ごみごみした台所で体を洗うしかなかった。

こうした贅沢《ぜいたく》に慣れすぎないように気をつけなくては。ここにどれくらいいられるのか、そのあとどうなるか、わからないのだから。でも、今は子供たちがメイドに世話をされて清潔な寝具にくるまり、無事でいることを喜ぼう。わたしもきれいに洗った体で、清潔なベッドにやすめることを。

どういうわけかレディ・リットンは、いえ、ヘレンと呼ぶように言われたのだったわ……ヘレンは、ヴィンセントの父親が亡くなったときに着た喪服類を見つけ出してきてプレゼントしてくれた。新たに注文するのは無駄だからと言って。確かにちょっと手直しをすればすぐに着られる。当然ながら、黒い服ばかりだが、それでもわたしが着ていた物よりはるかに上等で、しゃれている。

黒ならなんとか着こなせるわ。もっとも、誰も見てくれそうにないけれど。ロンズデール卿《きょう》以外は。

ダイアナは顔を赤らめた。今、どうしてヴィンセント・イングルトンのことを考えたりするの？　そう、彼は親切にしてくれた。だけどそれは、ウィンの友人だからにすぎない。

でも、さっきの彼の目はそうではなかった……。

彼は、しみだらけの、すり切れた服を着たわたししか知らない。極貧にあえぐ、子供たちの世話に疲れきったわたししか。どんなに努力しても、身奇麗にすることはできなかった。痩《や》せすぎた体。くたびれた顔。そんなわたしをどうして彼が求めるだろう？

あれこれ考えていると、ドアを軽くノックする音がした。返事をすると、ヘレンのメイドの一人がドアから顔を覗《のぞ》かせた。

「お手紙です。今しがた男の子が厨房《ちゅうぼう》に持ってきました」

ダイアナはぞっとした。まさかまたあの男から手紙が？　どうやってわたしの居場所がわかったの？　いったい何が目当てなの？　ダイアナは震える手で手紙を受け取り、おざなりにメイドに礼を言った。

そしてメイドが出ていくと、慎重に封を破り、手紙を蝋燭《ろうそく》の光にかざした。

〈親愛なるレディ・ダイアナ

ご主人の死にお悔やみを申し上げる。さぞ嘆き悲しんでいることだろう。もっとも、ロンズデール卿の保護を受けているようだが。幸運だったな。

それはわたしにとっても同様だ。わたしのささやかな贈り物に対してお返しをしてもらうときが近づいた。むろん、あのことはわたしの胸に収めておく。今はそれがますます重要になったのではないか？　セリーナとビザムが両親を失うのはあまりに酷だ。彼らの将来はどうなることやら。

きみとロンズデール卿との、なんというか、連合がわたしに絶好の機会を与えてくれそうだ。いつもどおり、この件に関しては沈黙を守るように。わたしも守る。その必要性はきみも理解しているはずだ。

では、また。

きみの忠実なデイモスより

追伸――今回、贈り物は同封しない。きみに必要なものは足りているようだから〉

ダイアナは手紙をくしゃくしゃに丸めると、両手に顔を埋《うず》めた。人でなし！　いつも脅迫めいた文面で、今回は当てこすりも。まるでわたしとヴィンセントが……。でも、デイモスはいつもわたしを娼《しょう》婦《ふ》のような気分にさせる。贈り物の代償に体を要求するつもりなのではないかと思うと、それがとても怖い。正体がわかったら、あの金を叩《たた》き返してやりたい。たとえ飢え死にしても。だけど、それは夢のまた夢。子供たちを飢え死にさせることはできない。だいいち、わたしは彼の正体を知らないのだもの。デイモス。ギリシアの恐怖の神。うまい偽名を選んだものね。彼のことを思うと、片時も心が休まらない。自分の身が心配。そして子供たちの身も。

純真なかわいい子供たちをよくも毒々しいペンで汚したわね。彼の正体がわかったら……。

殺してしまうかもしれないわ。


みすぼらしい茶色の上着を着た男が椅子を壁にもたせかけて、大ジョッキのエールをひと口長々とあおった。ヴィンセントはべとつくテーブルにこぼれた安酒でぐるぐると円を描《か》いた。「いや、旦那《だんな》。まだ犯人はわかんねえ。でも、おれたちじゃねえぜ。理由がねえ。やっこさんから情報を取るのはすごく簡単だったからよ」

ヴィンセントはむっつりとうなずいた。「彼は知っていることはなんでもしゃべってしまう。口止めしようとしたが、できなかった」

「そうなんで。きっとそのせいで殺されたにちげえねえ。外務省でものけ者だったんだろうな」

ヴィンセントは諜報《ちょうほう》活動の現状を考えた。「たぶんそうだろう。だが、この大失態の元は外務省だ。そもそもナポレオンをエルバ島に流すべきではなかった。フランスに近すぎる。脱出するのは簡単だ。遅かれ早かれ、彼は逃げるだろう」

「ホランド卿とその一派の思いどおりになれば、やつは島を抜ける。彼らはやつが大のお気に入りだ」

ヴィンセントの仲間はうなり声とともに、椅子の脚を床につけた。「だが、おれたちはあいつに払わされた犠牲を忘れない。絶対に」男は床に唾《つば》を吐いた。

「彼らを打ち破るんだ。やつを封じ込めなければ」

ヴィンセントは立ち上がった。「今夜はまだほかにも何人かと会って話さなくてはならない。何かわかったら、知らせてくれ」

男がうなずいた。ヴィンセントは帽子をかぶり、戸口に出ると、通りの左右にさりげなく視線を走らせた。通り沿いの安酒場に出入りする常連客以外は見かけないが、それでも用心しながら外に出た。貸し馬車が角を曲がり、猛然と向かってきたのは、そこから半ブロックも行かないときだった。

虫の知らせで、ヴィンセントはとっさに丸石の舗道に身を伏せた。ナイフが頭上をかすめ、背後の建物の壁に突き刺さった。漆喰《しっくい》の破片が降り注ぐ。御者が馬に鞭《むち》をくれると、たちまち貸し馬車は見えなくなった。ヴィンセントは起き上がり、服の汚れをはたき落とした。

ちくしょう！　危なかった。

ついにウィンモンド・コービーは土に帰された。ヴィンセントが葬儀を取り仕切り、彼の継母がダイアナに付き添った。ウィンの友人は一人残らず参列して、ヴィンセントとダイアナに挨拶《あいさつ》した。ダイアナは自分のなかの大きな虚脱感に愕然《がくぜん》としただけで、夫についてはなんの感慨もわかなかった。

そして、それがダイアナを苦しめた。いつからわたしは彼を愛さなくなっていたの？　いつからその喪失感に耐えていたの？　父のいとこからの返事を待つあいだに、またささやかな心の平安を取り戻せるといいのだけれど。

ヴィンセントが約束してからというもの、ビザムはしつこく公園に行きたいとねだった。メイドのアリスが連れていくと言ってくれたが、子供たちの面倒をずっとみてきたダイアナは他人にわが子を任せる気になれなかった。

わたしにはもう子供しか残っていない。

家にこもって夫の喪に服するのが社交界の規範だが、それはもはや無意味に思えた。わたしはもうとっくの昔から夫の喪に服していた。よく笑う、前途有望な、すばらしい青年はずっと昔にいなくなってしまった。今、知りたいのは、これからの自分の人生がどうなるかということだけ。そして、それが新しい牢獄《ろうごく》になる場合に備えて、つかの間の自由を楽しみたい。

ダイアナが黒いマントを羽織り、手袋をはめても、ヘレンは咎《とが》めなかった。子供たちの服もいつの間にか揃《そろ》っていた。ヘレンがどこでそれを見つけたのかダイアナにはわからなかった。しかし、古着を断るほど自尊心は高くないと自分に言い聞かせた。

いいえ、嘘《うそ》よ。

わたしは誇り高い女。今は選択の余地がないだけよ。

わたしは元はといえば伯爵の娘。だから、どんなことが起ころうとも、毅然《きぜん》と振る舞おう。かわいいわが子にお下がりの喪服を着せるのは忍びないけれど、自分の家柄は決して忘れないわ。

三人は徒歩で公園に出かけ、夏の太陽を浴びながらゆったりと散歩を楽しんだ。公園内の散歩道を木漏れ日を縫ってぶらつき、セリーナはたんぽぽを摘んだ。ビザムはダイアナの手を引っ張った。

「ママ、見て。蝶々《ちようちよう》だ。見て、蜂《はち》が飛んでる。ママ……」何もかもが物珍しいのだろう。これまで、一家は住まいが遠かったためあまり公園に来られず、貸し馬車に乗って来る余裕もなかった。ダイアナはいつしかビザムと一緒に笑い声をあげていた。笑うのは久しぶりだった。そよ風を顔に感じるのも。

青い芝生の脇《わき》のベンチまで来ると、ダイアナはビザムの手を離して腰を下ろした。「しばらくここで遊んでもいいわ。でも、遠くには行かないで。セリーナ、ビザムのそばにいるのよ」

「はい、ママ」子供たちは声を揃えて答えると、芝生の上を駆けていった。まもなくセリーナは花摘みをやめて、蝶の群れを追う弟を手伝い始めた。なんてかわいい娘かしら。いつか上品な娘の礼儀作法を身につけなければならないが、それはできるだけ先に延ばそう。自由な心を束縛したくはないから。

数分後、子供たちは芝生を横切り、一本の馬車道に近づいていた。ダイアナは立ち上がって二人のあとを追った。「セリーナ、さあ戻って。ビザムも」「はい、ママ」セリーナはビザムの手を取ったが、弟はそれを振りほどいた。

「いやだ！　黄色い蝶々が欲しい。あいつをつかまえるんだ」ビザムが最後の獲物を追って走りだし、セリーナが必死で追いかける。

「ビザム！」ダイアナが道路を見やると、黒っぽい馬車が近づいてきた。ダイアナは走りだした。「戻っていらっしゃい」

馬車がぐんぐん近づく。ダイアナは奇妙な胸騒ぎを覚えた。それは公園で乗り回すような馬車ではなかった。たぶん通り抜けるだけ。でも……。ダイアナはスカートを持ち上げ、本気で走った。「ビザム、ママの言うことを聞きなさい」

その切迫した声を聞いて、ビザムは不安げに立ち止まり、母親のほうを見た。馬車が彼らの脇に止まった。扉が開き、二人の荒くれ男が飛び出す。最近知らない人間に会うことの多いビザムは母親に向かって走りだした。男たちが追いかける。

「セリーナ、走って」

セリーナが弟の手を引いて走る。ダイアナは怖くなって一目散に走ったが、男たちのほうが先に子供に追いついてしまいそうだった。ああ、神さま、助けて。ダイアナは金切り声で助けを求めた。

その瞬間、驀進《ばくしん》する蹄《ひづめ》の音が聞こえた。ちらりと見上げると、見事な毛並みの黒い馬にまたがったヴィンセントが全速力で近づいてくるのが見えた。

「ヴィンセント！」ダイアナと馬車の男たちは同時にセリーナとビザムに追いついた。ダイアナは子供たちを腕に抱え上げようとしたが、暴漢の一人に突き飛ばされ、その拍子にスカートの裾《すそ》を踏んで尻餅《しりもち》をついてしまった。

「ヴィンセント、助けて！」

ダイアナは四つん這《ば》いになって、邪魔な裾と格闘した。暴漢がセリーナに手をかける。ダイアナは立ち上がるのを諦《あきら》め、男の足もとに体ごとぶつかっていった。男がよろけ、振り向きざまに、かじりついたダイアナの両手を蹴《け》りつけた。ダイアナは前のめりに倒れた。男が泣き叫ぶセリーナを抱え上げ、馬車に向かって走る。もう一人はすでにビザムをつかまえていた。ダイアナはなんとか起き上がると、彼らを追った。助けて！　追いつけそうにないわ。

そのとき、ヴィンセントが空から急襲する鷹《たか》のように猛然と馬で男に突進していった。男はセリーナをあっさり落とし、一目散に馬車に向かった。ビザムをつかまえた暴漢のほうはいくぶん根性があるらしく、ビザムを小脇に抱えて仲間のあとを追った。ヴィンセントが行く手を阻止しようと馬を向ける。

そのとき、また一台、馬車の近づく音が聞こえた。ダイアナがセリーナをうしろにかばい、挑むように見上げると、軽二輪馬車を屈強な栗毛《くりげ》の馬に引かせたジャスティニアン・サドベリーが芝生を突っ切って、同じように暴漢を追跡していた。

「ビザム、ビザム！」ビザムが連れ去られる！　ダイアナは膝をついてセリーナを抱き締めた。たとえ殺されても、娘を離すものですか。

暴漢たちがヴィンセントとサドベリーから逃げようと急に向きを変えた。二人を乗せてきた馬車が彼らを迎えに前進する。セリーナを落とした男が馬車のなかに飛び込んだ。ビザムを抱えた男がすぐあとを走っている。

一瞬、ダイアナは息子が馬車に押し込まれると思い、心臓が止まりそうになったが、サドベリーが馬車で彼らの行く手をふさいだ。暴漢たちの御者が手綱をぐいと引き、馬を違う方向に引き回す。その瞬間、ヴィンセントが襲いかかった。すれ違いざまに鞍《くら》から身を乗り出して、暴漢からビザムを奪い取る。

さらに、乗馬鞭を思いきり強く振り下ろした。男がうめきながら地面に倒れ込む。ヴィンセントはくるりと向きを変えて引き返した。男がよろよろと立ち上がって、必死に馬車を目指している。だが、ヴィンセントの馬はみるみる距離を縮めた。そして彼の手が男の襟首に届いたちょうどそのとき、最高級の青い服を着た腕がぬっと馬車の窓から現れた。手に何か持っている。

ピストルだ！

ヴィンセントはさっと手綱を引き絞った。馬が抵抗してうしろ脚で立ち上がる。彼はビザムの上に身を伏せてかばった。銃声が轟《とどろ》いた。必死で走っていた暴漢がもんどりうって倒れる。ピストルを握った腕がさっと引っ込み、馬車は轟音《ごうおん》をあげながら縁石を回って、見えなくなった。

サドベリーはなおも追いかけようとしたが、ヴィンセントがそばに寄ると馬車を止めた。

「ほうっておけ」ヴィンセントは泣きじゃくるビザムを自分の前に座らせ、ぎこちなく肩を叩いて慰めた。「ダイアナと子供たちをリットン家に帰すのにきみの助けがいるんだ」

「ビザム！」ダイアナの半狂乱の声が鐙《あぶみ》のところで聞こえた。見下ろすと、ダイアナがセリーナを片手に抱きかかえ、もう一方の手を息子に差し出している。ヴィンセントはビザムを母親の腕のなかに下ろした。ダイアナが膝をついて、子供たちをひしと抱き締める。三人とも泣いていた。

ヴィンセントは鞍から馬上短銃を引き抜き、それを持って馬から降りた。母子《おやこ》を見下ろしながら、サドベリーを呼ぶ。「きみの馬車を使っていいか？」

「いいとも。ちょっと狭いが乗り心地はいいぞ」サドベリーは小さな馬車をそばに寄せた。「いったいどうしたんだ？」

「知りたいのはこっちだよ」ヴィンセントは暴漢の

馬車が逃げた方角をにらんだ。「レディ・ダイアナ、きみたちは……」彼女が動かないので、言葉を切った。「どうした?」それでも反応がないので、彼はダイアナのそばに膝をついた。「ダイアナ?」

やっと彼女が顔を上げて、ヴィンセントのほうを見た。ショックのあまり目から生気が消えて、頬には大きなすり傷ができている。

ヴィンセントの胸に怒りがこみ上げた。よくも彼女のきれいな顔を台なしにしたな。やつらを捕まえたら……。だが、今は母子を無事にリットン家に帰さなくては。ヴィンセントは歯を食い縛って怒りをのみ込んだ。「立てるかい?」

ダイアナはうなずいたが立てなかった。ヴィンセントは彼女に腕を回し、自分と一緒に立ち上がらせた。セリーナとビザムが母親にしがみつき、そのスカートに顔を埋める。ヴィンセントはビザムを引き取ると、ダイアナをそろそろと馬車に向かわせた。

「セリーナを連れて上がれるか?」

虚《うつ》ろな目から曇りが消えた。「ええ、もちろん」ダイアナは娘の手を片時も離さずに、サドベリーの手を借りてなんとか馬車に乗り込んだ。ヴィンセントはビザムを母親に渡してから再び馬に乗った。

たとえサドベリーが味方だとしても、母子を徒歩で帰すのは好ましくない。ヴィンセントはサドベリーをあまりよく知らなかった。もしかすると、彼がこの場にいたのは誘拐を指揮するためだったかもしれない。実際、サドベリーの馬車が芝生に忽然《こつぜん》と現れたときは、暴漢の援軍ではないかとひやりとしたものだ。

だから、ダイアナ母子をサドベリーの馬車に乗せたくはなかった。しかし、馬に四人は乗れない。ならば、サドベリーの後頭部にこっそり馬上短銃の銃口を向けて、ついていけばいい。

ヴィンセントはそうした。

ダイアナはほとんど立っていられなかった。リットン邸に着いて馬車を降りてからも、震えが止まらなかった。子供たちを自分の目の届かないところにやろうとせず、アリスが二人を上に連れていこうとしたときには激しくうろたえた。

そんなダイアナの状況を考え、ヘレンの優美な客間に全員が集まった。元気回復のためにとご馳走《ちそう》が用意され、子供たちはホット・チョコレートとケーキを心ゆくまでぱくついた。ダイアナは大きなグラスに注《つ》がれたシェリー酒をすすった。疲れきったセリーナはソファーに座る母親に寄りかかったが、ビザムはヴィンセントの膝にのると言ってきかなかった。

ヴィンセントはまた一本、洒落《しやれ》た幅広のタイ《クラヴァット》が台なしになるのを覚悟し、ビザムにサンドイッチを取ってやった。椅子のそばのテーブルにはほかにもヘレンが用意させた食べ物が山と積まれ、ビザムがクリームチーズとゼリーまみれになった顔を彼の糊《のり》のきいたクラヴァットにこすりつけていた。

ダイアナは感謝のまなざしで彼を見た。「あなたが公園に居合わせてくれて本当によかったわ。あなたがいなかったら、わたしはどうすればいいのかわからなかったわ。また、返せないほどの借りができてしまったわね」

「いや、そんなことはない。あれは偶然ではないんだ。わたしはこの野心的な紳士に、お利口にして昼寝をしたらブラックホークに乗せてやると約束していた。わたしは約束を破るのは嫌いでね。それで、きみたちが公園に出かけたと聞いたから、乗せてやろうと思って、捜しに行ったのさ」

「それでも、感謝しているわ」ダイアナはリットン卿から二杯目の甘い、琥珀《こはく》色の酒を受け取った。ちょっと頭がくらくらするが、欲しい物がすべてあるというのはなんという贅沢だろうと思いながら。

リットン卿はヴィンセントのグラスにもなみなみと注ぎ足して、席に戻った。そして、義理の息子を意味ありげにちらりと見た。「問題は、やつらが何者かということだ。身の代金目当ての誘拐とは思えない。きっとほかに動機があるはずだ」

ダイアナは淑女らしくもなく鼻を鳴らした。「わたしに身の代金が払えると思っているなら、何も知らないにもほどがあるわ」

ヴィンセントは暗い目でダイアナを穴の開くほどまじまじと見た。「では、なんだい？」

「さあ……」まさか。これはあの正体不明の脅迫者の仕業だろうか？　でも、なぜデイモスが子供たちをさらうの？　わたしはすでに彼からとても恐ろしい脅迫を受けている。だけど、彼のことはまだ誰にも話せない。

そのとき、執事のフィーサムが現れ、ヘレンに言った。「セント・エドマンズ卿がお見えになりました」

ヴィンセントは彼のクラヴァットで両手を拭《ぬぐ》おうとするビザムをすんでのところで止めると床に下ろし、立ち上がった。リットン卿も続く。セント・エドマンズが執事のすぐあとから、あたふたと入ってきた。ヴィンセントの顔が険しくなった。セント・エドマンズは青い上着を着ていた。もっとも、ロンドンの紳士の半分は青い上着を着ているが。

セント・エドマンズはヘレンにさっとお辞儀をすると、ダイアナに振り向いた。「大丈夫ですか？　子供たちにけがは？　恐ろしい話を聞いたもので」

ダイアナは彼が嫌いだったが、それでもなんとか丁重に答えた。「ご心配をおかけしてすみません。間一髪でした。ロンズデール卿とミスター・サドベリーの助けがなかったら、子供たちはさらわれていたでしょう」

「怖い話だ」セント・エドマンズはポケットからハンカチを出して額を拭った。「信じられない」

「どこで話を聞いたんだ？」ヴィンセントは眉をひそめ、冷ややかな声できいた。

「クラブで。十五分ほど前に」セント・エドマンズはハンカチをポケットに押し込んだ。「今ごろはきっとロンドンじゅうに広まっているよ」

「確かに」リットン卿は客に椅子を勧め、シェリー酒のグラスを差し出した。「ちょうどその話をしていたところだ。これは明らかに身の代金目的だな」

ヴィンセントの眉が今度は大きく吊《つ》り上がった。セント・エドマンズをにらみながら、また椅子に座る。ビザムが膝にのろうとしたが、目つきと身ぶりでそれを止め、リットン卿を探るように見た。

ダイアナも。

セント・エドマンズが眉間《みけん》にしわを寄せた。「身の代金？　そうお考えですか？　ぼくは……」ちらりとダイアナを見やり、出方を探りに出た。「いや、ぼくにはなんとも言えないな」

どう答えたものだろう？　ヴィンセント・イングルトンは明らかにセント・エドマンズに敵意を抱いている。ダイアナは肩をすくめることにした。「わたしにもわからないんです。まったく」

「付き添いもなしに外出させて、だめじゃないか」セント・エドマンズはヴィンセントをにらんだ。

「彼女にこんな真似《まね》は二度とさせないでくれ」

「二度としないだろうよ」

その口調の激しさにダイアナは驚き、ヴィンセントをちらりと見た。ついで一瞬かっとなった彼女は、二人に決断は自分で下す、大きなお世話だ、と言いそうになった。でも、そんなことが可能かしら？　自分を取り巻く勢力にはかないそうになかった。

この男は帰らないつもりなのだろうか？　セン

ト・エドマンズが外務省の無能ぶりや頭がおかしいとしか思えない王族やロンドンの治安の悪さについてだらだらとしゃべり続けるのを聞きながら、ヴィンセントはそう思った。共感する点はなくもなかったが、彼を嫌いだったし、信頼してもいなかったからだ。

ヴィンセントがしびれを切らしかけたころ、リットン卿がおしゃべりな客を言葉巧みに追い払うことに成功した。よかった。無理やりセント・エドマンズを追い出そうかと本気で思い始めていたところだ。巧みな社交術はわたしの得意とするところではない。たぶんそれが最後の友人を失った理由だろう。

リットン卿がセント・エドマンズを見送って戻ってきた。「さて、どこまで話していたかな?」

ヴィンセントはゆがんだ笑みを浮かべた。「今さっきの話とは逆で、あれは身の代金目的の企てではないと話していたんです」室内に緊張がみなぎるのを感じたビザムがソファーから下りて、またヴィンセントの膝によじ登ろうとした。ヴィンセントはほうっておいた。このやんちゃな子供がいとしくなっていたのだ。さっきはセント・エドマンズにそうとは知られたくなかった。あの男には用心しなければ。

リットン卿はにやりと笑い、真顔に戻った。「そうだ。身の代金目的ではない。だが、他人にはそう思わせておくほうがレディ・ダイアナは安全だと思う。これは死に物狂いの男たちの仕業に違いない。そうでなかったら、仲間を殺したりはしない」

緊張した沈黙が部屋に広がった。

ヴィンセントは大きく息をついた。「確かに」彼はダイアナに視線を向けた。「本当に思い当たる節はないのかい?」

ダイアナが答えるまでに一瞬間が空いた。「わたし……いいえ、全然見当もつかないわ」

「ヴィンは外務省での仕事についてきみに話したこ

とがあるかい？」

「ときどきあるわ」ダイアナは眉を寄せて考えた。「これは夫の仕事と関係があるとでも？」

「きみはどう思う？」ヴィンセントは返事を待った。

ダイアナは一分ほど考え込むように座っていたが、やがてヴィンセントを見上げた。「思いつかないわ」

リットン卿が咳払《せきばら》いをした。「ご主人がナポレオンの話をしたことは？　彼の流刑についてはで？」

「話したかもしれません。でも……」ダイアナの頬がほんのりと朱に染まった。「夫はとても多忙で。あまり顔を合わせませんでした」

ヴィンセントはウィンがほとんど家にいなかったことを知っていた。すると、ダイアナは一人寂しくウィンの帰りを待ちわびていたのか？　それほど彼を愛していたのか？　それとも、ないがしろにされて気持ちは冷えきっていたのか？　そうだといいが。それなら彼女のために何かをしてやりやすくなる。

つまり、彼女の夫の敵から彼女を守るとなればだが。ダイアナは何かを知っている――ウィンが話した何かを。本当に心当たりはないのだろうか？

リットン卿がヴィンセントに鋭い視線を向けた。「レディ・ダイアナを脅威だと考えている人物がいるのは明らかだ。今回の一件は彼女を言いなりにしようとする企てだろう。一度では終わらないぞ。これからどうする？」

ヴィンセントは向かいにいるダイアナをちらりと見た。「連れ出します」

ダイアナがぱっと座り直した。「なんですって？　どういうこと？」

「きみはロンドンにいてはいけない。それは火を見るより明らかだ。どこかよそに連れていく」

ダイアナの顔に警戒の色が浮き上がる。「でも、どこに？」

「ヨークシャーに、たぶん」

「それはいい」リットン卿がうなずいた。「選べるからな――イングルウッドに行ってもいいし、スリーオークスに行っても大歓迎だ」

「あるいは、ウルフデールでも」ヘレンが言った。「チャールズとキャサリンが喜んで助けるわ」

ダイアナは二人を交互に見やり、今にもパニックを起こしそうな声で尋ねた。「イングルウッドってどこ？　チャールズとキャサリンって？」

「わたしの兄夫婦よ。イングルウッドの地方に住んでいるの。ロンズデール家の領内の」ヘレンが答えた。「チャールズと夫は親友なのよ」

だが、ヴィンセントはすでにどこに行くかを決めていた。自分の本拠地に行くつもりだった。あそこならダイアナは安全だ。ヴィンセントは膝でまどろむ子供を見下ろした。「子供たちは疲れている。きみもだ。さあ、ビザムを寝かせに行こう。歩きながら計画を話す」

「護衛のスロックモートンを見張りにやるから、きみもゆっくりやすみなさい」ダイアナがしぶしぶ腰を上げると、リットン卿も立ち上がった。「スロックモートンのことなら心配ない」

「ありがとうございます。本当にご親切に」ダイアナは喉がつまり、慌てて口もとを手で押さえた。涙がまつげににじむ。

ヘレンがにっこり笑った。「どういたしまして。さあ、おやすみなさい」

ヴィンセントはダイアナの先に立って階段を上り、子供部屋に向かった。「今夜遅く出発する。できるだけ隠密《おんみつ》に。その前にわたしは用事で出かけるが、きみは一台の馬車に積める限りの物を荷造りしておくように。どれくらい行っていることになるかわからないから」

ダイアナは子供部屋の外で立ち止まった。「行かざるをえないようね。二度と子供たちを危険な目に遭わせられないもの」

「そうだ。誰の仕業にせよ、やつらは躊躇《ちゅうちょ》せず人を殺す。子供たちを人質にするのに失敗した以上、今度はきみを殺すかもしれない」

答えようとするダイアナの顔から血の気が引いた。

「わたしにわかりさえすれば……」

ヴィンセントはじっと彼女の顔を見つめた。「本当に思い当たる節はないのかい？」

ダイアナが手もとを見下ろし、首を振った。ヴィンセントは彼女が真実を言っているのかどうか確かめようと顎を指でつまんで顔を上げさせたが、突然キスしたい衝動に駆られ、慌ててその顔を明かりに向けた。頬のすり傷が青黒く変色し始めていた。

彼女をこんな目に遭わせたやつを殺してやる。

## 4

ダイアナの頬を冷たい風がなぶった。彼女は悪臭を放つ、狭い路地をよろよろと歩いていた。ダイアナは小さく身を震わせた。どこかの路地裏で犬が吠《ほ》えた。ぎくりとしたが、すぐに鋭い声がして犬を黙らせた。沈みゆく月が淡い光を放っている。ビザムを抱いているので身軽に動けず、ぐらぐらの敷石につまずいた。

肘に添えられたリットン卿《きょう》の手に力が入り、しっかりと支えられた。リットン卿は寝ぼけ眼のセリーナを抱えながらも、夜の闇《やみ》に油断なく目を光らせている。そのあとに大男の従僕スロックモートンが続いていた。

ダイアナは一行に加わったこの巨漢を複雑な気持ちで眺めた。元ボクサーで、潰《つぶ》れた顔の大男。彼がいれば、安心かもしれない。ただし、彼の忠誠心が信頼できればの話だ。はたして信頼できるのだろうか？　今はまだみんなわたしの敵かもしれない。ヴィンセントやリットン卿夫妻を信頼せざるをえなかったが、彼らは本当に味方だろうか？　確かにとてもよくしてくれた。でも……。夜の暗い路地で、ダイアナに確信が持てるものは何もなかった。

リットン卿と彼の屈強な腹心はわたしをどこに連れていくのかしら？

子供部屋の前で別れて以来、ヴィンセントの姿は見ていない。わたしの荷物は何時間も前にリットン卿の馬車に積み込まれた。そして彼から、ヴィンセントと落ち合う場所に行くと言われた。

でも、どうしてこんなに人目を避けるのだろう？

それに、ヴィンセントをこれまでどおり全面的に信頼するのは賢明かしら？　わたしには人を見る目がほとんどなかったのだから、とダイアナは皮肉っぽく考えた。大慌てでわたしを安下宿から移した彼の動機がさっぱりわからない。ああ、リットン卿の安全なお屋敷に戻りたい。元いたあの安下宿でもかまわないわ。

子供たちを抱えて逃げ出したい。

でもそれは、現在の目的地と同じく安全とは言い難い。

だめ。今は用心しながらも、信じなくては。少し前方に、路地に隠れるようにして止まっている、トランクをのせた黒っぽい馬車が見えてきた。眠り込んでいるのか、髪粉のかつらに山高帽の御者が御者台でうなだれている。御者は足音を聞くと、しゃんと起き直り、彼らを透かし見た。リットン卿がその馬車の扉を開け、セリーナを乗せる。眠っていたセリーナはぐずったが、すぐに丸くなってまたすやすやと寝入った。リットン卿は次にビザムをダイアナから受け取り、彼女を先に乗せようとした。ダイアナは一瞬ためらった。たとえ一瞬でも子供たちを離すのは心配だった。

その不安に気づいたのだろう、リットン卿はダイアナの前に踏み出すとビザムを乗せた。それから彼女を乗せようと振り向き、肩をやさしく叩《たた》いた。

「心配しないで。万事うまくいくから」

ダイアナは無言でうなずき、セリーナの隣に腰を下ろした。スロックモートンが御者台に上り、明かりが灯《とも》されたとき、馬車が揺れた気がした。その直後、驚いたことに御者が乗り込んできた。ダイアナがこの異例の行為を問いただす間もなく、御者は身をくねらせて外套《がいとう》を脱ぎ、かつらを取った。

「ヴィンセント！」

ヴィンセントはにやりと笑った。「ご名答」

「でも、なぜ変装を？」

「きみたちの安全のためだ。それと、わたしの」馬車が動きだした。彼はちらりと外を見た。「尾行されたくないんだ」

馬車は角を曲がり、快調に走りだした。「スロックモートンが御者を？　彼が一緒に来るの？」

「ああ」ヴィンセントは眉間《みけん》にしわを寄せた。「そうらしい。リットン卿が連れていくように言ってきかないんだ。スロックモートンは何年も前から雇っていて、信頼できるし、非常に……役に立つと言っている」

「でも、あなたはうれしくなさそうな口ぶりね」

「よく知らないから」

「彼を信頼していないの？」

ヴィンセントはダイアナを探るように見て、重々しく答えた。「わたしは誰も信頼していない」

実を言えば、ヴィンセントにこの強力なスロックモートンを信頼できない理由はなかった。ただ、新参者は用心するに越したことはないと思っているだけだ。ただ彼が助《すけ》っ人《と》なら、いざ格闘となったときには非常に心強いだろうと思ってはいた。

ダイアナを完全に信頼できたらいいのだが。

彼女が何かを隠しているのは確かだ。でも、何を？ ヴィンセントはすやすやと眠るビザムの脇《わき》、ダイアナの向かいに座っていた。ダイアナは膝にセリーナの頭をのせて、隅にぐったりともたれている。あと二、三時間したら、彼女を休息させてやろう。

ダイアナがため息をつき、ヴィンセントを見た。「わたしたちはどこに行くの？」

「最終的にはイングルウッドに。だが、直行はしない。きみを悩ます輩《やから》は遅かれ早かれわれわれを捜し当てるだろう。だが、わたしに迎え撃つ準備ができるまで彼らに見つかるのを遅らせたい。きみを守るにはロンドンよりはそちらのほうがはるかに簡単だ。彼らがわたしたちを見つけたとき、初めて彼らの正体がわかるはずだ」

ダイアナはこぶしに握った手を口もとに押し当てた。「なぜ？ なぜ彼らはこんなことをするの？ なぜ子供たちを連れ去ろうとするの？」

「わたしには皆目わからないが、リットン卿は彼らがきみを支配する手段を欲しがっているのだと言っている」ヴィンセントはダイアナを穴の開くほど見つめた。「きみは何か知っているのか？ そのことが連中に損害を与えるんじゃないのか？」

「知らないわ！」今にもパニックを起こしそうな甲高い声だった。「きっとウィンがわたしに何か話したと思っているのよ。でも、わたしたちはあまり一緒にいなかったわ。ウィンはいつも忙しくて」

ヴィンセントはうなずいた。夫が彼女を顧みなかったことは確かだが、だからといって、饒舌《じょうぜつ》だった彼が妻に何も話さなかったとは言えない。「彼は何か言ったはずだ。ある種の一派に関することを」

　ダイアナは数秒間、考え込むように窓の外を凝視した。「思い出せないわ。ええ、ウィンは一、二度〝セント・エドマンズの仲間たち〟のことを話したわ。まるでわたしが誰のことかわかっているような口ぶりで。でも、知らないのよ。セント・エドマンズ卿以外は」

「ホランド卿夫妻の話をしたことは？」

「あるわ。お屋敷によく招かれたので、ウィンは行ったわ。わたしは――社交界への出入りをやめていたので。そんな余裕が……」暗いので、赤面したのは見えなかったが、声に恥ずかしさがにじんでいた。「なぜ彼らのことをきくの？」

「夫妻はナポレオンの崇拝者だ。イギリスには彼をまた帝位に就かせたがっている連中がいる」

　ダイアナは首を振った。「ほんの数カ月前に彼を追い出したのは誰なの？　それで満足できないの？　ナポレオンとの戦いで、どれほどのイギリス人が命を落としたことか」

「数えきれないほどさ。彼を復活させる企てが成功したら、もっともっと多くの命が失われるだろう」

　ダイアナは膝で眠る娘を見下ろし、膝に広がった淡い色の髪を撫《な》でた。「子供たちには平和な世界で育ってほしいわ。いつかビザムが出征しなければならないかと思うと、耐えられない」

「少なくともビザムはナポレオンと戦うようなことにはならないだろうよ」ヴィンセントは身を乗り出して、窓の外の暗闇を透かし見た。「よく外を見ていなければいけないな。じゃあ、失敬」

　ダイアナにいやなことをきかれる前に、ヴィンセントは馬車の屋根を叩いた。馬車が急停止すると、彼はまたかつらをつけて外套を羽織り、御者席に上ってスロックモートンと並んだ。少なくともここなら、狭い馬車のなかでのように彼女を意識して苦しい思いをしないですむ。彼女のほのかな香りを吸い込まずにすむ。手を触れたい、抱き締めてそのふっくらした唇を貪《むさぼ》りたいという衝動と闘わずにすむ。

馬車は数時間、暗闇のなかを精いっぱいのスピードで進んだ。ヴィンセントは目印を見分けるために目を皿のようにし続け、ついにスロックモートンに馬車を止めるよう合図した。

「アッシュウェルの分岐点までどれくらいだと思う？」ヴィンセントは新顔の護衛に尋ねた。

「わかりません。わたしがこの道を通ったのはずいぶん昔だから」大男はかつらをむしり取ると、茶色の頭をぼりぼりかいた。「でも、まだアイヴェル橋まで来てませんぜ。しかし、ヨークシャーに行くなら、アッシュウェルは通り道じゃないはずですが」

「ヨークシャーに行くとも」ヴィンセントはうなずいた。「このまま走れ」

そこから二、三キロ進んで橋を渡り、さらに十五分ほど走ると、目的の分岐点が見えてきた。

「止めろ」ヴィンセントは馬の足が遅くなるのを待って、スロックモートンから手綱を取った。「左手のあの小さな林を調べてこい。この馬車を隠せるだけの場所があるかどうか調べてくれ」

「了解」スロックモートンは馬車を降り、さりげない足取りで林のなかに入っていった。数分後に戻ってくると彼は言った。「狭いですが、大丈夫だと思います。この暗さでは誰の目にもつきませんぜ」彼らは馬車を林に乗り入れると、すぐに走りだせるようにその向きを変え、明かりを消した。

そして、待った。

木々が夜風にそよぎ、どこかで短い悲鳴と勝ち誇った鳴き声があがった。小さな生き物がふくろうの夕食となって命を終えた声だった。かすかな星明かりが道を照らしている。ヴィンセントは辛抱強く座っていた。やつらはきっと来る。待っていさえすればいい。やがて、遠くで馬の蹄《ひづめ》の音がした。

数分後、四頭立ての馬車が猛スピードで通り過ぎた。分岐点でも速度を落とさず、幹線道路を突っ走ってアッシュウェルから離れていく。蹄の音が消えると、ヴィンセントはスロックモートンにうなずいた。

「アッシュウェルには宿屋がある。そこに泊まるぞ」

スロックモートンはぴしりと鞭《むち》を鳴らして馬車を細い道に向けた。

夜明けの光が空を染める直前に、馬車は宿屋の中庭に入った。車内でじっとしていたのと、きのうの暴漢たちとの格闘による凝りと痛みで、ダイアナは馬車から倒れ込むように降りた。ヴィンセントは彼女を抱き留めて起こし、ダイアナがどぎまぎするほどじっとその顔を覗《のぞ》き込んだ。

「立てるか?」ダイアナが体を離そうとしても、彼は用心深く、彼女の肘に手を添えていた。

ダイアナは一歩踏み出し、さらに一歩歩いた。

「ええ、大丈夫みたい。動かなかったから、ちょっと足もとがおぼつかないだけ」

「それと、疲れだ。でも、すぐにやすめるよ」

馬車のなかから子供たちの不機嫌そうな声があがった。ダイアナは苦笑した。「あなたが小さな子供とあまり接していないのがよくわかるわね。子供というのは早起きだし、しかも、あの子たちは夜通し寝ていたのよ。もう寝ないわ」

「だから、宿屋にはメイドがいるんだ。きみが寝ているあいだ、子供たちの世話を頼もう」ヴィンセントはふらふらのセリーナを抱き下ろすと、次にビザムに手を差し出した。

「でも——」

ヴィンセントは即座にダイアナの抗議を遮った。

「わたしかスロックモートンが常に見張る。交替で睡眠をとるつもりだ」彼はまた探るようにダイアナの顔を見つめた。「毎日ずっと子供たちを見守っていることはできないんだよ、ダイアナ」

「そうね」突然、ダイアナは疲労と恐怖の真っ暗な井戸にのみ込まれそうになった。「わたし……」彼女は諦《あきら》めた。「ありがとう」

一行が宿屋に入ると、すでに住人は起床して働いていた。ずんぐりした主人とのっぽでがっしりしたその女房があたふたと出てきたが、二人はヴィンセントを見るなりぱっと足を止めた。女房が向きを変えて、厨房《ちゅうぼう》から現れたメイドとまた奥に消える。主人は引っ込みこそしなかったが、ヴィンセントとスロックモートンをじろじろと見た。

「おはよう、ビグルズウェイド。元気にやっているようだな」ヴィンセントはきちんと会釈した。

宿の主人は片目でヴィンセントを、もう一方の目でダイアナを見ながらお辞儀をした。「ええ、まあ。ぼちぼち。で、旦那《だんな》はいかがで？」

「元気だ。ありがとう。ここに来たのは数年ぶりだ」

主人は、まだ当分は来なくてよかったのに、という顔をしたが、礼儀正しく答えた。「それで、今日はいかがいたしましょう？」

「見てのとおり、夜通し旅をしてきた。このレディと子供たちには居間付きの部屋を。わたしの部屋はその隣に。用意できるな？」

「部屋はございますが」主人はスロックモートンの潰れた顔を胡散《うさん》くさそうに見た。「そちらは？」

「彼とわたしは同じ部屋を使う」ヴィンセントはダイアナに振り向いた。「食事は部屋に運ばせようか？」彼女がうなずくのも待たずに続ける。「それと、レディが就寝中はメイドに子供たちの世話をしてもらいたい」

「いいですとも」主人は女房をちらりと振り向いたがいないのに気づき、お辞儀をして下がろうとした。「それから……」ヴィンセントが柔らかい口調で言ったにもかかわらず、主人はぎょっとして振り向いた。「われわれがここにいることは口外無用だ」

「は、はい。わかりました」

そのあとすぐに、ミセス・ビグルズウェイドが再び姿を見せ、ヴィンセントを無愛想ににらむと、ダイアナを階上《うえ》に案内した。これはいったいどういうこと？　ダイアナはヴィンセントをちらりと見たが、陰気な顔に表情はなかった。女房について、まあまあの家具が備え付けられた居間に入ったとたん、ダイアナはソファーにぐったりと座り込んだ。

すっかり目が覚めた子供たちは新しい環境を探検したいとせがんだ。彼らをまた寝かしつけるのは無理だと思ったとき、ドアが軽くノックされ、メイドが熱々のパンと飲み物をのせたお盆を運んできた。とてもおいしそうなにおいがする。ダイアナは空腹を忘れていた。心配のあまり、昨夜は食べ物が喉を通らなかったのだ。

メイドがテーブルにお盆を置くと、子供たちはさっそくやってきた。メイドと女房が二人を椅子に座らせる。ダイアナもテーブルにつき、女房たちの給仕で料理は瞬く間に平らげられた。

ダイアナが二杯目のお茶を飲み干したとき、またドアがノックされ、ヴィンセントが入ってきた。いつもと違って黒い巻き毛はくしゃくしゃに乱れ、頬と顎が無精ひげで黒ずんでいる。幅広のタイ《クラヴァット》もなく、上着も着ていないが、そんなだらしない格好の彼でも、ダイアナは息をのんだ。

いや、だらしないからこそだろう。緩めた襟もとから覗く、きりっとした顎の線。まくり上げた袖《そで》から見える腕の隆起した筋肉と血管。どうしてこれまで彼の魅力に気づかなかったのだろう？　自分の問題で頭がいっぱいだったからかしら？

たぶんそうだわ。

宿の女房が顔をしかめ、豊満な胸の上で腕を組んで若いメイドの前に立った。メイドはヴィンセントを用心深く見ている。彼は女房を無視して、ダイアナに言った。「寝支度は整ったかい？　こちらの娘さんが——」メイドを顎で指し示す。「子供たちを散歩させてくれるなら、わたしがついていく」

女房が怒った。「アビーには仕事がたくさんあるし、旦那と一緒に散歩などさせられません。手伝いが必要なら、わたしが子守りをします」

ヴィンセントは慇懃《いんぎん》にお辞儀をした。「ありがとう、ミセス・ビグルズウェイド。手間を取らせて悪いな」

宿の女房はうなずいたが、ダイアナのすりむけた頬を見ると、ますます疑《うたぐ》り深そうな目つきになった。セリーナとビザムが椅子から飛び下りたので、ダイアナが注意した。二人はすぐに朝食の礼を言い、ヴィンセントと宿の女房について出ていった。ダイアナはそれを心配そうなまなざしで見送った。

ヴィンセントと一緒なら安全だわ。助けてくれたのはほかならぬ彼だもの。でも、彼を完全には信じきれない。わたしの敵はわたしを支配したがっているのだと彼は言った——だけど、それこそ彼がしたことではないの？　ときどきわたしに向けるあのまなざし。あれを見ると、彼が本当にわたしに求めているのは何かと考えてしまう。でも、いみじくも彼が指摘したように、子供たちを夜も昼も見守ってはいられないのだわ。メイドについて続き部屋に入っていくときからもう、ダイアナのまぶたはくっつきそうになっていた。

「ベッドは風を当てたばかりです、奥さま」メイドは窓際に行ってカーテンを引いた。「お着替えを手伝いましょう」

ダイアナは背を向けて、ドレスのボタンをはずしてもらった。トランクがどこに行ったのかわからなかったので、シュミーズのままベッドに入る。メイドがベッドカーテンも引いた。ダイアナはベッドに横になり、メイドがドアを閉める音に耳をすました。子供たちの声を聞こうと聞き耳を立てる。そして、セリーナの陽気な笑い声を聞いたと思ったとたん、眠りに落ちた。

どれくらい寝ていたのだろう。ひと筋の明かりとささやき声に気づいて、ダイアナは目を覚ました。目を開けると、宿の女房がベッドカーテンから顔を覗かせ、ささやいていた。「奥さま、目を覚まして。助けがお入り用ですか?」

「な、なんのこと?」ダイアナは体を起こして目をこすり、眠けを吹き飛ばそうとした。

「助けがお入り用ですか?」女房は肩越しにちらちらと振り返った。「大丈夫ですよ。旦那さんは寝たし、もう一人は便所に行きました。お子さんはアビーが居間で相手をしています」女房はさっとダイアナの頬に触った。「旦那さんに殴られたんですか?」

「えっ! いえ、違うわ。あの人ではないわ」

「わたしたちがお助けしますよ」女房が心配そうな顔をした。「あの方は前から知っています。無慈悲で、意地悪な人だ。彼から逃げたいんでしょう?」

「さあ——わからないわ」

ぞっとしたことに、ダイアナは本当にわからなかった。ちょっとした知り合いにすぎない男と一緒に、自分の知るすべてから逃げているわたしがいる。何から何に逃げているの? そのとき突然、居間に続くドアのほうから物音がした。女房は挑戦的にしかめた顔でくるりと振り向いた。

ヴィンセントが二人をじっと見つめていた。何も言わない。ダイアナも何を言っていいのかわからないので黙っていた。女房は腕を組んで、勇敢にも彼らのあいだに立ちはだかった。

ダイアナは大きく息をついた。「ありがとう、ミセス・ビグルズウェイド。配慮には感謝するけれど、これ以上の手伝いは結構よ」

「もし必要になったら、大声で言ってくださいまし」女房はヴィンセントの脇をかすめて、居間に戻った。

ヴィンセントが下がっていく女房を見送る目つきには何かがあった。悲しみ？　確かにその種のものだわ。妙ね。彼がダイアナに振り向いた。「わたしはしばらく寝ると言いに来たんだ。スロックモートンが見張り番に立つ。きみが外に出たければ、彼が付き添う。わたしがアッシュウェルにいることは誰にも知られたくない――きみのことも」

「わかったわ」ダイアナは不意に自分がシュミーズ姿なのを思い出し、顎まで上掛けを引き上げた。

「体は充分やすまったみたい。一人で散歩に出るかも」

ヴィンセントはしばらくダイアナを見つめていたが、やがて淡々とした声で言った。「この道を進み続けるのがいやなら、レディ・ダイアナ、引き返してもいいんだよ」

またしばらく沈黙が続いた。ダイアナは決断を下した。「元に戻るということ？」

ヴィンセントがうなずく。「そうだ」

そう言うと彼は背を向け、居間を通って廊下の向かいにある自分の部屋に戻っていった。

ヴィンセントは必死に眠ろうとした。寝ておかなければ、いざというときに機敏な動きができなくなる。だが、なかなか眠れなかった。ダイアナが宿の女房に言ったことが脳裏に反響していた。〝彼から逃げたいんでしょう？〟〝わからないわ〟彼女はわたしを信頼していない。それは別に意外なことではない。わたしだって彼女を信頼していないのだから。彼女は何か知っているが、話してくれそうにない。

しかし、つらいのはそれだけではなかった。ヴィンセントは自分がどれほどミセス・ビグルズウェイドに恨まれているかを痛感した。主人とは今朝、仲直りした。この前、宿に与えた損害を賠償し、詫《わ》びの印に多額の心づけも加えて。だが、ここの娘への仕打ちを女房から許してもらうにはもっと長い時間がかかりそうだ。

はたしてわたしは自分を許せるだろうか？

この四年、身から出た錆《さび》とはいえ、わたしは悪評を克服しようと懸命に努力した――あらゆる責務を果たそうとした。軍隊に入り、命を危険にさらした。だが、まだまだ足りないらしい。不名誉な過去はもはや償えそうにない。自尊心を取り戻すことはできそうにない。そして今、過去がダイアナにも影響を及ぼしてきた。

豊かな髪をむき出しの肩に垂らしてベッドに入っていたダイアナの姿が閉じたまぶたの裏に浮かんだ。部屋に入るつもりはなかった――ひそひそ声の会話を聞くまでは。だがそのあと、わたしはシュミーズから覗く胸もとの曲線と不安げな表情に釘《くぎ》づけになって、突っ立っていることしかできなかった。

ヴィンセントの体が高ぶってきた。ウィンはどうしてあんな魅力的な女性をほうっておいたのだろう？　あの静かな外見の下に燃え盛る熱情をどうして見逃していたのだ？　彼女がわたしのものだったら、あらゆる苦難から守ってやるのに。彼女を未亡人にしたばかりか、今なお脅している勢力から彼女を守り抜くのに。彼女をわたしの……。

だが、今はできない。わたしは深みにはまっている。

ウィンと同様に、わたしも彼女を危うくする存在なのだ。

目を覚ましたとき、ヴィンセントは暮れゆく光と厨房からの騒々しい音で夕食の時間だと知った。彼はベルを鳴らして湯を運ばせ、洗顔とひげ剃《そ》りをした。スロックモートンがトランクを運び上げていたので、新しいシャツに着替えたが、クラヴァットは結ばなかった。真夜中の田舎をこっそり走るのに、そんなものは不要だろう。

廊下を突っ切り、ダイアナの居間に入っていくと、顔を洗って髪を梳《と》かしてもらったセリーナがいた。続き部屋の声から判断すると、ビザムもじきに居間に来るだろう。

ダイアナの静かだがきっぱりとした声が聞こえた。

「ビザム、顔をちゃんと洗わせてくれないと、ここであなた一人でお夕食を食べることになるわよ」

ビザムが意味不明の返事をしたが、セリーナがくすくす笑ったので聞こえなかった。「ビザムは顔を洗われるのが嫌いなの」

「なるほど」ヴィンセントは自分が子供のころはどうだったかを思い出そうとした。そんなことはどうでもよかったような気がする。彼はセリーナにほほえんだ。「今日は楽しかったかい、ミス・セリーナ？」

「ええ！　二回も散歩したの。午後の二度目の散歩ではスロックモートンが花を摘んでくれて、アビーが花冠の作り方を教えてくれたの」セリーナは寝室に駆け戻り、しおれた花輪を持ってきた。「ほら」

ヴィンセントは花輪を手のなかで裏返した。女の子は午後の散歩でこんなことをするわけか。

「わたし、田舎が大好き」セリーナは花冠を自分の金髪の頭にのせた。「外のほうが家のなかよりずっと楽しいわ」

小さな人影が寝室から駆けだしてきてヴィンセン

トの膝に飛びかかり、細い腕でしがみついた。よろけたヴィンセントは手を差し伸べて、小さな崇拝者を腕に抱き上げた。「このとってもきれいになった坊主は誰かな？　見たことのない顔だぞ」

「ぼくだよ、ビザム！　また外に出てもいい？」

「出てもいいですか、でしょう？」ダイアナが息子のあとから出てきた。「でも、いけません。お夕食の時間です。こんばんは、ロンズデール卿」彼女は手を差し出した。

ダイアナは黒いドレスから薄紫色のドレスに着替え、長い髪を首のうしろで上品にシニョンにまとめていた。目の下の隈《くま》は多少消えたが、頬のあざは白い肌にひときわ目立つ。ヴィンセントはビザムを床に下ろし、ダイアナが差し出した手を取って握り締めた。ダイアナが顔をしかめた。

ヴィンセントは力を緩め、彼女の手の甲をじっと見た。そこにも青あざがあり、指関節がすりむけている。彼は物問いたげにダイアナを見た。

ダイアナはさっと手を引っ込めた。「昨日、あの男に蹴《け》られたの」

ヴィンセントの身内に怒りがこみ上げた。彼は怒りが静まるまで待って、答えた。「すまない。わたしがもう少し早く駆けつけていたら……」

ダイアナは驚いて彼を見た。「あなたのせいではないわ。あなたが来なかったら……」ふと口をつぐみ、ため息をつく。「本当に昨日の出来事かしら。まるで一生がたったような気がするわ」

「この二日で実に多くのことが起きた」ヴィンセントはダイアナを椅子に座らせた。「今夜はきみたちをやすませたいが、そうもいかない。すぐに暗くなる。食事を終えたら出発したい」

「あなたがいいと思うならなんでもどうぞ。まあ！」ダイアナはビザムのフォークをつかんだ。「ソースがシャツにこぼれているわ。だめ……待って」ビザムはしょんぼりとシャツを見下ろし、ナプキンでこぼれたソースをふこうとしてさらになすりつける結果になった。ダイアナがため息をつき、ヴィンセントにほほえむ。「もう手遅れね」

ヴィンセントはげらげらと笑った。「知らなかったが、親というのは大変だね」

「親が一人でなんでもする場合はね。もういいわ、ビザム。シャツをまた替えましょう」ダイアナはヴィンセントを真剣なまなざしで見た。「でも、わたしがそれをいやがっているなんて思わないで。子供たちはわたしの宝物なの」

「わかるよ」彼女の心にはわが子以外の人間を受け入れる場所があるのだろうか？　子供への愛とウィンの死を嘆き悲しむ気持ちでいっぱいなのか？　彼女が泣くのを見たことがない。ビザムとセリーナを暴漢から取り戻したとき以外は。泣き虫ではないのだ。よかった。

ほかの男のために彼女が泣くのを見るのは耐えられない。

そうか、彼らは手を組んだのか。大いに結構！　彼女への投資は無駄だったと思い始めていたが。しかし、ある意味で残念だ。あの女をゆすって秘密をさぐり出すほうがはるかに面白かっただろうに。

だが、ロンズデール卿は彼女のばかな夫よりもずっと手強い。あの男の情報は集められるだけ集めなければならない。それはあの女が提供してくれるだろう。わたしはあの女を見張ってきた。あの女に慎重に植えつけた恐怖を眺めていた。彼女にはわたしの要求を断るだけの勇気がない。

そうとも。美女を手玉にとっておくのは決して無駄ではない。それに、いつか彼女を味わう機会だって訪れるはずだ。

# 5

夜の闇《やみ》を突いて疾走する馬車のなかで、ダイアナは激しい揺れに備えて身構えていた。幸いなことに、子供たちは眠っている。黒い服を着た二人の姿は見えないが、静かな寝息と膝の上のビザムの頭のぬくもりで、その存在ははっきりわかった。

ヴィンセントに言われて、ダイアナも黒いマントを羽織っていた。彼はわたしたちを人目につかせたくないらしい。でも、誰に見せたくないの？　前の晩、木立に隠れて以降、尾行されている気配はない。そもそも、わたしたちを追い越したあの馬車は、わたしたちを追っていたのだろうか？

だが、違うとも言いきれない。

しかしそれよりも、ダイアナの頭は宿の女房にきかれたことでいっぱいだった。なぜミセス・ビグルズウェイドはわたしがヴィンセントから逃げたがっていると思ったのだろう？　彼に殴られたと思ってもいたようだ。宿の主人夫婦をそう思わせるようなことがあったのかしら？　彼に関する噂《うわさ》は真実かもしれない。ひょっとしてわたしは前よりもっと大きな危険に乗り換えてしまったの？

これまでの彼の親切を思えば、それはとうてい考えられない。でも、彼がこうした行動に出たのはわたしの知らない何かを探っているからに違いない。ああ、なんて複雑な状況になってしまったの！　どうしたらわたしと子供たちはこの闇から逃れられるの？

不意に窓際で物音がした。一瞬ブーツが窓に見えたと思った次の瞬間、ヴィンセントが馬車のなかに滑り込んできた。

ダイアナは胸に手を当てて驚きを静めながら、体をずらして場所を空けた。ヴィンセントが隣に座る。

「びっくりさせないで」

「悪かった。わざわざ馬車を止めたくなかったもので。今、本街道を走っている。裏道を行くほうがいいんだが、それだと時間がかかりすぎる。朝までにはレスターシャーに入っているだろう。きみは大丈夫かい?」

かろうじて見えるヴィンセントの角張った横顔がダイアナに向いた。ぎゅうぎゅう詰めの座席で彼の息が頰にかかる。ダイアナは突然、太腿に押しつけられた彼の脚の温かさが気になってきた。はっと息を吸い込むと、彼のたばこくさい男性的なにおいが鼻腔《びくう》に広がった。わたしったら何を考えているの!

一瞬、何をきかれたのか思い出せなかった。「ええ、大丈夫。暗闇で話し相手もいないのはちょっと退屈だけど」

ダイアナは彼から離れようとしたが、馬車が揺れて逆に押し戻されてしまった。ヴィンセントの手が背中に伸びて肩をつかみ、支えてくれた。

再びもっと大きな揺れがきて、今度は反対側に揺り戻された。ヴィンセントは握りをしっかりつかんで、ダイアナがビザムの上に倒れないように抱き寄せた。突然馬車のなかが静まり返る。二人とも息を殺していた。道が平坦《へいたん》になったとき、ダイアナはヴィンセントを見上げている自分に気づいた。彼の顔がだんだん近づいてくる。ついに押し殺した小さな声が聞こえた。

「いけない」

ヴィンセントは慌てて、入ってきたときと同じようにして出ていった。

十字路を通過するときだった。ヴィンセントのうなじの毛が逆立った。彼はスロックモートンに馬車を一時止めさせ、どの道を取るか考えた。追っ手はわたしがどの道を行くと考えるだろう？　監視されているという確信が深まっていた。わたしが誰かを見張るとしたら、ここの十字路に細心の注意を払うだろう。目を皿のようにして見張る。

「どの道にするんで？」スロックモートンが暗闇を不安げに透かし見た。

「あまりきょろきょろするな。もう少しこのまま行こう」

スロックモートンが馬に手綱を当てて、いちばん西寄りの道を取る。ヴィンセントは馬車の屋根に上り、トランクのあいだに体を伏せて数分間、後方に目を光らせた。月はなく、かすかな星明かりでは何も見えない。物音さえも聞こえなかった。

だが、首のうしろは依然としてちくちくする。

ヴィンセントは御者台に戻った。「馬車を道路際に寄せてくれ」

スロックモートンが言われたとおりにすると、ヴィンセントは降りて扉を開けた。「ダイアナ、きみたちにしばらく馬車を降りてほしい。いいね？」

「ええ……」困惑したような声だった。「でも、子供たちはどうするの？　眠っているのよ」

「わたしたちが運ぶ」ヴィンセントはスロックモートンを手招きした。「セリーナを頼む。わたしはビザムを抱いていく」

「でも……なぜ？」ダイアナはヴィンセントの肩をつかんで体を支え、馬車から降りた。「空の馬車がここにあるのを見たら、誰でも変に思うのではない？」

「その人間に他意がなければ、御者が小用を足しに行ったぐらいにしか思わないだろう。だがそうでなければ、われわれは彼らに備えなければならない」

ヴィンセントはダイアナの手を引いて道路脇《わき》の土手を上り、小さな森に入った。スロックモートンが楽々とあとからよじ登ってくる。腕に抱くセリーナの重さなど少しも感じないかのようだ。

ヴィンセントは樫《かし》の大木を見つけると、そのうしろにダイアナを引き寄せた。木のくずを足で払いのけ、危険な森の住人はいないかと周囲を見回す。だが、この暗闇ではどんな小さな生き物も見えはしなかった。仕方なく、動物に噛《か》まれないようにと祈りながらビザムを地面に横たえる。次にスロックモートンがセリーナを座らせて木にもたせかけた。

ビザムは寝言を言うと静かになったが、セリーナは目をこすり、不機嫌に言った。「ここはどこ?」

「しいっ!」ダイアナは慌てて娘のそばに膝をついた。「音をたてないで。静かにできるわね?」

セリーナは母親の肩に頭を預けた。すでにまたうとうとしている。

「よし」ヴィンセントはダイアナの背中を励ますように叩《たた》いた。「長くはかからないと思う。木の陰に隠れているんだ。銃声が聞こえたら地面に伏せろ」

「銃声って! あなたはどこに? わたしたちを置き去りにしないでしょう?」声に不安がにじんでいた。当然だろう。

「ほんの二、三分だ。これを……」ヴィンセントはポケットから二挺《ちょう》目のピストルを取り出した。暗闇で手探りしながら、それをダイアナに握らせる。

「どうしてもという場合にのみ使うように」彼は暗闇で苦笑いした。「くれぐれも、わたしやスロックモートンを撃たないでくれよ」

ダイアナはヴィンセントの腕をつかんだ。「これはいらないわ。ポケットに自分のを持っているの」

ヴィンセントは驚きつつピストルを納めた。「使い方を知っているのか?」

ダイアナがうなずくのがわかった。よし、武器が一挺余分にあれば大いに好都合だ。ヴィンセントは音もなく土手を下った。脇を巨漢の御者が驚くほど静かに移動する。二人は馬車のランプを消すと、互いに少し離れて陣取り、暗がりに隠れた。

　待ちぼうけを食うことはなかった。彼らが身を隠すとすぐ、馬の低い蹄《ひづめ》の音が風に乗って伝わってきた。やがて黒い影が三つ、星空を背景にくっきりと浮かび上がった。三人は馬車に油断なく近寄ると、馬を降りた。

　一人が車内を覗《のぞ》き、ほかの二人は周囲を見回す。

「ここにはいないぞ。どこに消えやがった？」

「たぶん森のなかだろう。手分けして調べよう」三人は油断なく目を光らせながら森に入った。

　ヴィンセントは待った。全身の筋肉を緊張させ、耳をそばだてて。一人がほとんど手の届くところに来た。さらに近づく。あともう少し。ヴィンセントは飛びかかり、ピストルの台尻で男の頭をしたたかに殴りつけた。男が崩れるように倒れた。

　あたりは再び静かになった。すべての動きが止まり、風さえもやんだ。ヴィンセントは息を殺した。やがて、ささやくような声が暗闇から聞こえてきた。

「ジェイク？」

　スロックモートンが動いた。ぬっと現れた大きな手に振り向かされて、二番目の男は悲鳴をあげた。元ボクサーの強力なこぶしが顎に炸裂《さくれつ》すると、男は仰向けにばったり倒れ、動かなくなった。

　ダイアナは樫の木のうしろにしゃがんで、道路に近い場所から聞こえる騒ぎに聞き耳を立てた。下草のそよぐ音が近づいてくる。じっとり汗ばむ手のひらをスカートで拭《ぬぐ》い、木の陰から顔を出して油断なく覗く。土手を上ってくる顔は見えなかったが、いくつかの声が聞こえた――ヴィンセントやスロックモートンのものではない声が。次の瞬間、何かが起こった。どさりという音が二回、悲鳴が一回。

　叫んだのは誰？　わたしの味方？　子供たちとこの森に取り残されてしまうの？　そんなのいやよ！

ダイアナはセリーナをひしと抱き寄せた。

下草のざわつく音がさらに近づいてくる。ダイアナはピストルを片手に握り、もう一方の手でしっかりと娘の口もとを押さえた。セリーナはもがいたが、母親にきつくふさがれると静かになった。黒い人影がダイアナの隠れる樫の木のそばに立ち上がったのはそのときだった。

誰なの？

スロックモートンほど巨漢ではない。だが、ヴィンセントよりも大柄のようだ。

おぼろげな人影が木の幹に肩をもたせて荒く息をつく。三十センチと離れていない。ダイアナは思わず喉を絞められたようなあえぎをもらした。

人影がぱっと飛びすさった。

ダイアナはピストルの引き金を引いた。

突然、森は大混乱に陥った。セリーナが身を振りほどいて金切り声をあげる。ダイアナは慌てて娘の腕を取り、地面に伏せさせた。

つまずきながら下草を踏み潰《つぶ》して遠ざかる足音が聞こえる。

息せき切って土手を上ってくる別の足音も。

「ダイアナ！」ヴィンセントが駆けてきた。「大丈夫か？　やつはどこだ？　何があった？」

「つかまえました」スロックモートンの声が暗闇から轟《とどろ》いた。

ダイアナはピストルを捨ててヴィンセントの腕に身を投げ出し、激しく泣きじゃくった。

「殺すつもりはなかったの。そんなつもりはなかった。なかったのよ……」

泣き叫ぶダイアナを静かにさせて男は死んでいないとわからせるまでに、かなりの時間が費やされた。ダイアナは彼女らしくもなくパニックを起こしていたのだ。そのころにはセリーナも泣きだし、ビザムも目を覚まして、泣きながら何事かをわめき始めた。それがおしっこをしたいという意味だと気づいたのは、母と娘をやっと静かにさせたときだった。

ヴィンセントはダイアナとセリーナを馬車に乗せると、ビザムをあまり人目につかない場所に連れていった。緊張していたが、いや、だからこそだろう、忍び笑いを抑えることができなかった。まったく拍子抜けする結末だ！

ビザムの小用を足したときには、スロックモートンが撃たれた賊の腕を止血して縛り上げ、まだ気絶している二人をそれぞれ別の木の根もとに座らせて、縛りつけていた。負傷した男は泣き言を言い続けている。

「まさかおれたちを置き去りにはしないよな？」

「いや、そのまさかだよ」スロックモートンが言った。「朝になれば、誰かが通りかかるさ」

スロックモートンに物問いたげな目を向けられ、ヴィンセントは一瞬ためらった。当然、三人を撃ち殺すべきだった。一人はダイアナに怪我《けが》をさせたごろつきにほぼ間違いなく、報復を誓ったのだから。しかし、ダイアナと子供たちの面前で平然と三人を射殺することなど考えられなかった。わたしにだってできないことはある。

「そのとおりだ。こいつらは金を持っているのか？」ヴィンセントはビザムを馬車に乗せた。まだ震えの止まらないダイアナがセリーナを胸に抱き締めている。

スロックモートンが財布をかざす。「小銭ですね」

「硬貨を抜いて、財布は残せ。そうすれば、こいつらの動きを遅らせられる」ヴィンセントは賊が乗ってきた馬の手綱を集めた。「馬車を頼む。わたしは彼らの馬を連れていく。あとで役に立つだろう」

実を言うと、賊の馬はできるだけ早い機会に捨てるつもりだった。追っ手に一行の居場所を教える絶好の目印になりかねないからだ。しかし、ごろつきどもに彼が馬を連れていったと思わせれば、彼らは馬を捜して無駄な時間を費やすだろう。二度と追いつかれたくはない。ダイアナが発砲するほど近くまで賊が迫ったことを思うと、ヴィンセントは膝が震えた。

本街道に至る道を何本か通り過ぎたとき、ヴィンセントは馬車を東へ向かういちばん細い道に向けさせた。案の定、小道を二、三キロ走ると、農場が夜明けの光のなかに見えてきた。つましい農夫がすでに牛小屋に向かっている。御者のかつらをつけ外套《がいとう》にくるまったヴィンセントは、ほんの数分で、主人が事故に遭ったと農夫を言いくるめた。そして金を渡し、引き取りに来るまで納屋で、つまり見えないところで馬を手厚く世話すると約束させた。

引き取りに来るつもりはまったくなかったが。

彼らが隠れ家に身を潜めたとき、太陽はかなり高く昇っていた。ヴィンセントがそこの所有者になったのは二年前だが、泊まったのは数えるほどで、友人たちもその存在を知らない。それは曲がりくねった長い私道の突き当たりにある荘園《しょうえん》領主の小さな邸宅で、道路は木々に囲まれ、数本の小道につながっている。なかなか探しにくい館《やかた》だった。

「エルドリッチ・マナーにいるあいだは、わたしたちはオナラブル・グリーンリー夫妻だからね」馬車が玄関先に止まると、ヴィンセントはダイアナに言った。「使用人たちはわたしのことを、宿屋に泊まるより屋敷を買うほうがいいという変人だと思っている。考えてみれば、確かにわたしは変わり者だが」

金髪の、がっしりした管理人が上着のボタンをはめながら慌てて玄関口に現れた。白髪まじりの髪を三つ編みにして頭に巻きつけた、恰幅《かっぷく》のいい妻もあたふたと出てきて挨拶《あいさつ》をする。少年が一人、馬車の馬を世話するために厩舎《きゅうしゃ》から飛び出してきた。ダイアナは馬車から疲れきって降りたが、予想どおり、子供たちは元気よく飛び降りると、周囲を熱心に見回した。

「ママ、見て。わたしたち、まだ田舎にいるわ」セリーナはうれしそうに手を叩いた。「散歩に行く？」

ダイアナはため息をついた。「今はだめ。朝食をとるのよ」

「そのあとで、いい？」飛び跳ねてせがむ。「いいでしょう？　お願い、お願い」

とっくに忍耐心をなくしていたダイアナはぴしゃりと言った。「セリーナ、駄々をこねないの。レディのすることではありませんよ。それはあとで考えましょう」

家政婦のミセス・コップズが助け船を出して、セリーナの背中をやさしく叩いた。「ポリッジを食べたら散歩に行きましょうね。娘のファニーが案内しますよ。ママにはおやすみしていただかなくては。エイダンと厩《うまや》に行ってみたらいいわ。子猫がいるのよ」家政婦はヴィンセントに振り向いた。「ご家族があるなんておっしゃいませんでしたね、ミスター・グリーンリー」

ヴィンセントは冷ややかにうなずいた。「ああ、ミセス・コップズ。最近のことなんだ」

ミセス・コップズはダイアナを見た。「そうでしたか。お会いできてうれしゅうございます、ミセス・グリーンリー。おいでになるのがわかっていたら、準備しておりましたのに。でも、ご心配なく。まだパンを焼く時間はありますし、村から手伝いの娘を頼むこともできますので。とてもお疲れのようですね」家政婦はヴィンセントを非難するように見た。「無理もありません。夜通し旅してこられたんですもの。すぐにファニーをやって、お部屋に風を入れさせます。あとでおやすみください。真っすぐ朝食の間にどうぞ」

ヴィンセントはダイアナの腕を取ると手入れの行き届いた花壇のそばを通り、磨き抜かれた石段を上った。ミセス・コッブズが子供たちに軽い食事をとらせるために、やさしくおしゃべりしながら連れていく。ヴィンセントはダイアナを朝食用のテーブルがある居心地のいい部屋に導いた。窓からは、なだらかに起伏した緑の放牧地が見渡せる。放牧地には白い羊と二頭のぶちの牛が散らばっていた。

「すばらしいところね」ダイアナは黒いマントを脱いで、椅子にほうり投げた。「あなたのもの？」

ヴィンセントがうなずいた。「ただし、ミスター・グリーンリーとしてだ。それを忘れないように」彼は静かに付け加えた。「ここの美しさに惹《ひ》かれて買ったわけじゃない。ここなら一人になりたいときに好都合なんだ。いつか猟小屋として使うかもしれない」

コッブズがコーヒーの用意をして運んでくると、ヴィンセントはダイアナを椅子に座らせた。そして、コッブズがコーヒーを注《つ》いで出ていくのを待った。

ダイアナはコーヒーをすすりながら無言で窓の外を眺めた。頭はヴィンセントのことを考えてめまぐるしく回転していたが、結局、疑問が深まるだけだった。なぜ彼は偽名で土地を購入するほど人目を避ける私生活が必要なのだろう？

ヴィンセントは心配そうにダイアナを見た。「どうしたんだ？　あまりしゃべらないね」

ダイアナは笑みを浮かべようとした。「疲れているの。とても大変な夜だったから」

「確かに」ヴィンセントがかすかに笑い、それから真顔になった。「きみはよくやった」

よく？　わたしはよくやったの？　人を撃った。殺すつもりで。それがいいこと？　いったいわたしは何に巻き込まれたの？　追っ手の狙《ねら》いはわたしだけ？　それともヴィンセントも狙っているの？　確かにわたしが知っていることだけでは、これほど執拗《しつよう》に付け狙われるはずがない。デイモスと自称するあの卑劣漢でもここまではしないだろう。

ゆうべ激しく取り乱して彼に何か明かしてしまったかもしれないと思ったとき、ダイアナの心臓は止まりそうになった。

もっと用心しなければ。でも、今いちばんの望みは自分の生活を取り戻し、わたしを脅かす人物の正体をつかむこと。それは見知らぬ他人か、憎むべきデイモスか、向かいに座るこの男か。

まずは彼から始めよう。

「いくつかきいてもいいかしら？」

ノーと言うのだろうかと思うほどヴィンセントは長々と考え込んだ。だがやっと、慎重にうなずいた。

「できるだけ率直に答えよう」

率直ってどの程度？　ダイアナは激しいいらだちを感じたが、それを脇に追いやった。これで彼の誠実度を正確に測れるだろう。だめでもともとだ。

「アッシュウェルの宿屋では、あなたへの応対がとても変だったわ。客が来たのだから本来ならうれしいはずなのに、そうではなかった。ミセス・ビグルズウェイドはあなたを知っていた。わたしをあなたから逃がしてやるとまで言った。あなたにわたしが暴力を振るわれたとも思っていた。なぜ？」

コッブズと、たぶん彼女がファニーだろう、茶色い髪のきれいな娘がサイドボードに蓋《ふた》をした料理を並べる数分間、ヴィンセントは椅子を引き、顔をしかめて窓の外を見つめていた。二人が出ていくと、彼はダイアナに振り向いた。

「なぜなら、以前あそこに泊まったとき、わたしは言語道断の振る舞いに及んだからだ」立ち上がって、サイドボードに近寄る。「食べるかい？」

ダイアナがうなずくと、彼は皿に料理を取り分けた。ダイアナは待ったが、それ以上の答えは返ってきそうになかった。これではいけない。彼のしかめっ面にも沈黙にも負けてはいけない。「ヴィンセント、もう少し詳しく説明してくれたらうれしいのだけれど。言語道断って、どんなことをしたの？　あなたが非道なことをするとは思えないわ」

ヴィンセントは片方の口もとにちらりと笑みを浮かべた。「四年前、まだわたしたちは知り合っていなかったからな」

話をそらす気ね。ダイアナは眉を上げ、子供はおろか、ときには夫でも従わせずにはおかない目つきでヴィンセントをにらんだ。

それはどうやら無口な独身男にも効果があったらしい。ヴィンセントは皿をダイアナの前に置くと自分の分も取り分け、もうひと言付け加えた。「それ以前のわたしは獣《けだもの》同然のひどい人間だった」ダイアナはフォークを手に取ったが、険しい表情は崩さなかった。ヴィンセントはちらりと彼女を見た。眉根を寄せて。「きみはどうしてもあのときの見下げ果てたわたしの行為について聞き出すつもりなんだね？」ダイアナは返事をしなかった。ヴィンセントは自分の皿を置くと、座ってナプキンを広げた。

「いいだろう。話せば、わたしには分別も知性のかけらもないことを暴露してしまうが。高潔さなどまったくないことをね。もうひとつスコーンは？」ダイアナが首を横に振ると、ヴィンセントは自分に二つ取って、ジャムをたっぷり塗った。そしてひと口かじり、宙を見つめた。「話しにくいな」ぼそっとつぶやく。そのあと、また長い沈黙が続いた。

しばらくして、ようやく彼はダイアナに目を向けた。

「だが、きみが説明を求めるのも当然だ。この前アッシュウェルに行ったとき……なぜ行ったのかは覚えていないが、わたしは当時いつもやっていたことを繰り返した。一階の居酒屋でへべれけになるまで飲んで、宿の娘に誘いをかけたんだ。軽く受け流されてむっとし、彼女の腕をつかんだ。そして、そのままよろけながら倒れ込んだ。だが殴ったりはしていない。ただ、娘は必死で抵抗したので、宿の亭主が助けに駆けつけ、わたしは彼と取っ組み合いになった。友人たちがわたしを押さえつけて、どうにか部屋に運び上げた。そこでもわたしは暴れたらしい。宿に損害を与えるほどにね」

「でも……でも、なぜ？」ダイアナはカップを置き、眉をひそめた。「今のあなたにはそんなところなどこれっぽっちもないわ」

「そうかい？」ヴィンセントは目を細めて思いをめぐらした。「本当にそうならうれしいが」

## *6*

ダイアナは自分も心の底からそう信じたいと思った。家族の身を委《ゆだ》ねたこの用心深い男が、突然わたしに牙《きば》をむくことなどあるのだろうか？　酔っ払うと、今聞いたような獣《けだもの》になってしまうのか？　酒を飲みすぎたヴィンセントを見たことはないが、過去にそういうことがあったのだとしたら……。夫に選んだウィンでさえああいう人間だったのだ。わたしに人を見る目があるとは思えない。ヴィンセントがわたしをじっと見ている。あれは挑戦的なまなざし？　でもなんのために？　わたしは彼を咎《とが》める立場にはない。言えるのはこれだけ。「なるほど」なんと場違いな言葉だろう。

二人は黙々と食べ続けた。ダイアナは意を決し、もっと不吉な疑問に迫ることにした。彼がなぜ偽名を使っているのかという疑問に。

「もうひとつ説明していただきたいことがあるの」

ヴィンセントが皿から用心深く顔を上げた。

「ここをひそかに買ったのはどうして?」

またしてもヴィンセントが眉をひそめた。大きく息をつく。「わたしはできるだけ率直に話すとは言ったが、ある種の問題については勝手にしゃべることはできない。それもそのひとつだ。今朝は少し話し合えてとても楽しかったとだけ言っておく」

「そうね」ダイアナはコーヒーの澱《おり》をじっと見つめた。ヴィンセントが自分にもう一杯注《つ》ぎ、ダイアナにも注ごうとした。ダイアナが首を振って断ると、彼は顔をそむけた。さて次はどうしよう? わたしはもっと知りたい。もっとたくさんのことを。

ダイアナが尋ねかけると、ヴィンセントが怒りのこもったまなざしでにらんだ。「まだ尋問を?」

ダイアナは一瞬途方に暮れ、口を閉じた。どうやら彼は我慢の限界に達したらしい。

それはダイアナも同じだった。

しかし、彼女は決意を固めた。子供たちの安全は彼の返事にかかっている。「ええ、もうひとつ」

ヴィンセントが硬い表情で、黙って彼女を見た。

「わたしたちは誰から逃げているの? わたしの敵、それともあなたの?」

ヴィンセントは考え込むような表情になり、やがて言った。「全然見当もつかない。たぶん二人にとってのだと思うが」

ダイアナはうんざりしてとげとげしく言った。「そうだとしたら、わたしには心当たりがないので、あなたの敵について教えていただきたいわ」

突然ヴィンセントが大きな笑い声をあげた。だが次の瞬間には真顔になり、首を振ってダイアナの手を取った。「すまないが、何か話せば、きみをさらに危険にさらすことになりかねないんだ」

ダイアナはぱっと手を引っ込めると腕を組み、彼を真剣に見つめた。「だったら、わたしと子供たちは、わたしたちだけでいるよりあなたと一緒にいるほうが危険なのでは？」

ヴィンセントは椅子にもたれた。「それもわからない。実のところ、きみに起こっていることの一部は、わたしと手を組んだことが原因かもしれない」

「それがわかっていて、なぜこんな人里離れた場所に連れてきたの？」

ヴィンセントは長いこと押し黙って座っていたが、やっと立ち上がった。「それはわたしがそうしたくてたまらなかったからだ」

ダイアナが反応する前に、ヴィンセントはそそくさと部屋を出た。なぜあんなことを言ったのだ？

しかも、本当のことを。

わたしはダイアナをそばに置きたかった。わたしの家に、食卓に、ベッドに。彼女がここに来た今、指一本触れないでいられるだろうか？

いや、そんな問題は起きそうにない。わたしは彼女をすっかり怖がらせてしまったようだ。今のせりふやアッシュウェルでの愚行の話で。ダイアナは二度とわたしをそばに寄せつけないだろう。

そうだといい。そのほうが楽だ。つらいが楽だ。

ヴィンセントは自分を奮い立たせ、スロックモートンを捜しに出た。新しい部下は厩舎《きゅうしゃ》で、馬の手入れをするエイダン・コッブズを手伝っていた。

「おはようございます、伯爵」元ボクサーはお辞儀をした。「何か用事ですかい？」

「ああ」ヴィンセントが厩《うまや》の戸口を身ぶりで示すと、スロックモートンは彼のあとについて外に出た。

「ここにいるあいだは、わたしに敬称をつけて呼ぶな。ただのミスター・グリーンリーだぞ」

「ああ、そうでしたね」

「ひとっ走りしてほしい。一時間ほどで戻れ」

大男はにやりと笑った。「必要とあれば、一日じゅうだって走れますぜ」

ヴィンセントはうなずいた。「いつかそれが必要になるかもしれないが、今回は違う」厩舎の戸に背をもたせかける。「ここから東に行ったふたつ目の村で、郵便物を取ってきてもらいたい」

「お安いご用です。それで、宛名《あてな》は？」

「ミスター・エグバート・ジョンストンかその夫人宛のものを」ヴィンセントはスロックモートンにあまり詳しく知られたくなかった。まだ彼の忠誠心に確信が持てないからだ。といって、管理人のコッブズには偽名を知られたくないし、その村で郵便物を受け取るところも見られたくない。ダイアナと子供たちを残して、自分が行くのもいやだ。「それから」

ヴィンセントはスロックモートンを冷たく見据えた。

「誰かにこのことを聞かれても、他言は無用だ」

「口をしっかり閉じてます」

「よし、鹿毛《かげ》の馬に乗っていけ。まだ元気なはずだ。しばらく使っていないから」ヴィンセントはうなずくと、裏口からまた屋敷に戻った。

明るい場所から急に薄暗く、狭い通路に入ったので、反対側からやってくる人影が最初は見えなかった。だがすぐに、それはダイアナだとわかった。彼女は鉢合わせを避けようとして慌てて脇《わき》によけ、狭い隅に引っ込んだ。

「おっと失礼！　わたしに用事でも？」

「えっ、ええ」ダイアナが逃げ場所を探してちらりと周囲に目を走らせる。

警戒したそのまなざしを見て、ヴィンセントの心に苦々しさがこみ上げた。くそっ！　わたしは彼女に警戒心を起こさせるようなことをしたのか？　いや、していない。手も出さず、思いも内に秘めている。無防備な彼女を守りたい、この腕に抱き締めて保護してやりたい、と何カ月も前から強く願っていた。それなのに今、彼女はわたしを恐れている。ヴィンセントはダイアナの行く手を完全にふさいで、ゆがんだ満足感を味わった。腕を組み、片方の眉を物問いたげに吊《つ》り上げる。「それで？」

一瞬、ダイアナは走って逃げたい衝動と闘った。非常に長身のヴィンセントはとても威圧的だ。その彼がすぐ……そばにいる。彼のにおいがわかる。彼を感じる。ダイアナはうしろに下がろうとしたが、壁が邪魔をした。

ヴィンセントはわたしを怖がらせようというのね。質問にも答えようとしなかったし。でも、怖《お》じ気づいたりしないわ。わたしは答えが欲しいのだもの。

ダイアナは無表情なヴィンセントの顔を覗《のぞ》き込んだ。「伯爵――」

「だめだ。ここでは敬称をつけて呼ばないでくれ」

またもやダイアナは出鼻を挫《くじ》かれた。まったくもう。大きく息を吸う。「では、ミスター・グリーンリー、いえ、ヴィンセント、ここに連れてきたかったと言ったけれど、それはどうして？　まさかこうした用心はそのため？」ヴィンセントの表情が変わった。ダイアナには表現しがたい顔つきに。

「いや」彼はきっぱりと言った。「そんなことではない。わたしは危険が現実になりつつあると考えている。ここに滞在することで追っ手を混乱させたい。どうしても道中は無防備になるからね。遅かれ早かれ追いつかれるだろうが、ここならきみとスロックモートン以外はわたしの正体を知らない」

「どれくらい滞在するの？」

「それもわからない。手紙を取りに行かせた。その手紙しだいだ。最終的にはわたしの領地のイングルウッドに行って、追っ手の正体を突き止め、彼らと対決することになるだろう。彼らがあそこでわたしたちを待ち構えているのは間違いないが、いずれは監視の目も緩む。そしたら、気づかれずにたどり着けるかもしれない」ヴィンセントはちらりと苦々しげな笑みを浮かべた。「彼らが領地に通じるすべての道を見張ることは不可能だ。それにわたしは彼らが思いもつかない入り方を知っている」

ダイアナは考えた。しばらくはヴィンセントと一緒にいることになりそうだけれど、彼がそれをどう考えているか確かめなければ。「あなたがさっき言ったことの意味を知りたいの。わたしをここに連れてきたかったと言ったでしょう」

ヴィンセントはダイアナの目をしばらくじっと見つめた。やっと息を吐く。「悪いがそれは言えない。だが、どうか安心してくれ。わたしはきみに手を出したりはしない。セント・エドマンズとは違う」

「あなたをそんなふうに思ってはいないわ」本当に？　彼の目的はセント・エドマンズ卿《きょう》と同じだと一瞬思ったのではなかった？　でも、今は……。

「ただ、わたしはとても混乱しているの」

「わかるよ。わたしはきみを傷つけるつもりはない。きみと子供たちの身の安全を確保したいだけだ」ヴィンセントはダイアナの頬のすり傷に手を伸ばした。それから彼女の顔を明るいほうに向けた。「赤くなっている。治ってきたのかな？」

「知らなかったわ」ダイアナが傷に手をやると、ヴィンセントの手に触れた。手と手が重なる。ダイアナはヴィンセントの顔を見つめて、考えを読み取ろうとした。

できなかった。

ヴィンセントが手を離してあとずさった。「ミセス・コッブズに軟膏《なんこう》をもらおう」

彼が差し出した腕をダイアナは取った。

ダイアナはベッドでひと眠りすると、芝生で子供たちと楽しく戯れた。エルドリッチ・マナーは古いが美しい屋敷で、煉瓦《れんが》と石造りの見事なテラスがいくつかある。裏には、いちばん広いテラスに面してフランス窓のついた部屋が数部屋あった。芝生は屋敷の裏手まで伸び、その先には明るい森が広がっている。

一時間ほどダイアナは何もかも忘れて、子供たちと遊んだ。一度ヴィンセントに戸口から見られているのを感じたが、彼は遊びの輪に加わろうとはしなかった。遊び疲れると、ファニーが子供たちの世話を引き受けてくれた。手伝いの人間がいるってすばらしいわ。また少しやすもう。

部屋に上がろうと玄関ホールを横切っているときだった。スロックモートンが通用口から入ってきた。

「ただいま帰りました」大男はお辞儀をした。「郵便を取りに行ってきたところで。これは〝ミセス〟となっているから、奥さま宛でしょう」

「まさか」ダイアナは手紙を裏返した。かすかに見覚えのある筆跡で〝ミセス・エグバート・ジョンストン〟宛となっている。「わたし宛ではないわ。こんな名前の人、知らないもの」

スロックモートンは片目をつぶった。「旦那《だんな》はすごくわけのわからないことをするときがありますよ」彼はまた頭を下げた。「では失礼します。旦那に話さなきゃならないことがあるんで」

ヴィンセントは何をしようとしているの？　ダイアナは胸騒ぎがした。でも、ここでは手紙を読めない。それをポケットにしまい、急いで階段を上る。寝室に入って鍵《かぎ》をかけると、やっと封印を破った。

心臓が氷のように冷たい手でわしづかみにされたようだった。

二通の手紙が入っていた。一通はヘレンからで、近況を尋ねる文面とともに、ダイアナ宛に届いた手紙を転送すると記されていた。すぐにダイアナはその差出人が誰かぴんときた。

読まずに暖炉に投げ入れたい衝動を抑え、震える指でその手紙の封印を破る。

〈なんと幸運なレディ・ダイアナよ
ご主人の死からこんな都合のよい状況が生まれることを誰が予測しただろうか？　彼の死が裕福なロンズデール卿と親しくなる機会を与えるなどと誰が思っただろう？　一人もおるまい。わたしのようにきみのことを知らなければ。

だが、わたしは思慮深い。当局にほのめかすつもりはさらさらない。きみがわたしのこれまでの親切に報いられる立場にある今はなおさらだ。

伯爵をわたしの代わりに監視してほしい。今のきみには簡単だろう。彼の言動でいつもと違ったことがあったら書き留めておくように。なんでも、誰のことでも。どんな小さなことでも見逃すな。

きっときみは喜んでこのささやかな手助けをしてくれるはずだ。なにしろきみとかわいい子供たちの未来がかかっているのだから。いくらロンズデール卿でもきみの過去の罪を見逃してはくれまい。彼は自分の身が大事なのだ。

きみが得た情報はロンドン市の郵便局長気付でジョージ・エリソン宛に送ってほしい。わたしが受け取る。この手紙は必ずやきみに届くはずだ。そしてまた、きみがどこに行こうとも、きっと手紙は届くようにするからご安心を。

きみの忠実な友――デイモス〉

ああ、神さま！　今以上に事態が悪化することはないと思っていたのに。この悪党は夫の死についてもわたしに罪を着せるつもりでいる。でも、それは不可能だ。目撃者がいる。ウィンは通りで刺された。

そこにはヴィンセントがいた。ミスター・サドベリーとセント・エドマンズ卿も。突然ダイアナは息苦しくなった。

夫が刺されたとき、皆もそこにいた。

ダイアナは目を閉じてスツールにへたり込んだ。

皆、その場にいたのよ。

書斎のドアが軽くノックされた。窓から外を眺めていたヴィンセントは振り向いた。「入れ」

スロックモートンがドアを開けて入ってきた。たくましい手に数通の手紙を握り、潰《つぶ》れた顔ににやにや笑いを浮かべている。「このエグバート・ジョンストンってのが誰にしろ、ずいぶん手紙が来てますぜ」ヴィンセントはうなりながら手を差し出した。

護衛が手紙を渡す。「奥さんにも来てました」

ヴィンセントは驚いて、護衛の顔をちらりと見た。

「それはレディ・ダイアナに渡したのか?」

「ええ。帰ってきたとき、ちょうど玄関ホールにいらしたんで。まずかったですか?」

「いや、かまわん。ミセス・ジョンストン宛になっていただろうな?」ヴィンセントはデスクに両足をのせ、椅子に背を預けた。

「ええ」

ヴィンセントはうなずき、しばし考え込んだ。アダムやヘレンと連絡を取り合う手段を講じてはきたが、手紙をよこすのはアダムだけだと思っていた――。そしてそのとき彼は、もうひとつ重大なことに思い当たった。新しい部下スロックモートンはわたしの秘密を知りすぎるほど知ってしまった。

この男にも用心しなければ。

「もうひとつお耳に入れたいことが」

「なんだ?」ヴィンセントは目を細めた。

「そこらじゅうで噂《うわさ》になってますが、ここから南に行ったところで、三人の男が木に縛られ喉をかき切られた状態で発見されたそうです」

「まさか！」ヴィンセントは驚いて床に足を下ろすと、デスクの上に身を乗り出した。

スロックモートンが首を振る。「そのまさかです。お知りになりたいだろうと思って」

「もちろんだとも」また考え込むように、ヴィンセントはデスクの上に足を戻した。「彼らは仲間をあまり大切にはしないってことだな？」

護衛は無言だったが、表情が険しくなっていた。

ヴィンセントは顎を撫《な》でた。「あるいは、このゲームに別の人間が参加したか？」

スロックモートンはまだ沈黙している。わたしたちがどんなゲームをしているか護衛が知らなければいいが、とヴィンセントは願った。

「わたしが自分で片をつければよかった。ところで、レディ・ダイアナにその話はしたのか？」

「いいえ。動転させたくなかったもので。ですが、コッブズ夫婦はもう知ってますんで、すぐに耳に入るでしょう」

「少なくとも彼女はこの件についてわたしを責めることはできないな」ヴィンセントは深く安堵《あんど》している自分に驚いた。ダイアナに野蛮な男だと思われたくなかった――たとえそれが本当だとしても。

「もうひとつお話が」

「うむ」ヴィンセントはまた護衛に関心を戻した。

「その手紙を受け取ったレディ・ダイアナは全然うれしそうじゃありませんでした」


ダイアナはひんやりした初夏の夜気から自分を守るようにショールをしっかり巻きつけて、テラスの端の欄干近くに置かれた石のベンチに腰を下ろした。疲れていたが、眠れそうになかった。気が動転していて眠れないのだ。

銀色の光を放つ満月が星をかすませ、周囲の景色を黒と白に染め上げている。この穏やかな光がわたしの心にも降り注ぎ、恐怖と疑念をかき消してくれたらいいのに。芝生に落ちる木々の影のようにはっきりと判断を下せたらいいのに。

わたしはどうするべきかしら？　何年も前から自分だけを頼りに生きてきたわたし。夫は頼りにならないとわかるまでにそう長くはかからなかった。どうして愚かにも彼と結婚してしまったのだろう？

若かったのね。若くて、恋にのぼせていた。やっと十八歳になったばかりで、両親はすでになかった。

ほかにも理由がある。男性は皆、父のようだと思っていた。責任感があって、頼りになり、わたしの人生をしっかり導いてくれる、と。父が死んだとき……ダイアナは首を振った。わたしは父の代わりを探そうとして、失敗した。それは同時に、子供たちを失望させたことにもなる。彼らがわたしのように立派な父親を知ることはないだろう。

でも、それは過去の話。今は……わたしは今、思いもかけなかった、そしてどうするべきかわからない問題に直面している。どちらを向いても信頼できない男ばかり——わたしの体を狙《ねら》っている男たち、子供を連れ去ろうとする男たち、そして……。

わたしを絞首台に送ると脅迫する男。

いつものようにデイモスからの手紙は暖炉に投げ入れた。二度と見たくない。でも、あの内容を忘れることはできない。ヴィンセントをひそかに見張れと言うあの要求を。直面する脅威からわたしを守ってくれそうな人を見張るなんて。

でも彼は、いちばん身近にある脅威かもしれないんだわ。

しかしダイアナの感情は、ことごとくヴィンセントを裏切ることに反発していた。そんなことをしたら自分を憎むようになるだろう。彼の動機がなんであれ、わたしは真摯《しんし》に対応しなければ。デイモスの言うことなど聞くものですか。

でも、デイモスが脅迫を実行に移したらどうしよう？ わたしが当局に連行されたら、子供たちはどうなるの？ わたしは人を傷つけるつもりは決してなかった。だけど、裁判所がどんな判断を下すか、どちらの言い分を信じるかはわからない。あの悪魔はわたしの純粋な行為も汚く、邪悪なものに思わせてしまうかもしれない。ダイアナはもらった金のことを思い出し、気分が悪くなった。彼はあのことをどう利用するつもりなのかしら？

それにしても、デイモスがほのめかしたことには肝を潰した。わたしがヴィンセントを誘惑するためにウィンの死に関与したなんて、どうしてそんなことが思いつけるの？ ウィンは通りで殺された……ヴィンセントの前で。セント・エドマンズ卿の、ミスター・サドベリーの前で。

ウィンを殺したのは彼らなの？


寂しい。身も心も疲れ果てた。怖くてたまらない。ダイアナは両手に顔を埋《うず》めて泣きだした。こんなふうに泣くのはあの恐ろしい夜以来？ 違う。そのずっと以前、ウィンモンド・コービーに対する愛が死んだとき以来だ。悲しみの井戸が溢《あふ》れるように、ダイアナは全身を震わせて苦悩を流れ出させた。悲しみが溜《た》まっていたことを知らなかった。自分の心がこんなにも深く傷ついていたことに気づかなかった。

突然、苦しみが耐えがたいまでに大きくなった。ダイアナは打ちひしがれた。テラスの欄干に両腕を預けると、その上に突っ伏した。

ヴィンセントは窓のカーテンを開けてダイアナを見ていた。しばらく前から。最初はただ座って夜の闇《やみ》を見ているとしか思えなかった。彼女には月光がよく似合う。銀色がかった金髪。静けさ。謎《なぞ》めいたところ。しかし、じっとその光景を眺めるうち、ふとあることに気がついた。月が照らしているところは真昼のように明るいが、木々の陰になった部分は真っ暗だ。何も見分けがつかない。

その木々と同様にダイアナも何かを隠している。最初は肩の震えに気づかなかった。だが震えはしだいに激しくなり、目につくようになった。ヴィンセントは歯ぎしりした。彼女はヴィンのために泣いている。欄干に突っ伏して。今や、全身を震わせて。

もう耐えられない。死んだ夫を思って泣いている彼女を見るのは耐えられない。

ヴィンセントはフランス窓を開けてテラスに出た。敷石の上に革のブーツの足音を聞いたダイアナははっと息をのみ、落ち着きを取り戻そうとした。だがだめだった。嗚咽《おえつ》が止まらない。泣くのをやめて体を起こす力はもうなかった。自分の殻に引きこもり、永遠に消えてしまいたかった。肩にやさしく手を置かれると彼女はいっそう激しく泣きじゃくった。

頬に温かい息がかかり、ヴィンセントが片膝をついたのがわかった。彼の手が背中に回され、抱き寄せられる。いつしか頭を彼の肩に預け、髪をやさしく撫でられていた。どれくらいそうしていただろうか？　気がつくと、長いあいだ泣いていたことも、たくさんの涙を流したことも忘れていた。嗚咽はしゃっくりになり、しゃっくりは鼻水をすすり上げる音になっていた。

ヴィンセントが立ち上がり、ダイアナの隣に腰を下ろした。ポケットから大ぶりのハンカチを取り出して差し出し、ダイアナの肩を抱いたままそばに引き寄せる。ダイアナは涙に濡《ぬ》れた顔を拭《ぬぐ》い、呼吸を整えると、少し体を離して彼を見た。

「ごめんなさい。こんなに大泣きするつもりはなかったの」

「それほど彼が恋しいのか？」ヴィンセントは答えを聞きたくなかったが、尋ねずにはいられなかった。

「恋しい……?」一瞬ダイアナは沈黙した。「ウィンのことを?」

「ああ。彼がとても恋しいのか?」

ダイアナは大きく息を吸った。「わたしが恋しいのは、ずっと昔の結婚したときの彼よ」

　ヴィンセントは安堵の胸を撫で下ろした。すると、ウィンのために涙を流したのではなかったのだ。

「ウィンはきみを失望させた」

「ええ。ほかにもたくさんの人を」

「だろうな。彼はわたしの友人だったが、忠誠心のほかは当てにできなかった」

「わたしはそれすらも当てにできなかったわ」

　異性にたいそうもてたウィンを思い出して、ヴィンセントはうなずいた。「だが、彼はいつもきみを気にかけていたよ」

「そうだと思うわ——彼なりにね」

「彼の生き方はあまり褒められたものではなかった。自分の財産はおろかきみの財産まで使い果たす権利はなかったんだ」

「そうね。でも、彼は自分がそうしていることを知らなかったのよ。家庭を維持するにはお金がいることに気づかなかったみたい。いつもどこかに住む家があって、誰かが生活の面倒をみてくれた。だから、何も知らなかったの。一度、食べ物がなくなったとき、お金をちょうだいと言ったの。彼、驚いたわ。自分はクラブで食事していたから」

　ヴィンセントはため息をつき、首を振った。

「彼はおじいさまの時計を質に入れに行った」ダイアナは続けた。「そして、わたしの手にそのお金をぶちまけたの。口惜しそうな顔で。わたしはやっと、彼があまり頭がよくないことに気づいたわ」

「おまけに、思慮もなかった。ウィンはハンサムで人に好かれたが、決して賢い男ではなかった」ヴィンセントはウィンの命を奪い、妻子を危険にさらす結果となった彼のおしゃべりについて考えた。どうしてわたしは彼を信用したのだ？　よりにもよって。

二人はしばらく静かに座っていた。ヴィンセントはもうダイアナに腕を回してはいなかったが、脇腹にそのぬくもりを感じていた。「それなら、きみの悲しみの原因はなんなんだい？」
一、二分沈黙が続いたので、返事はないだろうとヴィンセントが思ったとき、小さな声で答えが返ってきた。「すべてよ……すべてのことが」さっぱり要領を得ない返事だった。ヴィンセントは待った。もっと詳しい言葉を期待して。ついにダイアナは言った。「とても怖いの。孤独なの。誰を信頼していいのか、どちらを向けばいいのかわからないの」
ヴィンセントの胸に鋭い痛みが走った。ダイアナがわたしを信じる理由はない。でも……。彼は手を伸ばしてダイアナの顔を自分に向けさせた。「寂しい思いをさせてすまない。でも、いつかわたしが信頼できるようになるはずだ。わたしはきみを失望させないように全力を尽くす」

ダイアナが無言でじっと見つめる。息がかかりそうなほど近くにある顔。引き込まれそうな瞳。口もとが……。いつしかヴィンセントは唇を重ねていた。涙でしょっぱい味がする。やわらかくて、すばらしい。ダイアナが息を止めた。一瞬、ヴィンセントに身を預ける。

そしてすぐ、離れた。

ヴィンセントは彼女の頬の傷に手を触れた。現実が押し寄せる。これ以上進んではいけない。彼は立ち上がり、ダイアナも立たせた。「風邪をひくよ。なかに入ろう」

ダイアナはあとずさり、ショールを鎧《よろい》のようにきつく巻きつけた。「そうね。入ったほうがいいわね」

# 7

あのキスにはなんの意味もない。お互いの単なる衝動で、わたしは慰めを求めていただけ。ダイアナは起きてからずっとそう自分に言い聞かせた。

でも、本心ではそう思ってはいなかった。

わたしとヴィンセントとのあいだには何かが育ちつつある。ただそれをどう表現していいかわからないだけ。たぶん長いこと男性との触れ合いがなかったからだ。実を言うと、男性に関心を持たれたことがまるでなかった。そんなものはいらない、子供たちの愛だけで充分だ、と自分に言い聞かせてきた。

でも、それは真っ赤な嘘《うそ》。

この四年は荒涼とした、とても孤独な日々だった。

どんなに寂しく、空虚だったかが、今やっとわかってきた。容赦なく押し殺した情熱がよみがえる兆しを見せている。それがわたしの心を温かくする。情熱がまだ死に絶えていなかったと知り、安心した。

ただ、安心すると同時に怖くもなった。

二度と男性を見誤るようなことがあってはならない。ヴィンセントは何にかかわっているのか、どうしてここにわたしを連れてきたのか、彼の狙《ねら》いは何か、そしてわたしを何に巻き込んだのか。それらがわかりさえしたら。彼は信じてくれと言った。彼を信じられたら、彼に頼れたら、どんなにか安堵《あんど》できるだろう。でも、彼がもっと協力的になるまで、それはできない。

二度とばかな真似《まね》はしないわ。

ダイアナが身づくろいをし終わると同時に、ドアに硬いノックの音がした。開けると、ミセス・コッブズが小さな丸い陶器の壺《つぼ》を手に立っていた。

「おはようございます」ミセス・コップズは部屋に入ると、ダイアナの目の下の隈《くま》を鋭く見て取った。顔をしかめ、小さくため息をつく。「まだちょっとお肌が荒れていらっしゃるようですね。お子さんたちの世話はファニーに任せて、もっとおやすみください。娘に任せて大丈夫ですから」

「本当にそうね。ファニーはとてもいい娘《こ》だわ」

ミセス・コップズはぱっと顔を輝かせた。「そうなんです。親思いでして」化粧台に壺を置く。

ダイアナは微笑した。「本当に母親思いの娘さんだわ」

ミセス・コップズは小さな壺を開けた。「昨日お約束した軟膏《なんこう》です。切らしていたので、ゆうべ作りました」手を振って、化粧台の前の椅子を指し示す。「さあ、お座りください。おつけしましょう。まだちょっと赤いようですから」

ダイアナが座ると、ミセス・コップズはお気に入りの話題に戻した。「ファニーはいい娘なんですが、まったく娘というのはねえ。ハーター家の息子にのぼせておりまして」

「まあ、そう」ダイアナはその青年が善良で堅実な若者であることを心の底から願った。

「娘のほうはもう結婚していい年ごろだと思っているようですが、わたしにはそうは思えません。クリスマスが来て、やっと十七歳ですよ。そんなに早く赤ん坊やなんやかやに縛りつけられるなんて。そしたらたぶん……」

「同感ね。わたしだってもっと年を取って……」ダイアナはぱっと口をつぐんだ。ヴィンセントに疑念を抱かせてはいけない。だからこう言った。「最初の夫と結婚したとき、わたしは若すぎたの」

「わたしもです。結婚は人を老けさせます」ミセス・コップズはあとずさり、自分の仕事ぶりを点検した。「母の言うことに耳を貸すべきでした」

ダイアナは考えた。母親の助言があったら、わたしの人生は違っていただろうか？　それとも、やっぱりウィンと結婚しただろうか？

「ファニーは五月祭の前夜祭《メイ・イブ》に行きたがっていますが、主人は許そうとしません」ダイアナの頬にもう少し軟膏を塗る。「篝火《かがりび》を焚《た》いて踊るそれがどう乱れるかよく知っている、と言って」くすりと笑う。「でも、娘は翌日のメイポールのダンスには行きたがっています。あれは無害ですからね」ふと思い出したかのように口をつぐんだ。「来年は奥さまたちもお子さんたちとお行きなさいまし。とても楽しいですよ」

ダイアナはロンドンに移って以来メイポールを見たことがなかった。「そうね……」来年の五月、わたしたちはどこにいるかしら？　適当に答える。「たぶん」

「詮索《せんさく》するつもりはありませんが、わたしにできることがございましたら……」家政婦は母親のようにやさしくダイアナの肩を叩《たた》き、彼女の髪の乱れを直した。「ゆうべ、奥さまを見てしまったのです。今でも前のご主人の死を悲しんでおいでなのですね。まだ喪服を着ていらして。ですが、そんなものは脱いで未来をごらんなさい。ミスター・グリーンリーはいい方ですよ」ドアに向かう。「でも、お節介はやめましょう。おまえは世界じゅうの母親になる気か、と夫が言うんですよ。わたしは厨房《ちゅうぼう》にいるのがいちばんいいんだと」

ダイアナはなんと答えていいかわからなかった。

「親切に、どうもありがとう」

家政婦はお辞儀をして出ていった。ダイアナは鏡をじっと見ながら、母親のありがたみについて考えた。セリーナが年ごろの娘になったら、わたしはどう対応するだろう？　賢い母親になれるだろうか？

そもそもまだ生きているだろうか？

ヴィンセントは椅子を回して、書斎のフランス窓から外を眺めた。柔らかい緑の芝生にきらきらと陽光が当たり、そよ風が木々の葉を揺らしている。セリーナとビザムの笑い声が聞こえたかと思うと、走ってくる二人の姿が見えてきた。ダイアナとファニーが続く。うれしいことに、子供たちはもう黒い服を着せられていなかった。そのすぐあとにスロックモートンが彼らを追って現れた。少なくとも義務は忠実に果たしているようだ。

昨日の手紙がデスクに広げられていた。仲間からの報告によれば、セント・エドマンズとホランド卿《きよう》の提携は着々と成果を上げているらしい。くそっ！　ナポレオンを支持する輩《やから》は阻止しなければ。今こそロンドンに、探索の中心地にいなければならないのに、こんなところで足止めとは。

しかしそれでも、多少の成果はあった。セント・エドマンズは、ダイアナと彼女が知っているなんらかのことを恐れている。そして、わたしのことも。それはぴんときた。彼はばかではないし、彼の情報源もたぶん確かだろう。見張られていることも、それが誰なのかも承知のはずだ。わたしの推測が正しければ、公園での誘拐未遂もたぶんセント・エドマンズの差し金だ。ダイアナを保護下に置いて支配することに失敗したので、脅して言いなりにさせようとしたのに違いない。

でも彼はまだ諦《あきら》めていない。わたしたちをつけてきたのは彼の配下にほぼ間違いないし、彼自身も加わっていると思われる。だとすれば、彼もまたロンドンで謀略を巡らすことはできないというわけだ。

ヴィンセントは喉をかき切られて殺された男たちのことを考えた。子供たちの誘拐に失敗した今、彼らは人殺しも厭《いと》わなくなったのではないか。あとはただ、イングルウッドに着いたら、彼らをおびき出して対決するしかない。

無事にたどり着けたとしての話だが。

ヴィンセントは二通目の手紙を手に取った。その内容はセント・エドマンズの策謀よりも彼を不安に陥れた。

仲間がデイモスを完全に見失ったのだ。

その暗殺者が今、どこに潜んでいるのかは誰も知らなかった。彼の正体も、彼がこの問題をどうとらえているかも。彼はかつてナポレオンに仕えたが、現フランス国王ルイ十八世をどう思っているかはまだわかっていない。敵味方を変えるので有名な男だ。

しかし、デイモスが残虐であることは間違いない。自分たちを追っているのはセント・エドマンズではなくデイモスかもしれないと思うと、うなじの毛が逆立った。デイモスは限りなく危険だ。

そして、とてつもなくずる賢い。

ヴィンセントは突然、わが身を投げ出してでもダイアナと子供たちを危険から守ってやりたいという激しい衝動を感じた。彼は立ち上がり、暖炉に手紙をほうり込んで灰になるまで見守った。そしてそれをさらに火かき棒で粉々にすると、ドアに向かった。

セリーナが投げたボールが大きくそれてダイアナの頭上を飛んでいった。ダイアナが振り向いてそれを追おうとすると、テラスから出てきたヴィンセントが長い腕を伸ばして、ガラス扉にぶつかる寸前にキャッチした。にやりと笑って、芝生の反対側にいるスロックモートンに投げ返す。見事な返球だった。

腕前をひけらかしているのね、とダイアナは思い、はっとした。わたしに見せたいの？　そう思うと、身内から熱いものがわき上がった。

巨漢の護衛が笑いながらやすやすとボールをつかみ、また主人に返す。二人とも腕前を自慢しているのね。ダイアナは微笑した。ああした力強い腕で守ってもらえるなら、わたしはたぶんこの危険な状況を切り抜けられるだろう。

ダイアナと子供たち、ヴィンセント、スロックモートン、それにファニーによるボール投げがにぎやかに続いた。

三十分後、ダイアナはしぶしぶ遊びの終わりを宣言した。ビザムがひどくわがままを言いだし、セリーナも元気がなくなってきたからだ。疲れた証拠だ。ダイアナはボールをキャッチすると片手を上げた。

「もう充分遊んだでしょう。お昼寝の時間よ」

子供たちは顔をしかめ、ビザムは足を踏み鳴らした。「昼寝なんかいやだ。ぼくは赤ん坊じゃない」

「なんだって?」ヴィンセントが近づいてビザムを抱き上げ、厳しくにらんだ。「お母さんにそんな口のきき方をしてはいけない。さあ、謝りなさい」

ビザムはうなだれた。ダイアナは待った。

「さあ」ヴィンセントが子供を静かに揺する。

「ごめんなさい」ビザムは蚊の鳴くような声で言うと、さっとヴィンセントの肩に顔を隠した。

「それでいい」ヴィンセントはビザムの背中を叩き、地面に下ろした。「紳士はレディに失礼なことをしてはいけない。特にお母さんには」

ファニーがビザムの手を取り、セリーナのほうを向いた。「行きましょう、ミス・セリーナ」

「今行くわ」セリーナは母親をすばやく抱き締めるとヴィンセントの前で足を止めた。「遊んでくれてありがとう、パパ。わたし、ここが気に入ったわ」

ヴィンセントは口をあんぐり開けて、セリーナを見つめた。ダイアナは吹き出しそうになった。仰天しているヴィンセントの顔ときたら。

「な、なんと呼んだ?」セリーナを見下ろす。

「パパと呼んだのよ。ファニーにパパは天国にいると言ったの。そしたら、今はあなたがわたしのパパだから、そう呼びなさいって」

ファニーがにっこり笑って認めた。

ヴィンセントは言葉につまった。「わ、わたしは……そうとも。確かに。さあ、もう行って昼寝をしなさい」

ファニーと子供たちが去り、すぐあとにスロックモートンが続いた。ヴィンセントはダイアナのそばに行った。笑っている口元を手で隠し、目を愉快そうにきらきらさせている彼女のそばに。

「何がそんなに面白いんだ？」険しい顔できく。

ダイアナはくすりと笑った。「セリーナにパパと呼ばれたときのあなたの表情が」

「ふん」一瞬ののち、ヴィンセントは片方の口もとを吊《つ》り上げて笑った。「あれにはびっくりした。父親という柄じゃないのでね。でも、これなら子供たちがわたしをうっかりロンズデール卿と呼ぶ心配はないな。そう呼ばれたら、一巻の終わりだ」彼は森のほうに顎をしゃくった。「少し散歩しないか？」

「そうね。楽しそう」ダイアナは差し出された腕を取り、森のほうへそぞろ歩いた。「さっきのあなたは父親らしかったわ――とても立派な」

一瞬ヴィンセントは眉をひそめたが、すぐに晴れやかな顔になった。「ビザムを叱《しか》ったことかい？　別に父親らしく振る舞おうとしたわけじゃないが男の子は叱らないとだめなんだ。でないと、大きくなってどうしようもない人間になる。わたしみたいな」

ダイアナは物問いたげにちらりと彼を見た。

しばらく考えたあとヴィンセントは言った。「父はわたしを決して叱らなかった。子供はわたししかいなかったからね。母は数回流産し、兄のヘンリーは八つのとき溺《おぼ》れ死んだ。だから、父はわたしをいかなる意味でも傷つけることに耐えられなかったんだ」

「もっともなことだわ」

「たぶんね。だがその結果、わたしは始末に負えない、役立たずの男になった」

「役立たずではないわよ」ダイアナは彼を見上げてほほえんだ。

「いや、同じようなものだ。アッシュウェルでの一件よりもっとひどいこともした」

「お酒を飲むとそうなるの？」

「いや。あのころのわたしはいつも強烈な渇望を感じていてね。理由はわからない。別に大酒を飲むのが楽しかったわけではない。酒は口実だった」

「なんの口実？」

「ろくでなしのような振る舞いをすることの。そして、人を試すための口実だった。父はわたしの放埓《ほうらつ》ぶりを大目に見ただけでなく、他人はわたしの物が欲しくて友だち面をするのだと教え込んだ。それはある意味で本当のことだったので、わたしは彼らを懲らしめた」ヴィンセントは悲しげな笑みを浮かべた。「わたしはイングランド一の嫌われ者になろうとした。だが、どうしようもないはなたれ小僧にしかなれなかった」

「でも、皆が皆、あなたの言うような人間ではないわ。本当の友人もいるはずよ」

「だろうね。ウィンはわたしに金を無心しない数少ない人間の一人だった。彼は友だちだった」

死んだ夫が誠実だったなんて考えたくもなかったので、ダイアナは話題を変えた。「なぜ態度を改めたの？」

「おじのチャールズから忘れられない訓戒を受けたんだ」ヴィンセントは苦笑いを浮かべた。「彼はわたしの人生に最大の貢献をした」

「おじって、ヘレンのお兄さま？　何をしたの？」

「乗馬鞭《むち》でわたしの尻を叩いた」

「えっ、まあ。いくつのとき？」

「二十二歳だった」

二十二って。もう大人じゃないの。ダイアナは驚きのあまり、少しのあいだ無言で歩いた。おじが彼を聞き分けのない子供扱いして鞭で打ち据える光景を思い描こうとした。悪童のようなヴィンセントのことを。どちらも想像できなかった。ヴィンセントはとても厳しく、とても真面目《まじめ》に見える。

そして、とても近づきがたい。

やっとダイアナは言った。「きっととても怖いおじさまなのね」

ヴィンセントは驚いたように言った。「いや、全然。彼は……説明するのは難しいな。でも、ヨークシャーに行けば会えるよ」

「お会いしたくないわ」

「きみに間違った印象を与えてしまったらしいな。おじは好人物だ」ヴィンセントは微笑した。「でも、非常に手ごわい。わたしはずっと畏《おそ》れ敬い、そのせいで憎みもした。わざとおじに反抗した。おじ夫婦に無礼な態度をとった。ヘレンにも……」木々の頂を見上げる。「わたしがヘレンをどれほど苦しめたかは口では言えないほどだ。彼女は一生懸命わたしのいい母親になろうとした。だが、わたしはあくまで侵入者扱いした――わたしから父の愛を盗む女だと」再びダイアナを振り向いた彼の目には深い悲しみがたたえられていた。「わたしはまったくかわいげのない人間だった」

ダイアナははっと気づいた。彼の悲しみは手のつけられない子供だった、ただそれだけではない。自分を誰からも愛されない男だと思っているからだ。

似たような悲しみがダイアナにもこみ上げた。昔から思っていた。自分がもっときれいで、もっと社交的で、もっと愛すべき人間だったら、夫はもっと愛してくれただろうか、と。誰からも愛されると思っていたウィン。彼とわたしたちとは大違いだ。

ヴィンセントの手を取りたい、彼を慰めたいというダイアナの衝動は、彼のこわばった顎を見たとたんに消えた。そんなことをしても彼は受け入れないだろう。憐《あわ》れみと思われるだけだ。だいいち、彼を本当に慰めてもいいのかどうかもまだわからない。まだ用心していなければ。

不意にダイアナは、屋敷から見えない小道を歩いていることがひどく気になってきた。木々がすっかり二人を隠している。慌ててあとずさると何かにつまずいた。ヴィンセントが腕を取り、支えてくれた。じっとダイアナの顔を見つめる。その表情は読み取れなかった。

知っている。ヴィンセントはわたしが彼を恐れていることを知っている。彼を求めていることも。彼の体の熱が感じられる。瞳のなかに情熱が見える。ダイアナはヴィンセントから離れようとした。だが、握られた腕にさらに力が加えられ、もう一方の手で顔から髪をそっと払いのけられた。

一瞬、ダイアナはまたキスされるのかと思った。彼がじっと口もとを見つめている。彼女は何か言おうと口を開いたが、すぐにまた閉じ、じっと見つめ返した。時が止まった。どこかで小鳥が陽気にさえずっている。

「くそっ」ヴィンセントはくるりと踵《きびす》を返し、ダイアナを連れて屋敷に戻った。

パパか。そう呼ばれたことにヴィンセントはまだ当惑を覚えていた。セリーナは本当にわたしを父親と考えるようになったのか？　こんな短いあいだに、まさか。でも、ビザムがわたしになつくまでにそう長くはかからなかった。二人はウィンが恋しいのだろう。ウィンは常によき父、よき夫ではなかったが、子供にはやさしかった。あの子たちには誰かが必要だ。もしかするとわたしを必要としているのかも。

だが、わたしに父親の代わりは務まらない。わたしの人生は暗澹《あんたん》としたもので、邪悪と危険に深く巻き込まれている。親にも、夫にもなれる身ではないのだ。

ああ、ダイアナ。ヴィンセントは立ち上がり、書斎の炉辺から窓辺までを行ったり来たりし始めた。この身が脅威にさらされていなければ。彼女を危険にさらすことなくこの腕に抱き締め、わがものにできさえしたら。彼女に触れるたびに、ますます手放したくなくなる。絶えず自分に言い聞かせなければならない――わたしは彼女を保護しているのだと。彼女に無理強いはできない。たとえ応《こた》えてくれそうな火花があの瞳にちらつくことがあっても。

ヴィンセントは立ち止まり、暖炉の火を見つめた。そう思うのは、欲望にとらわれたわたしの気のせいか？　それとも本当にダイアナが応えてくれると感じたのか？　きっと夢を見ているのだ。彼女はわたしがどんな人間か、もう知っている。わたしが自分から打ち明けたのだから。彼女はまだわたしの卑劣さに気づいていないのだろう。諜報《ちようほう》活動をすることで、わたしの身はさらに汚れた。わたしの手は血塗られている。

だめだ。ダイアナや子供たちはすばらしい未来を持つ資格がある。だがわたしは、どんなにそれを与えてやりたいと思っても、できない。

自分の未来だってないかもしれないのだから。

翌週は一見、平穏に過ぎた。ダイアナは自分たちが必死に逃げていることを忘れそうになった。ビザムとセリーナはミセス・コッブズのおいしい料理と健康的な田舎の空気を吸って、すっかり元気になった。ファニーとスロックモートンが子供たちを見てくれるので、ダイアナは久しぶりにのんびりした。ヴィンセントも礼儀正しい距離を保っている。ダイアナは安堵すると同時に落胆した。

この牧歌的な空に漂うたったひとつの暗雲は、顔の傷がなかなか治らないことだった。傷跡が残るかもしれない。だが、それを心配するのは生き延びてからのことだ、とダイアナは思った。

しかしミセス・コッブズの考えは違った。「傷が化膿《かのう》しそうになっていますね。このままだと、そのきれいなお顔に傷跡が残ってしまうかもしれません。アニー婆《ばあ》さんを呼んで手当てしてもらいましょう」

ダイアナとミセス・コッブズは狭い出入り口のドア付近で、その話をしていた。コッブズが外から戻ってきたので、二人はあとずさった。

コッブズが話を聞き咎《とが》め、顔をしかめた。「なんだって？　アニーがどうかしたのか？」

ミセス・コッブズは夫に振り向いた。「彼女を呼びたいの。奥さまの顔の傷を治す方法を知っているはずよ」

コッブズは鼻を鳴らした。「あの性悪アナか。彼女にうろつかれるのはごめんだね。おまえが手当てしてさしあげられないのか？」

妻は首を振った。「魔術めいたことは何もしないって言っているでしょう。アニーは人に危害など加えないし、この州いちばんの産婆なのよ。エイダンが生まれたとき、彼女がいなかったら……」

「わかった、わかった。その話はうんざりだ」コッブズはもう聞きたくないとばかりに手を振った。「それでも言うが、あの女は気のふれた魔女だ。まじないを聞くと、わしは肌がむずむずする。しようがない、おまえの好きにしろ」

コッブズはしぶしぶ許可を与えると、厨房に消えた。ミセス・コッブズは腰に手を当て、夫のうしろ姿をにらんだ。「主人の話は気にしないでくださいまし。男はアニーが嫌いなのです。どこか不気味らしくて。でも、アニーはただの年老いた婆さんです。おまけにとても賢くて。ちょっと変わってはいますが、彼女を呼びましょう」

　翌日、やってきたアニーを見て、ダイアナはコッブズと同じ感想を持った。黒い服にしみひとつない真っ白なエプロンをかけているが、どこか薄気味悪い。それはキャップからはみ出した白髪のせいでも、しなびた歯茎にわずかに残った歯のせいでもなく、その目――死を招くような暗い目のせいだった。

　アニーに言わせると、これまでの治療は間違いだということだった。「ひれはり草の軟膏は傷を治すときはよく効くが、この傷には黴菌《ばいきん》が入っている。だから、それを殺さなくてはだめだ。傷は長引かせちゃいけない」アニーはミセス・コッブズを責めるようににらんだ。「湿布が必要だね」不機嫌な顔をダイアナに向ける。「部屋に行っててくださいまし。取ってきますから」

　ダイアナは言われたとおり、自分の寝室に下がった。着古した化粧着を着て、窓際の椅子に座って待つ。風がそよぎ、増えてきた雲と戯れる太陽の光が揺らめいた。雨が降りそうな雲行きだった。

　ちらりと部屋を見回す。インド更紗の張り地の椅子や石造りの暖炉があって、とても居心地がよい。ため息が出た。どうしてここにいつまでも安全に隠れていられないの？　子供たちはここが気に入っている。なぜわたしは外の厄介な世界を締め出すことができないのだろう？

　ヴィンセント・イングルトンと一緒なら安全だと思った。

　彼はわたしの敵を寄せつけまいと全力を尽くしてくれた。わたしを慰め、子供たちを危険から守ってくれた。わたしと彼とのあいだに散った火花の意味を探ることができたらほっとするのに。あのままキスしていたら、そのあとはどうなっただろうか？

わたしは彼の心遣いとその立派な人格を純粋に信じたい。彼をもっとも大切な人と思いたい。恐怖も疑惑も抱くことなく。

ただ……。

ドアがノックされて、ダイアナの物思いは中断された。湯気の立つ銅鍋《どうなべ》を持ったミセス・コッブズとアニーが入ってきた。アニーがダイアナを手招きした。「横になって、顔をこちらに向けてください」

ダイアナは言われたとおりにし、ミセス・コッブズが鍋に布を浸した。「気をつけるんだよ、ネリー」

アニーは節くれだった手で布をひったくった。

「火傷《やけど》はすり傷より治りにくいんだから」

「はい、はい」ミセス・コッブズはにっこり笑い、その布きれを取り戻した。「畳むのを手伝うわ」

満足のいく湿布薬ができ上がると、アニーはそれを受け取った。「しみますよ。金盞花《きんせんか》と鋸《のこぎり》草を使ったが、金盞花はひりひりするんでね」

ダイアナは熱い湿布が傷口に当てられた瞬間、縮み上がった。

「熱すぎますか？」ミセス・コッブズが心配そうに上から覗《のぞ》き込む。

「熱くなくちゃだめなんだ。でないと効かないよ」

ミセス・コッブズがため息をつく。「はい、はい」

ダイアナは歯を食い縛ってしみる痛みに耐えた。ミセス・コッブズもこの短気な老婆に我慢しているのだろうか？　確かにアニーの知識は貴重だろうが、それにしても、彼女は本当にやさしいのだ。こんなつむじ曲がりの年寄りにも親切なのだから。

睡魔が襲ってきた。頬の熱さに慣れるにつれて刺すような痛みは弱まり、ダイアナはうつらうつらし始めた。ここにこうしていられたら……。

ただ……。

平和と静けさがヴィンセントをいらだたせた。二週間近く、ロンドンからなんの連絡も来ない。敵がどこにいるか、彼らがどこまで迫っているか、知る手立てがなかった。ここによそ者が来たという噂《うわさ》はきっと広まる。そうなれば、もはや無事ではすまされない。そろそろ移る潮時かもしれない。

少なくともここに一時滞在したことで、ダイアナは休息をとり、顔の傷を治す機会に恵まれた。家政婦が呼んだ老婆の手当てのおかげだろう、傷は治りつつある。家政婦は傷跡が残ると心配しているが、わたしにとってそれはどうでもいい。

ダイアナのきれいな顔さえ覚えていればいいのだ。ヴィンセントは必死の思いで、なんとかダイアナから距離を置いていた。あえて彼女と二人きりにならないようにした。一緒に食事をし、子供たちも連れて散歩に出かけたが、夜になると図書室に行き、寝るときまでそこに一人でいた。

そして、ベッドに入ると、ダイアナの寝室に続くドアをじっと見つめ、薄いナイトウエアに包まれた彼女の体を想像して苦しんだ。枕《まくら》に広がるつややかな髪や、あの飢えたような目の光を想像して。

だが、未熟な名誉心がそれに打ち勝った。

ダイアナのもとに行くことはなかった。

今、ヴィンセントは図書室でいらいらとスロックモートンが郵便物を持ち帰るのを待っていた。情報が必要だった。だが、帰ってきた彼の手にヴィンセント宛《あて》の手紙はなく、あるのはただリットン卿夫妻からダイアナに転送された二通の手紙だけだった。

彼はそれを盗み見たい衝動を抑えつけた。この前の手紙はヘレンからのものだとダイアナは言ったが、彼は疑っていた。あの手紙で彼女は明らかに動揺していた。継母《はは》がそんな手紙を書くはずがない。何かあれば、いずれ打ち明けてくれるかもしれない。

しかし、居間にいたダイアナに手紙を渡したとき、ヴィンセントの予想は裏切られた。ダイアナは礼を言うと、開封もせずにポケットにしまい、また読書に戻った。緊張した、だが無表情な顔で。

結局、わたしは盗み見ることになりそうだ。

男は混雑した舞踏室を縫うように歩いていた。知り合いにほほえんでは話しかける。貴婦人たちにお辞儀をする。だが、心の内では激しく毒づいていた。あの女が大胆にもおれに歯向かった。絶対におれの言いなりにさせてやる。あの女が入手する情報が必要なのだ。よくもおれの要求を拒絶したな！　女ってやつは！　あばずれだ。一人残らず。

挑発的なドレスを着た若い女性のそばを通り過ぎた。あばずれめ！　男は娘の足をブーツの踵《かかと》で思いきり踏みつけた。骨の砕ける音がした。娘が悲鳴をあげると、男は驚いたように振り向いてひたすら謝罪した。娘の付き添いが彼女を運び去るのを、男は満足げに見送った。

明日、彼女に花を贈ろう。

# 8

二通の手紙に書かれた文面はダイアナを完全に打ちのめした。デイモスはダイアナが命令に従わなければ、二週間以内に治安判事に訴えると言明した。もちろん、言うことを聞くつもりはない。仮に指示どおりにしたとしても、彼は決してほうっておいてはくれないだろう。常に何かを要求する、常にこき使われるに決まっている。

デイモスが脅迫を実行すれば、わたしはその結果に向き合わなければならない。万にひとつの可能性だが、当局はわたしの説明を信じるかもしれない。あのとき、デイモスの金を受け取りさえしなければよかった！　それだけでもわたしに品性がないということにされそうだ——彼と秘密の関係があったと思われかねない。それに彼の悪意に満ちた言葉が加われば、わたしはきっと縛り首にされてしまう。

もう一通の父のいとこから来た手紙は、ちゃんとした生活を送りたいというダイアナの希望を無残に断ち切った。そうだろうとは思っていた。しかし……。ダイアナは打ちのめされて無感覚になった。

そして絶望を受け入れたとき、奇妙な落ち着きが訪れた。もうわたしは未来について思い煩う必要がなくなった。未来などありそうもない。デイモス、追っ手、寄る辺のないこの身。心配なのは子供たちのことだけ。あの子たちの将来について考えておかなければ——わたしのいない将来を。

頭痛がするので夕食はいらないと伝えた。夜になっても、手紙を読んだ寝室で椅子に座っていた。蝋《ろう》燭《そく》をつけようともしなかった。暗闇《くらやみ》を見つめて、じっと物思いにふけっていた。


この家の住人たちがそれぞれ床につくと、屋敷は静かになった。夜が更けていく。ダイアナは突然、静寂と暗闇に閉じ込められたような気がして耐えられなくなった。ぱっと立ち上がり、手探りでドアまで行った。外の廊下にはまだ蝋燭が灯《とも》されている。急いで階段を下り、静かにテラスに出た。

月はなかったが、空はまばゆく光る星の絨毯《じゅうたん》でおおわれていた。ダイアナはベンチに腰かけ、満天の星空をうっとりと見上げた。ロンドンにいたころは、星を見ることなどほとんど忘れていた。わたしはどの星の下に生まれたのかしら？　きっとわたしの星は空のとても暗い片隅に隠れているのに違いない。

あのどこかに子供たちの、もっと明るい星があるのだろうか？

ヴィンセントはテラスの石畳を歩く柔らかな足音

を聞きつけると、デスクの前から立ち上がった。暗闇のなかでじっと次の行動を考えていたのだが、とりあえず窓に近寄り、ガラス越しに目を凝らした。ダイアナだとはわかっていた。彼女の足音ならどこでもわかる。ダイアナはベンチに座り込んで空を見上げていた。今夜は泣いていない。

彼女を外に一人で置くのは不安だった。この屋敷なら当面は安全だろうが、それでも……。ヴィンセントは静かにドアを開けて咳払《せきばら》いをした。怖がらせたくはなかった。

ダイアナが振り向いた。「ヴィンセント?」

「ああ、わたしだ」ヴィンセントは彼女のそばに行って座った。「大丈夫かい?」

ダイアナはしばらく無言で空を見上げていたが、やっと口を開いた。「ヴィンセント、あなたに約束してもらいたいことがあるの」

ヴィンセントは驚いてダイアナを見つめた。「わたしにできることなら約束する。どんなことだい?」

ダイアナはやっと視線をヴィンセントに向けた。「わたしの身に……何かあったら、ビザムとセリーナの面倒をみてくれる?」

なぜこんな話を? ヴィンセントは適切な言葉を探した。「わたしにできるものなら、もちろん。だが、いったいどうしたんだ?」しかし、わかっていた。「あの手紙のせいだな」きくまでもなかった。

ダイアナは大きくうなずいた。「父のいとこが言ってきたの。恥さらしな女とその子供は家に入れられないと。彼の言葉どおりに言うと、わたしは恥知らずにも、ロンズデール卿《きょう》に身を投げ出した女ということらしいわ」

「くそっ!」ヴィンセントはつぶやいた。「なぜ彼が知っている? どうして知ったんだ?」

ダイアナは肩をすくめた。「さあ。でも、初めから彼がわたしを保護してくれるとは思っていなかったわ。これは単なる彼の言い訳よ」

激怒したヴィンセントはテラスをうろつき始めたが、静かに自分を見つめているダイアナの前で突然立ち止まった。ふと気がかりなことが思い浮かんだのだ。「ダイアナ、まさか……まさか変なことは考えていないね？」

「ええ」ダイアナは首を振った。「子供たちをそんな酷《むご》い目に遭わせられないわ。でも、いずれにしろ、わたしは敵の手にかかるのではないかと思うの。だから、子供たちの身の振り方を考えておかなくては」

ヴィンセントは座って髪の毛をかきむしった。

「きみになんと言ったらいいのか。わたしはヴィンにきみと子供たちの面倒をみると約束した。だが、もう気づいていると思うが、わたしは約束などと関係なくきみのためにそうしたい」ダイアナに顔を向け、その手を握った。「わたしはきみに惹《ひ》かれている。もう隠せない。ビザムもセリーナも大好きだ」

ダイアナはヴィンセントを凝視した。疑わしげに。

「でも？」

彼女に話さなければ。だがそれを知ったらダイアナにさらなる危険が及ぶと思うと、ヴィンセントは身震いした。それでも教えておかなければ。彼はダイアナのもう一方の手も取った。「わたしは誰とも気安く約束できない。油断なく目を光らせていないと、明日の命はないかもしれない人間なんだ」

ダイアナの優美な眉が物問いたげに上がった。ヴィンセントは大きく息を吸うと、思い切って言った。

「わたしは政府の仕事をしている。ある問題の諜報《ちょうほう》活動をやっているんだ」

ダイアナは思慮深くうなずいた。「スパイになったわけね」

「そうだ」ヴィンセントはダイアナがそれをどう思

ったか知りたくて、顔を覗《のぞ》き込んだ。「スパイだ」

「それで、あなたも追われているのね」

「ああ。たぶんきみたちを捕らえたがっているのと同じ連中に。状況は重なり合っている」

「彼らが何者なのか教えてくれる？」ダイアナの落ち着き払った表情は変わらなかった。

「これ以上知るときみの身に……」ヴィンセントはうめいた。「いや、かまうものか。わたしたちが一緒にいることを知られた今、もうどうでもいい」彼はまたテラスを行ったり来たりし始めた。「前にも話したが、ナポレオンをエルバ島から脱出させて再びフランスの皇帝にしようとしている連中がいる。それは絶対に阻止しなければならない。連中が計画を実行すれば、それこそ累々たる屍《しかばね》の山ができる」

ダイアナは目で彼を追った。「ウィンもこの陰謀に加わっていたの？」

「わからない。セント・エドマンズが加担しているのはほぼ間違いないが。彼がウィンをどこまで巻き込んでいたのか、どんな陰謀なのか……まだわからない。わたしはそれを突き止めようとしている。ウィンはどこでも、誰にでもナポレオンを賞賛したが、それは実に不適切だった。わたしがいくら止めようとしても止められなかった」ヴィンセントはダイアナの前で立ち止まった。「でも、ウィンがこの陰謀に絡んでいたとは思えない。むしろ外務省の情報を得るために利用されていたのではないかな。しかし、彼がきみに話したかもしれないことでこれほど狼狽《ろうばい》する人物がいるとなると……。ウィンは何か知っていたに違いない」

「だとしたら、陰謀団はウィンに計画を暴露されることを恐れて彼を殺したのね」

「たぶん」

「あなたも同じ危険にさらされているのね。彼らはあなたもそれを知ったと思っているから」

「その可能性はあるが、はっきりとはわからない。証拠がないから。しかし、最近の一連の出来事はわたしの役割に彼らが気づいたことの結果だと思う」

ダイアナは答えを探すかのようにまた星を見上げた。「子供たちにどんな用意をすればいいかしら?」

ヴィンセントがまたダイアナの隣に腰を下ろした。

「遺言書は書いてあるかい?」

「遺言なんて考えたこともないわ。財産などないし」

「でも、子供たちがいる」

「そうね。ウィンが死んだときすぐに書くべきだった」一瞬考える。「だけど、誰に託したらいいの?」

突然、ヴィンセントは確信した。「アダムとヘレンに」

「リットン卿夫妻に? でも、夫妻はわたしのことをほとんど知らないわ」

「彼らは子供を欲しがっている。ヘレンは何度も流産した。明日、手紙を書いて、きみの遺言書を同封しよう。彼らがきみの意に沿えないなら、そう言ってくるはずだ」

「わたしがいなくなっても、彼らなら子供たちをきっと愛してくれるわね?」まつげに涙がにじんだ。

不意にヴィンセントは気づいた。この世でわたしが信頼する人間は数えるほどだが、アダムとヘレン夫婦の愛情と誠実さには命をかけてもいい。

なぜ今までこのことに気づかなかったのだろう?

ヴィンセントは手を伸ばし、ダイアナの涙を親指で拭《ぬぐ》い去った。「それは絶対、確実だ。でも、絶望するな。わたしたちはまだ生きている。簡単には死なないさ」

ダイアナがため息をついたのを聞き、ヴィンセントは彼女を腕のなかに引き寄せようとした。

そのとき、彼の動きがぴたりと止まった。

黒い人影が芝生のほうからやってくる。

「しいっ」ヴィンセントはダイアナを屋敷のほうに押しやった。彼女をかばって、近づく黒い影のあいだに立ちはだかったが、ダイアナは動かず、迫る人影に目を凝らした。

「待って。あれはアニーのようだわ」

ヴィンセントは目を細めて暗闇を透かし見た。

「きみの顔を治療した婆さんか？」

「夜のこんな時間に何をしているのかしら？　具合が悪くて、助けが必要なのかも」

事実、老婆はよろよろしているようだった。ヴィンセントは木々の陰を用心深く見渡した。まさか老婆が敵と結託しているとは思えないが。彼はダイアナを屋敷の壁のほうに押し戻し、老婆のほうに歩いていった。近づくと、単調な歌声が聞こえた。小声で高く低く歌っている。ヴィンセントの姿など目に入っていないかのようだ。

ヴィンセントは老婆の腕を取った。「アニー、助けが必要なのかい？」

「ララー、ララー」老婆は彼の背後を見ている。

ヴィンセントが振り返ると、すぐうしろにダイアナがいた。「彼女、返事をしないぞ」

「アニーは呪文《じゅもん》を唱えるとミスター・コッブズが言ったわ」ダイアナはヴィンセントの横を回って老婆の肩に手を置いた。「アニー、聞こえる？　わたしよ」

「暗い」老婆の胸の奥深くから低い声が響いた。「とても暗い」

「そうね。今夜はとても暗いわね」

「月が」アニーはぎょろりと空を見た。「月が暗い」

ヴィンセントのうなじの毛が逆立った。彼はうなずき、普通にしゃべろうとした。「そうだね、アニー。月は暗いんだ」

「暗い……暗い……」老婆は突然振り向き、ヴィンセントの手を振りほどいた。「彼女の声が聞こえる」

「誰の声ですって？」ダイアナはアニーの袖《そで》をつかんだ。

「黒魔女アニスだよ。暗い月夜に歩くんだ。危険だと言ってる……危険だ」

「落ち着け、アニー」背筋を這《は》い上がる震えと闘いながら、ヴィンセントは理性的になろうとした。

「黒魔女アニスは子供を怖がらせるための作り話だ」

突然、けたたましい笑い声があがった。ヴィンセントは思わずあとずさった。アニーが彼に食ってかかる。「そう思いたいんだろう。でも、あたしにはわかる」アニーはその場をゆっくりと回って、周囲の闇に目を凝らした。「あたしにはわかる。あたしの名前は黒魔女アニスにちなんでいるんだ。アニスが歩いている通り道があるのさ。秘密の通り道が」

ダイアナはたじろぎ、周囲を見回した。ヴィンセントも。


「ばかなことを言うな」彼は老婆を静かに揺すった。もはや手に負えない。「さあ、家まで送ろう」

「あそこだ！　あそこ！」突然アニーが手を突き出した。「ほら！　言わんこっちゃない」

ヴィンセントはアニーの腕をぱっと離して、ダイアナの腕を握った。「戻ろう。早く！」

彼は半ばダイアナを引きずるようにして走りながら芝生を横切ると、テラスの階段を駆け上がって部屋に飛び込んだ。「スロックモートンを呼べ！　きみはピストルを持って子供たちのそばに。急げ！」

ダイアナは無言で駆けだし、上に行った。ヴィンセントは馬上短銃を握って暗闇を透かし見た。アニーの姿はもうなかった。

ほかの誰の姿も。

足音とうなり声でスロックモートンが来たことがわかった。ヴィンセントは芝生から目を離さなかった。「おまえは表から。わたしは裏口から偵察する」

スロックモートンは小声で了解と言うと、静かに屋敷を抜け出した。ヴィンセントも手探りで裏口に向かう。それぞれが屋敷の周囲を回ったが、人の気配はなかった。ヴィンセントは森のほうに顎をしゃくった。

恐怖といらだちの一時間が過ぎた。二人は探索を諦《あきら》めて、屋敷に引き返した。夜風のそよぎのほかは何も見えず、何も聞こえなかった。

アニーも消えていた。

朝になってもヴィンセントは昨夜の出来事が気になっていた。昼間、スロックモートンともう一度調べたが、年老いた産婆のほかに人が侵入した形跡は見つからなかった。だが、スロックモートンがわたし以外の人間に忠誠を誓っているとしたら……。そう思うとヴィンセントはぞっとしたが、これまでのところ、そうと考えられる根拠は見当たらなかった。

ヴィンセントはコッブズを図書室に呼び、アニーのことを尋ねた。管理人は顔をしかめた。「家内も申しますように、アニーに魔女めいたところはありません。もしあるとすれば、このお屋敷はアニーにちなんで名づけられたと言われているでしょう」

「冗談はよせ」ヴィンセントは叱《しか》った。「この建物は生きている誰よりもずっと古いんだぞ」

「ええ……。わたしとしてはそう思いたいですが」

ヴィンセントは眉をひそめた。「とにかく、わたしは彼女の神秘的な能力とやらには関心がない」片方の眉を上げる。「それより、彼女が悪事を企《たくら》んでいる人間と結託する可能性はあるだろうか？」

「それはないと思います。あまりに変人ですので」

「アニーはゆうべ、誰かを見たと言った。声を聞いたとも。黒魔女アニスの声を聞いたと言った」ヴィンセントはうんざりしたように首を振った。「だが、その話は信じられない。彼女が誰かを見たなら、それは生身の人間に違いない」

コッブズはもじもじとした。「それについてはよくわかりません。でも、アニーは千里眼です。それに、月は暗かった。黒魔女アニスは――」

「そんなたわ言を信じているなんて言わないでくれ。だいいち、その婆《ばあ》さんの住処《すみか》はレスター近くの洞窟《どうくつ》のはずだ」ヴィンセントは口もとをゆがめた。「そこか、スコットランドだろうが」

「レスターはここからそう遠くありません」コッブズは自分の足もとを見つめた。「アニーが何かを見たとしても、わたしたちにはまず見えません。ただ、彼女が誰かをここに引き入れて盗みを働かせるようなことはないと思います」

ヴィンセントはその答えで満足するしかなかった。しかし、アニーは本当に何かを見たか、聞いたのかもしれない。

あまり人に姿を見られないうちに移動しなければ。

それにしても、わたしたちを追っているのは何者なのか？　ヴィンセントは昨夜やっと床についたあと、ふとあることに思い当たった。彼はダイアナに秘密を明かしたが、彼女は隠したままだ。手紙を二通受け取ったのに、話したのは一通の内容だけ。すべてを打ち明けるほどわたしを信用していないのだ。

あるいは、わたしも知らない彼女の目的があるのか？　ヴィンセントは愕然《がくぜん》とした。ダイアナがわたしの敵と組んでわたしに陰謀を巡らしているとしたら、わたしは心に深手を負うだろう。

二度と立ち直れない傷を。

でも、そんなことはないはずだ。ダイアナは心の底から命の危険に怯《おび》えている。だが、誰を恐れているのか、そしてその理由は？　彼女はたぶんセント・エドマンズの計画を知って、それを誰かにうっかりもらしてしまったのだ。ダイアナは最初から彼を恐れていた。もしそうなら、なぜそのことを打ち明けてくれない？　わたしが敵ではないかと疑う前に。

この件には、誰かもう一人絡んでいるとヴィンセントは思い始めていた。まだ名前が挙がっていない人物、たぶんわたしが知らない人物が。それは時がたてばわかるだろう。でも、彼女の口からそいつの名を聞きたい。ああ、わたしを信頼してほしい。そしてわたしも彼女を信頼したい。

ひとつ確かなことがある。

信頼できてもできなくても、わたしはまだ彼女を求めている。

二人は終日、手紙を書いて過ごした。ダイアナは簡単な遺言書と手紙をリットン卿夫妻にしたため、自分が死んだら子供たちを頼むと託した。

ヴィンセントも夫妻宛《あて》に長い文書を書いたが、その内容をダイアナには話さなかった。おそらくスパイとしての任務に関係した事柄だろう。スパイとは！　ダイアナは思った。それでなくても不安と疑惑に怯えているのに。彼と一緒のときは用心しなければ。彼はとても親切だ。けれど……スパイなら何か隠しているかもしれない。

翌日、スロックモートンが手紙を出しに行くと、ダイアナは深い安堵《あんど》を覚えた。これで心置きなく敵と戦い、生き抜くことに全力を傾けられる。たとえ命を落としても、ビザムとセリーナの行く末は心配なくなったのだから。

でも、二人と死に別れるのはたまらなく悲しい。

子供たちが夕食をとり終えると、そばで見守っていたダイアナはおやすみのキスをし、ファニーがベッドに連れていくのを見送った。他人がわが子を寝かしつけても、以前ほど心配しなくなった。子供たちも他人に世話されることに慣れてきた。そのほうが彼らにとってもいい。もしわたしが……。

いいえ、今はそんなことを考えるのはよそう。

ヴィンセントは夕食をとると、例によって書斎に消えた。ダイアナはテラスに出て、ベンチのいつもの場所に腰を下ろした。夏の柔らかな夕日が沈み、紫色の黄昏《たそがれ》が訪れていた。西の穏やかな空にか細い新月が浮かんでいる。そのすぐ下に明るい小さな星が、貴婦人の優美な耳に輝くダイヤモンドのイヤリングのようにかかっていた。

ダイアナは平和な夕暮れに身を浸した。今夜の風は湿り気があって温かく、気持ちがいいわ。そのとき、ヴィンセントがうしろに立っているのに気づいた。彼が何も言わないので、ダイアナも振り向かなかった。二人はそのまま夜の魔力に魅せられて、沈んでゆく太陽を見つめながら、柔らかい闇の帳《とばり》にゆっくりと包まれるのを感じていた。ヴィンセントがダイアナの両肩に手を置いた。

ダイアナが背中を預けると、肩を抱く彼の手に力が入った。心臓が早鐘のように打ちだす。彼の息遣いが深くなるのが聞こえた。ヴィンセントはベンチをまたいで座ると、ダイアナの腰に両腕を回してその背中を胸に引き寄せた。

ゆうべ、ヴィンセントはわたしに惹かれていると言った。そのときは信じるかどうか迷った。今もわからない。いざとなったら彼がわたしと子供たちを人質として利用する可能性は大いにある。わたしは一度、甘い愛の言葉に負けた。

でも、今夜はそんなことはどうでもいい。わたしに残された人生はほとんどないのだから。禁欲した身のままで、寂しく死にたくはない。虚《うつ》ろな体のままでは。今夜は彼の熱い体に満たされたい。男性的なにおいを、糊《のり》のきいた服のにおいを嗅《か》ぎたい。情熱の高まりを感じたい。

今日伸びたひげでざらざらする顔が頬に押しつけられた。首筋に彼の息が吹きかかる。ダイアナは目を閉じた。両腕でさらに抱き寄せられる。太腿の筋肉が腰に押し当てられた。唇が耳をなぶる。

震えがダイアナの全身を駆け抜けた。抱かれたまま振り向き、顔を上げる。

「ああ」小さなため息がヴィンセントの口からもれ、やがて唇が重ねられた。熱く、激しく、貪《むさぼ》るように。ダイアナの無防備な喉もとに唇が滑っていく。ダイアナの情熱に火がついた。

そのとき突然、ヴィンセントが全身を硬くした。顔を上げて、探るように目を細める。ダイアナも聞いた。忍び足の音を。草のそよぐ音を。何が起きたかわからないうちに、ダイアナはヴィンセントの膝の上からベンチと欄干のあいだの床に押しやられ、その上に彼の体がおおいかぶさった。

足音が近づく。ダイアナの目の隅で何かがきらりと光った。顔のすぐそばでヴィンセントが片肘をつき、もう一方の手にピストルを握っていた。ダイアナはじっとしたまま息を殺した。

突然、ランプの明かりが廊下に続く戸口に現れた。

「ファニー、おまえかい？」

「ええ、ママ。ただいま」足音が速くなった。

ヴィンセントが緊張を解いた。急に彼の体が重く感じられた。と同時に笑いがこみ上げてきた。すると、耳もとで声がした。「しいっ」

ダイアナは笑いを噛《か》み殺したが、ヴィンセントも声に出さずに笑っているのが体の震えでわかった。

ベンチの下から目を凝らしたそのとき、ふたつの人影が見えた。長身の人間と小柄な人影がテラスの階段を足早に上った。ハーター家の息子だ。

「早くお入り」ミセス・コッブズの声はいらだっていた。「暗くなる前に帰るはずだったでしょう」

「すみません。ファニーにわたしの新しい子馬を見せたかったんです。わたしがいけないんです」

家政婦の声は少し柔らかくなった。「事情はよくわかるわよ、ジェイコブ。でも、これからも一緒に出かけたいのなら、気をつけなくては」

「はい、わかりました」青年は大真面目《まじめ》に約束した。

「おやすみ、ファニー」

ドアが閉まり、ハーター家の息子は帰っていった。ヴィンセントとダイアナはその場にじっとしていたが、青年の口笛が遠くに消えるとまずヴィンセントが体をどけ、ついでダイアナも起き上がった。

ダイアナはこらえきれずにくすりと笑った。「これって見物だわ。屋敷の主人とその奥方とされている人間が、若い恋人たちに見つからないようにベンチの下に縮こまっていたなんて」

ヴィンセントはにやにやしながらピストルを手にぶら下げ、欄干にもたれた。「ばかみたいだね」

「ええ、本当に」ダイアナはおなかを抱えて笑いたくなった。あんなに緊張して……。大きく深呼吸をして、やっと笑いを噛み殺す。「かわいそうに。おやすみのキスもできないなんて」

「いや、二、三度はキスしたはずさ。子馬はたぶん牛小屋にいたんだろう」ヴィンセントはため息をつくと、急に真剣な顔でダイアナを見た。「うらやましいよ」指で髪をかきむしり、ピストルをベルトに突っ込む。「ごめんよ、ダイアナ。きみに手を触れるべきではなかった。でも、きみがとても悲しそうだったので……」

ダイアナから笑いが消えた。星空を見上げる。

「そうなの、悲しいの。わたしにはほとんど未来がないんですもの。いずれにしろ子供たちと離れ離れになるのは避けられないでしょう」

「ダイアナ……」ヴィンセントは手を差し伸べた。

ダイアナは目をやらなかった。「それに……わたしは体面なんてもうどうでもいいの。評判は台なしになってしまったし。手に入るなら、どんな慰めでも欲しいの——それができるうちに。恐怖を締め出したいのよ」

うなりにも似た声がヴィンセントの口からこぼれた。

ダイアナに手を差し出し、腕のなかにひしと抱き取る。

ダイアナはあっさり身を預けた。数分間、ヴィンセントはダイアナのにおいを堪能《たんのう》した。押しつけられた胸の柔らかさを。重ねた唇の熱を。いくら奪っても奪い足りない気がした。ダイアナがしだいにとろけてきた。触れ合いには触れ合いで、舌には舌で、うめきにはうめきで応《こた》えてくる。

ヴィンセントはダイアナを横たえた。自分も隣に横たわり、片方の脚を彼女の体に絡ませる。髪に指を差し入れ、目と唇と舌で存分に貪った。ダイアナがのけぞり体を押しつけてくると、ヴィンセントの唇は自然に喉から胸もとへと移動した。彼女の胸のふくらみを味わい、麝香《じゃこう》の香りを吸い込む。

はっと正気に返ったのは、ダイアナのあえぎ声を聞いたときだった。テラスの床で愛し合うわけにはいかない。戸外では目に見えない危険に無防備だ。ヴィンセントは片膝をついてダイアナをすくい上げると、書斎のドアに向かった。ドアを肩で押し開け、足で蹴《け》って閉めた。

暖炉の前にソファーが置かれている。そこにダイアナを下ろし、ひざまずいてスカートを持ち上げた。背中に手を回してドレスが緩む程度にボタンをはずし、肩から脱がす。それから、自分のずきずき痛む部分を彼女の腰にあてがい、その胸に顔を埋《うず》めた。

胸の先端を口に含んだとたん、髪をかきむしられ、彼女の腰が前後に動いた。

もう我慢できない。ヴィンセントは鹿革《しかがわ》のズボンのボタンをむしり取るようにはずして前を開けた。仰向けに寝転んでダイアナを引き寄せ、自分の体の上にのせる。ゆっくりと進めることはできなかった。

全身の感覚が彼女を求めて絶叫していた。ヴィンセントは両手でダイアナの腰をぎゅっとつかみ、突き進んだ。

欲望の赤い靄《もや》のどこかで、ダイアナの叫び声が聞こえた。体が硬くなったのを感じた次の瞬間、ヴィンセントの口からあえぎ声がこぼれた。彼は完全に自制心を失い、情熱の証《あかし》を彼女のなかに注ぎ込んだ。ダイアナは何度も繰り返し興奮の波にさらわれ、やがてぐったりとヴィンセントの上に倒れ込んだ。

ヴィンセントは両腕を回してダイアナをきつく抱き締めていたが、固い床のせいでしだいに背中が痛くなり、暖炉の火も消えて寒くなってきた。

「おいで」彼は言った。「ベッドに行く時間だ」

二人はその夜、ダイアナのベッドで過ごした。そこなら子供たちが泣いても、聞こえるからだ。ダイアナはヴィンセントに背後から抱かれて眠った。目を覚ましたのは夜中だった。胸のふくらみに彼の手が伸び、うなじにキスされていた。その手がふくらみをおおったかと思うと滑り下り、脚のあいだで止まった。再び手が動きはじめると同時に彼の欲望の高まりが腰に押しつけられた。

ダイアナはため息をついて振り向いた。ヴィンセントがおおいかぶさり、互いの体がひとつになる。ゆっくりと腰を動かしながら、唇をかすめるようにキスをし、頭を下げて彼女の喉もとをそっと噛む。一方の手は胸を揉《も》みしだいている。もっと……もっと深く、円を描くように彼は腰を動かした……。

ダイアナが声をあげた。ヴィンセントが口でふさいでくれなかったら、子供たちやスロックモートンの耳に届き、起こしてしまっただろう。唇を、舌を、体を絡ませながら、ヴィンセントがだんだん腰の動きを速めると、ダイアナはまた叫びそうになった。彼のくぐもったうめき声が聞こえる。ダイアナは身《み》悶《もだ》えした。心臓が激しく打つ。世界が渦巻きながら無数のきらめく色になった。

ヴィンセントはダイアナをぎゅっと胸に抱き締めた。そっと頭のてっぺんにキスをして、背中をやさしく撫《な》でる。ダイアナも彼の胸に頬をすり寄せた。やがてヴィンセントの息遣いが落ち着き、撫でる手が止まった。彼は静かに眠りの世界に落ちていった。

ダイアナはしばらく彼の腕に抱かれたまま、そのぬくもりを堪能した。その心地よさにおぼれた。こうして抱かれたのはどれくらい前だったろうか？　いつまでもこうしていたい――ダイアナはそう思った。

信じて大丈夫かしら？　彼は本当にわたしに気があるのだろうか？

ダイアナは彼を信じたいと心の底から思った。

# 9

なんてことをしてしまったんだ。決して手は出さないと誓っていたのに。でも、後悔はしていない。たとえ明日死んでも彼女と一夜を過ごせたのだから。彼女の身は心配ない。遺言にそのことはしたためた。わたしに万一のことがあった場合、エルドリッチ・マナーとわたしの個人的な資産は彼女のものだ。

ヴィンセントはダイアナが自分の死を嘆き悲しむと思うほどうぬぼれてはいなかった。ゆうべ二人のあいだに行き交ったものは、わたしの欲望と彼女の絶望に根ざしている。彼女はまだわたしを信じていない。わたしも彼女を信頼できない。

ただ、彼女が欲しかっただけだ。

そして今日は、彼女を守る策を考えなければならない。今朝わたしは、ダイアナより先に起きて自分の寝室に戻った。朝のチョコレートを運んでくるメイドに見られたくなかったからだ。なぜそんなことにこだわったのかわからない。夫婦ということになっているのに。

でも、わたしにも分別がある。

ダイアナにも。

ヴィンセントはダイアナを安心させてやりたいという衝動を押し殺した。新月の魔力だ、一瞬の衝動だったんだと言ってやりたかった。恐怖のなせる業だった、とも。でもそれはあとで言おう。もっと人目がなくなったときに。今は早急に出発することを伝えなくては。

だから、彼は居間に行ったとき、ダイアナの肩を軽く叩《たた》くだけで我慢し、向かいの椅子に座った。

「話したいことがある。どうやらここを出なければならないようだ」

「まさか」ダイアナはカップを置いてヴィンセントを見た。「とてもいいところよ。移りたくないわ」

「ああ」ヴィンセントは自分のカップにコーヒーを注《つ》いだ。「とても気持ちよく過ごせた。だが、それがわたしを落ち着かなくさせる」彼は安楽を受け入れられない性格だった。「わたしは慢心していた。このふた晩の出来事でそれがわかった。どちらのときもわたしたちは隙《すき》だらけだった」

「だけど、どっちも危険はなかったわ」ダイアナはヴィンセントが立ち上がってサイドボードから皿に料理をよそっているあいだに、ジャムを彼の前に置いた。「たぶんアニーが聞いたのは、夜の散歩をしていたファニーとハーター家の息子の足音よ」

ヴィンセントは振り向き、考え込むように目を細めた。「わたしにはそうは思えない」座って卵料理をほおばる。それをのみ込みながら付け加えた。

「アニーは実際に誰かがこっそり探っていたのを見たか、聞いたのかもしれない」

「わたしたちに聞こえないものがどうして老婆に聞こえるの？　年寄りはたいてい耳が遠いのよ」

「それはそうだが……」ヴィンセントは不安の原因を明確に指摘できなかった。「でも、アニーはこの地域の事情にすこぶる詳しい。何か場違いなものが目に留まったのかもしれない。わたしはそういうことを軽視したくない。だからここを出る。すまない」

ダイアナはため息をついた。「たぶんあなたの言うとおりなんでしょうね」

「確かなことは誰にもわからない。でも、わたしはそんな気がするんだ」うまく説明できない。「アニーの言う、危険の予感みたいなものだ」

「あなたがそんなことを信じるとは思わなかった」

ダイアナはほほえんだ。「あなたらしくないわ」

「わたしは自分の直感を信じるようになった。アニーも同じだろう。今日の午前中に出発したいが、どれくらいで準備できる？」

「今日？」落胆した声だった。「そうね、なんとかお昼近くまでには。持ち物はあまりないし。ああ、子供たちはさぞがっかりするでしょうね。ファニーやミセス・コップズにとてもなついていたから」

ヴィンセントは立ち上がってダイアナの肩に手をのせた。それ以上のことはしなかった。「危険が去ったら、また訪ねてこられるさ。もっとも、そのときにはファニーはミセス・ハーターになっているかもしれないが。しかし、イングルウッドだってまんざらでもないと思うよ」

「そこがわたしたちの行く先？」

「ああ。そろそろ敵を明るみに誘い出す潮時だ」

ダイアナはエルドリッチ・マナーの玄関前に止ま

った馬車に見覚えがなかった。彼らがここに乗ってきたのは黒い馬車だったが、それは赤ワイン色で縁取られた上等の馬車で、内部の装飾も深いワイン色のベルベットが使われている。

「これはあなたの馬車?」ダイアナは階段を下りてくるヴィンセントに振り向いた。片手で無雑作に大きな旅行鞄《かばん》を持っている。

彼はちらりと周囲を見回し、ほかに誰もいないとわかると、いたずらっぽい笑顔でうなずいた。

「では、乗ってきた馬車はどうするの?」

「あとで迎えによこすか、戻るまで置いておく」彼は肩をすくめた。

スロックモートンがトランクを軽々と肩にのせて階段の上に現れた。ダイアナは柔らかい夏の日差しが降り注ぐ外に出た。少なくとも夜通し馬車に乗らないでいいわけだが、どうしたら子供たちを終日、馬車のなかで遊ばせられるだろう?

子供たちは玄関前でコッブズ家の面々と別れの言葉を交わしていた。また旅ができるのでうきうきしている様子だ。外に出たダイアナにミセス・コッブズが振り向いた。「ああ、奥さま。寂しくなります。こんなに早くお帰りになるなんて残念ですが、旦那《だんな》さまのお仕事は待たせられないですものね」

「そうなのよ。楽しい休暇だったけれど、帰らなくては。いろいろと親切にしてくれてありがとう。アニーにもよろしく伝えてちょうだいね」

「あっ、忘れるところでした」家政婦はエプロンのポケットを探り、軟膏《なんこう》の小瓶を取り出した。「アニーの話では、この季節は、ひれはり草が傷にきくそうです。日に三度塗ってください」

「ありがとう」ダイアナはポケットに軟膏をしまった。「じゃあ、またね」

ファニーはビザムとセリーナを抱き締めてから、馬車に乗せた。「いい子にしているのよ」

二人は声を揃《そろ》えて請け合った。そうだといいがとダイアナは思った。長い旅になる。一人静かに考える時間が欲しかった。ヴィンセントとの情事について自分の気持ちを整理しなければならない。スパイとベッドをともにしたことを。

でも、そんな機会は持てそうにない。それどころか、狭い馬車のなかで彼の隣に座り、彼のにおいを吸い込み、彼が姿勢を変えるたびに太腿の筋肉が動くのを意識することになるのだろう。

冷静に考えられる状況ではまったくない。

ヴィンセントはダイアナを馬車に乗せると続いて自分も乗り込んだ。皆が屋敷の人々に盛んに手を振るなか、スロックモートンが馬に鞭《むち》を当てた。馬車がぐんぐん屋敷から遠ざかってゆく。私道や小道を走っているときは木々しか見えなかったが、本街道に達すると、野原や家々が見えてきた。これでやっとセリーナとビザムの興味を引くものができたと思い、ダイアナが羊や牛や干し草の山を指差していたときだった。馬車が再び木々に囲まれた小道に入った。

ダイアナは物問いたげにヴィンセントを見た。彼は口をゆがめて笑った。「ちょっとした小細工をね」

数分後、馬車が止まった。ヴィンセントは降りて自分の旅行鞄を下ろした。それを開け、盾形の紋章が鮮やかに描かれた小さな看板を取り出す。好奇心をそそられたダイアナも馬車を降りた。子供たちも続く。ヴィンセントはその紋章板を馬車の扉に取り付けてあったふたつの鉤《かぎ》にかけ、留め金で固定した。

「ロンズデール家の紋章なの？」ダイアナは見た覚えがなかった。ヴィンセントが首を振った。「では、どこの？」

「さあね。こんな紋章を持つ人間はいないはずだ」

ヴィンセントは紋章板がしっかり固定されたことを確かめると、うしろに下がって満足げに見つめた。

「なるほど。わかったわ」ダイアナは微笑した。「すると、今度わたしたちは誰になるの？」

「スロックモートン卿《きょう》夫妻に」ヴィンセントは、馬車を降りてにやにやしながら御者の制服とかつらを脱いでいるスロックモートンを身ぶりで示した。そして、彼からそれらを受け取って旅行鞄にしまい、自分用の制服を取り出した。「わたしが御者をやり、彼は主人として車内に入る。御者席に彼がいるのは目立ちすぎるのでね」

ダイアナはちらりと子供たちを見た。「それでごまかせると思うの？」

「ああ、ごまかせるよ。人は見たいものしか見ない。並外れた大男の御者や地味な黒い馬車が目に入らないなら、普通の御者が乗った貴族の馬車になど、もっと目を留めるわけがない」

スロックモートンがダイアナに笑いかけた。「こんな面白いことは初めてです……」大男は口ごもった。「リットン卿にお仕えしてからは。わたしがなかに乗ってもかまいませんか？」

「ええ、もちろん。大歓迎よ」

セリーナがうれしそうに飛び跳ねた。「あなたに教わったゲームをしましょうね」

「いいですよ。さあなかへ。ビザム坊っちゃまも」

ヴィンセントが御者台に上るあいだに、スロックモートンは子供たちとダイアナを馬車に乗せた。ダイアナは元ボクサーと子供たちがすでに親友になっていることに気づいた。毎日ほとんど一緒にいたのだから無理もない。

皆が座席に落ち着くと、馬車は大きく向きを変えて本街道へと戻った。たちまちセリーナが握りこぶしを差し出し、親指を突き立てた。ビザムが笑ってそれを握り、今度は自分の親指を突き立ててスロックモートンに向ける。大男は積み重なった手に自分のごつい手を添えて、ビザムの親指を慎重に握った。

三人はそれをもう一度繰り返し、六つのこぶしが重なった。ダイアナは興味津々の面持ちで見た。

セリーナがスロックモートンを見上げる。「叩《たた》いて切るの、吹いて切るの？」

大男はにやりと笑った。「叩いてお切り」

両手が握られているので、セリーナは一瞬困った顔をしたが、顎でスロックモートンのこぶしを叩いた。彼の手がだらんと落ちる。セリーナは弟のほうを向いた。「叩いて切るの、吹いて切るの？」

「吹いて切って」

セリーナがぷっと吹くと、ビザムの手は高く上がった。それを続け、とうとうセリーナの小さなこぶしだけになった。スロックモートンがそれをじっと見てきく。「その手のなかに何があるの？」

くすりと笑う。「パンとチーズ」

「わたしの分はどこに？」

「鼠《ねずみ》が盗《と》った」

「鼠はどこに？」

「猫が捕った」ビザムが叫ぶ。

「猫はどこに？」

「屋根の上」セリーナが叫んだ。「最初に笑うか歯を見せた者が……つねられる！」

セリーナは両手でぱっと口をおおった。ビザムも真似《まね》る。スロックモートンがものすごいしかめっ面をする。ダイアナはどうしていいかわからず、笑わないことにした。彼らはしばらく静かにしていたが、とうとうセリーナが吹き出した。

「ああ！」スロックモートンがセリーナの頬を軽くつねった。「わたしたちの勝ちだ」

「お馬さんをしようよ」ビザムがスロックモートンの膝に這《は》い上がった。

「いいですよ。しっかりつかまって」大男の護衛は童謡を歌いだし、歌詞に合わせて膝を動かした。

「旦那さまが馬に乗って、ぱっか、ぱっか、ぱか。

奥さまが馬に乗って、とこ、とこ、とこ。坊っちゃんが馬に乗って、ぽっくり、ぽっくり。お嬢ちゃんが馬に乗って、のっそり、のっそり」そこで膝の動きが止まると車内は静まり返り、子供たちは息をつめた。スロックモートンはゆっくりと間を測り、もったいぶって次の歌詞を歌った。「だけど、馬丁は大酒飲んで大遅刻……さあ、急げ……」

「びゅん、びゅん、びゅんと走りましょう」セリーナが仲間に入ると、スロックモートンは激しく膝を揺らし、ビザムが必死にすがりついた。「今度はわたしよ」セリーナが弟を引きずり下ろそうとする。

ダイアナは笑い転げた。「かわいそうに、スロックモートン。この数週間はさぞ疲れたでしょうね」

「いえ、わたしは子供が大好きなので。自分の子はないですし」ビザムを下ろし、セリーナをのせる。

三人はさらに二回〝お馬さん〟をした。ダイアナは人のいい護衛が気の毒になり、終わりにするように言った。〝グー、チョキ、パー〟の手遊びはあまり面白くないが、車内はぐっと静かになった。それでも、昼食と馬の交換のため宿屋に入ったときには、全員がほっとした。

その日はずっと、ダイアナはヴィンセントと話す機会も彼のことを考える暇もなかった。ヴィンセントは厩《うまや》で食事をし、ダイアナや子供たちと一緒のテーブルについたのはスロックモートンだった。宿に泊まるときはどう打ち合わせてあるのだろう？

その答えは夜、泊まる宿屋でわかった。主人役のスロックモートンが居間付きの続き部屋をふたつ取り、夕食を部屋に運ばせた。

ダイアナはほっとして居間のソファーに座り込んだ。子供たちも休める場所を見つけるとへたり込んだが、驚いたことに、スロックモートンは相変わらず元気がいい。少しして、ヴィンセントが現れた。

馬車の世話を終えたことを報告すると見せかけて。

ヴィンセントが外套《がいとう》を脱いだとき、ダイアナは彼とスロックモートンがほとんどそっくりの地味な黒っぽい上着を着ていることに気づいた。これなら、一瞬で役割を交換できる。これはヴィンセントの計算としか思えないわ。そうした彼の機転にダイアナはまたしても考えさせられた。

彼は何か企《たくら》んでいるのかもしれない。

食事が運ばれるとすぐに給仕を下がらせて、彼らは形式張らない夕食をとった。お芝居をしなくていいのでダイアナはうれしかった。ヴィンセントの妻のふりをしていると神経がすり減る。どうして彼は耐えられるのだろう？　きっと仕事柄、何度もこんな真似をしたのに違いない。

食事が終わると、スロックモートンは運動がてら見回ってくると言って、出ていった。ヴィンセントが居間で見張りに就いたが、ダイアナはまだ彼らの役割交換について考える暇がなかった。子供たちに寝支度をさせなければならなかったからだ。

ビザムは疲れて怒りっぽくなっており、ダイアナの手を焼かせた。ヴィンセントのもとに逃げ込み、その膝に這い上がる。彼女は息子をにらんだ。

ヴィンセントは二人を交互に見やり、眉を上げた。

「いったいどうしたんだ？」

「ビザムが顔を洗わせないの。さあ、いらっしゃい。ママは疲れているの。怒るわよ」

ビザムはヴィンセントの幅広のタイ《クラヴァット》を握り締め、顎を突き出した。「寝たくなんかないもん」

「こら」ヴィンセントは立ち上がり、腕白坊主を母親に返そうとした。「わがままは許さないぞ」ビザムがクラヴァットにしがみつき、肩に顔を隠す。

「ママー！」セリーナの泣き声が聞こえた。

ダイアナはうんざりしたように両手を上げた。

「今行くわ。さあ、ビザム……」

にとってのヴィンセントはダイアナ

「きみはセリーナを見ろ」ヴィンセントはダイアナについて寝室に入った。「ビザムはわたしが」彼は子供をベッドに座らせると、タオルに手を伸ばした。

「ありがとう」ダイアナは思わずくすりと笑った。

「まるで父親になったみたいよ」

「そして子守りに、ね」彼はにやりと笑い、そのあとむずかる子供をにらみつけた。「こら、じっとするんだ。さもないと、お仕置きが待ってるぞ」

大好きなヴィンセントの口調が変わったので、ビザムは抵抗を諦《あきら》め、泣きだした。彼は寝巻きを頭から着せると抱き上げ、やさしく背中を叩いた。

「さあ、ぐっすりおやすみ」ダイアナに振り向く。

「子供たちは移動式のベッドで寝るのかい?」

「そうなの」ダイアナはセリーナの寝巻きのリボンを結ぶと抱き締めた。「さあ、ベッドに入って」

セリーナが素直に低いほうのベッドに入ると、ヴィンセントは泣きじゃくりながらも眠そうなビザムを隣に置いた。ダイアナがふたりに寝具をかけ、一本だけ残してあとの蝋燭《ろうそく》を全部吹き消す。部屋を出ようとしたとき、戸口をヴィンセントがふさいでいることに気がついた。食い入るようにダイアナを見ているが、その表情は読み取れない。

面食らってダイアナは立ち止まった。「手伝ってくれてありがとう。こんなことをするなんて、思ってもいなかったでしょう?」

「ああ。それに、子供がこれほど手のかかるものだとは知らなかった。だが、楽しいことも多い……」

ヴィンセントはふっと言葉を切り、ダイアナが通れるように脇《わき》にどいた。そして、彼女が通り過ぎる寸前、肘をつかんで引き止めた。「ゆうべのことについて話そう。きみの……行動は衝動に駆られた結果だったとわたしは理解している。わたしはこの関係を続けたいと心から思っているが、きみの決断を尊重する。もしきみがいやなら……」

ダイアナはヴィンセントの上着のボタンを見つめ、考えをまとめようとした。「わ、わからないわ。確かにあれは衝動的なものだった。わたしたちには……まだたくさんの……」

「そう」彼はダイアナの顔から髪を払いのけた。ダイアナは息をのんだ。「多くの不信が渦巻いている」

自分たちのあいだには多くの不信が渦巻いている。どうしてかダイアナは、今までヴィンセントに疑われていると思ったことがなかった。しかし、疑われて当然なのだ。隠し事があるのだから。彼はわたしより正直だ。でも、わたしは嘘《うそ》はついていない。子供たちをさらおうとした人間に心当たりはないのだから。ただ、デイモスのことや脅迫の件は話していない。ヴィンセントがこのことを知ったらどうするだろう？　なんといっても彼は政府の諜報《ちょうほう》員なのだ。わたしが別の男から金をもらったと知ったら？

狭い戸口に二人並んでいるのでヴィンセントの体のぬくもりが服を通して伝わってきた。彼の息が頬に吹きかかる。ダイアナが目を上げると、ヴィンセントが口もとをじっと見つめていた。彼は頭を下げて、そっとやさしく唇にキスをした。

「きみはどうしたいかを教えてくれ」ヴィンセントは居間に入った。ダイアナも続く。「スロックモートンは子供たちと一緒の部屋で寝たほうがいいだろう。きみはもうひとつの部屋で眠れ。わたしは両方の部屋を監視できるここのソファーで寝る」彼は苦笑した。「いずれにしろ、今夜は情熱に身を任せることはできない。油断なく見張っていなければ」

ダイアナはうなずいた。

自分のしたいことはわかっていた。

しかし、どうするかはわからなかった。

三日後、馬車はイングルウッドに近づいたが、ダイアナからの返事はまだなかった。しかし、返事のないことが返事のようなものだった。彼女の選択を尊重しよう。たとえわたしが美徳の鑑《かがみ》だとしても、勝手にダイアナを自分のものだと言う権利はない。

しかし、ダイアナ母子《おやこ》との交流で、ヴィンセントは新たな欲求をそそられた。彼はこれまで妻を娶《めと》り、家族を作ることなど考えてもいなかった。長生きしようとも思わなかった。しかし今では、クラヴァットをもみくしゃにする小さな手がいとしくなっていた。セリーナの無邪気なおしゃべりを熱心に聞いていた。もしわたしが死んだら誰が彼らを守るのだ？

わたしは彼らを諦めたくない。

だが今は、気づかれずにイングルウッドに入ることに神経を集中しなければ。敵がわたしたちの到着を見張っているのはほぼ確実だ。だとすれば、人目につく危険を冒すことはできない。しかし、敵の監視はおそらく主要な進入路に集中しているだろう。

ヴィンセントはそう考えて、馬車をイングルウッドの門に至る道ではなく、遠く離れた小作農場のひとつに入る細道へと進めた。

馬車が埃《ほこり》っぽい農場の庭に入ると、漆喰《しっくい》塗りの小さな家から子供たちと数頭の犬が飛び出してきた。そのすぐあと、仕事着姿のがっしりした農夫が牛小屋の戸口に現れ、一行を胡散《うさん》くさそうに見た。ヴィンセントが御者台から降りてかつらをほうり投げた。

「旦那さま！」農夫が慌てて駆け寄る。「すぐにはわかりませんでした」彼はスロックモートンが馬車から降りると立ち止まり、用心深く大男を見た。

「クロー、スロックモートンだ」ヴィンセントがうなずくと大男が手を差し出し、農夫は恐る恐る握った。「わたしの新しい雇い人だ」

ビザムとセリーナが馬車の扉から顔を突き出す。ビザムは降りようとしたが、大きな犬が馬車に跳びかかったのですぐに顔を引っ込めた。

「バウザー、こら！」犬が主人の命令にすぐに従うと、ビザムがまた顔を覗《のぞ》かせた。彼よりひとつぐらい年上の、ぼさぼさ頭にくたびれた半ズボン姿の少年が馬車に近づき、ビザムを見上げた。だがダイアナが顔を出すと、慌てて父親のうしろに逃げ込んだ。

「馬車をしばらくおまえの牛小屋に入れておいてくれないか?」

農夫は困った顔をした。「ようがす。なんとかします……ちっと窮屈になりますが」

「もうひとつ頼まれてくれるか?」

クローはすぐにうなずいた。「ええ、なんなりと。このロルフは旦那さまがいなければ死んでいたんですから」

「そのことは言うな!」ヴィンセントはきっぱりと遮った。「この子の元気な姿をまた見られてうれしいよ」ヴィンセントはロルフの髪をくしゃくしゃにした。「実は……」


一時間後、雄牛に引かせた一台の荷馬車がクローの家を出た。御者はクローで、ダイアナとヴィンセント、スロックモートンは林檎《りんご》を入れた籠《かご》にはさまれながら荷台の床に伏せていた。ダイアナのすぐ目の前には大きなハムがあり、足先には丸いチーズの塊がある。床に敷かれた麦藁《むぎわら》が鼻をくすぐり、首のうしろがちくちくした。バウザーが舌をだらりと垂らして、うしろ扉を見張っている。

ビザムとセリーナは楽しいお遊びだと思っているようだった。二人はクローの子供たちと服を取り替えて農夫と並び、御者台に座っていた。セリーナの淡い髪はボンネットの下に隠され、ビザムの明るい巻き毛は麦藁帽子ではみ出さないように押さえられていた。ダイアナは子供たちを人目にさらすことに反対だったが、大人三人がピストルを持っているのだからと説得された。それに、荷台に無理やり寝かせられているよりは御者台のほうがはるかに楽しいだろうとも。

荷馬車は車体をきしませながら、わだちのついた道を走った。草地を横切り、耕されたばかりの畑を抜けると、やっとイングルウッドの厩舎《きゅうしゃ》の裏門に到着した。さらに厩舎の庭を通り抜けて厨房《ちゅうぼう》の戸口まで行くと、びっくりした厨房の使用人たちと二人の従僕に迎えられた。

「まあ、旦那さま」ヴィンセントが荷台に立ち上がり、麦藁を払いのけていると、でっぷりした白髪まじりの、しみひとつないエプロンをかけた女性がやってきた。「お次は何に驚かされるのやら」

ヴィンセントはにやりとした。「そんなのわからないさ、ミセス・バックデン」

「そうですね」女は諦めて首を振った。「でも、あらまあ、この方は？」ダイアナが林檎のなかから姿を見せると、彼女の笑顔が徐々に消えた。ヴィンセントを疑わしげに見る。

「レディ・ダイアナ」ヴィンセントはダイアナを助け起こした。「こちらはわが家の家政婦ミセス・バックデンだ。レディ・ダイアナはしばらく客として滞在する。この子供たちはミス・セリーナとビザム・コービーだ」セリーナは恥ずかしそうな笑みを浮かべた。しかし、ビザムは慌てて御者台を乗り越え、荷台にいるヴィンセントのうしろに隠れた。ダイアナは精いっぱい優雅に見せようとしたが、荷馬車でハムと一緒に到着したとあっては無理な相談だった。

「はじめまして」ミセス・バックデンの挨拶《あいさつ》は少し冷ややかだった。ダイアナは会釈したが、家政婦が考えていることを想像すると憂鬱《ゆううつ》になった。彼女は主人が愛人を連れ込んだと思っているのだろう。

ヴィンセントの声が険しくなった。「ミセス・バックデンは、困っている人間に喜んで援助の手を差し伸べてくれるはずだ」

「もちろんですとも」非難がましい家政婦の顔は興味津々の面持ちに変わった。「奥さま、さあこちらへ」

「皆に他言は無用だと伝えてくれ」ヴィンセントは荷台の横から飛び降りてダイアナを抱え下ろした。「ラガートンはどこにいる?」

「はい、ただいま」頭のてっぺんが禿《は》げ上がった白髪頭の、長身で痩《や》せた紳士があたふたと出てきた。「厨房で何かなさるのですか? 食品まで持ち込まれて」彼は荷馬車をちらりと見た。「なぜおいでになることを知らせてくださらなかったのです?」

「自分でもわからなかったのさ。レディ・ダイアナ、こちらはラガートン。わが家の家令だ」

ダイアナは手を差し出した。「はじめまして」

ヴィンセントはセリーナとビザムを降ろした。

「ラガートン、クローに代金を払ってくれ。ミセス・バックデン、乳母のマーショーはどこにいる?」

「階上《うえ》にいると思います。きっと子供たちの世話をしたがりますよ」家政婦はくすりと笑った。「旦那さまがお子さまをもうけないことにずっと文句たらたらでしたから」

ヴィンセントはにやりとした。「もっともな不満だ。彼女を呼んでくれ。スロックモートンが子供たちの安全を守る」

家政婦は、大男が荷馬車から降りると、人のよさそうな顔を曇らせた。「すると……?」

「ああ。子供たちの安全が脅かされている」

「まあ、かわいそうに。奥さま、どうぞこちらに。厨房からでもかまいませんね?」ダイアナが彼女のそばを通ってなかに入ろうとしたとき、ヴィンセントが低い情熱的な声で言った。

「レディ・ダイアナ、わが家にようこそ」

# 10

ヴィンセントに満足のいく部屋の割り振りが終わるまでにかなりの混乱があった。糊《のり》のきいた白いキャップを鉄灰色の髪の上にきっちりかぶったマーシヨーはヴィンセントを育てた乳母で、長身の瘦《や》せた女性だった。彼女はセリーナとビザムは子供部屋に入れるべきだと主張した。ミセス・バックデンはダイアナをいちばんいい客室に入れようとし、執事のダービンは、スロックモートンはほかの従僕たちと一緒の部屋に入るものと決めてかかっていた。

そのどれもヴィンセントは気に入らなかった。みんなをだだっ広い、古びた邸宅で分散させることも、自分の保護下から離すこともいやだった。さんざん駆け引きをしたあげく、やっと皆を自分の部屋と同じ廊下に面した部屋に入れることができた。命令すればことは簡単だったが、この四年間、使用人との関係を立て直してきたヴィンセントは、苦労してかち得た彼らの尊敬をふいにしたくなかったのだ。

今、ヴィンセントは夕食に現れるダイアナを待っていた。とうとう彼女をわが家のテーブルに迎えることができて、彼はうれしかった。ダイアナがシルバーグレーのサテンのドレスをまとって家族用の食堂にしとやかに入ってきた。頭の上に優美にまとめたシニョンからつややかな巻き毛がこぼれ、首筋で揺れている。あの髪に触れたい。でもヴィンセントは手に少し長めにキスするだけで我慢し、椅子を引いて座らせた。これで少なくとも、彼女の柔らかい肌に触れ、魅力的な胸の丸みを覗《のぞ》くことはできたぞ。

そして無事にわが家に連れてこられた。

ヴィンセントは席につくと、ダイアナの髪型をしげしげと見た。「今夜のきみはとてもすてきだ。その髪型は見たことがないな」

「そうね。このスタイルは手伝いがないとできないから」ダイアナはナプキンを膝に広げた。「ミセス・バックデンが着替えの手伝いをよこしてくれて。エマという娘よ。髪結いがとても上手なの」

「それはクローのいちばん上の娘だ。ワインはどう?」ヴィンセントはダイアナのグラスのそばでボトルを止めている執事に首を傾けた。

「ええ。いただきます」ダイアナがうなずくと、ダービンはワインを注《つ》いだ。ひと口すする。「まあ、おいしい。クローといえば、あなたがいなかったらロルフは死んでいたと言っていたわね」

「おおげさだよ」

ダービンはワインを注ぎ終えると、ハムを切り分け始めた。「でも、それは紛れもない事実でございます。旦那《だんな》さまもよくご存じのはずで」彼はダイアナに振り向き、もじゃもじゃの白い眉毛を吊《つ》り上げた。「旦那さまがここに運ばせてドルトン先生に見せなかったら、あの子はきっと死んでいました」ハムと煮林檎《りんご》の皿をそれぞれの前に置く。「ただいまロールパンをお持ちいたします」

「使用人たちはあなたにとても献身的ね」ダイアナは煮林檎を口に運んだ。

ヴィンセントは顔をしかめた。「彼らは生まれたときからわたしを知っている。放埒《ほうらつ》だったわたしをあっさり許してくれるなんて驚くべきことだ」

「きっとそれほど悪くはなかったのよ」

「たぶん」彼は一瞬考えた。「少なくとも子供のころはね。甘やかされながらも乳母の言いつけに従っていたころは悪くはなかった。だが、父の死後二、三年は荒れ狂った。使用人が辞めなかったのが不思議なくらいだ。怒り狂ったのは悲しみのせいもあるが、友人だと思っていた人間のほとんどがわたしを食い物にしていたとわかったからだった」

「だったらなぜ、友だちのままでいたの？」

ヴィンセントは考えた。なぜああした取り巻きを我慢したのか？　もちろん心の奥底ではわかっていた。不愉快な話だが、彼は正直に話すことにした。

「彼らをいじめると、ある意味で権力を振るう気分になれたから。いじめればわたしを嫌う理由を作ってやることにもなった。皆から嫌われる必要があると思ったのは、信頼できる人間がどれだけいるのか見極めたかったからだ」

「あなたはヴィンを信頼していたわね」ダイアナはけげんそうに言った。「わたしは不思議だったわ。ほかの誰も彼を信頼していなかったから」

ヴィンセントはその鋭い指摘に沈黙した。めったに人を信じないわたしが、なぜ誰からも信頼されない男を信頼したのだろう？　ヴィンが決して金を無心しなかったからか？　だが、それでは説得力がなさすぎる。よく考えなくては。しかし、ダイアナはまだ彼の答えを待っていた。

「自分でもわからない」ヴィンセントはついに言った。「たぶん信頼する相手を見誤ったんだ。それを思うといたたまれない」

「そうね。わたしもヴィンのことでは同じ間違いを犯したわ」目に悲しみの色がにじんだ。「でも、人は誰かを信頼せざるをえないのよ。一人では生きていけないのだから」

ヴィンセントは渋い顔になった。「確かにそうだ。わたしの……仕事でも、好むと好まざるとにかかわらず、ある人々を信頼せざるをえない。わたしの命は彼らの判断にかかっている。それと、用心に。今ではきみもそうだ」食い入るようにダイアナを見る。「だが、今イングルウッドに残っている使用人の忠誠心は信じて大丈夫だ。ここではきみも安全だよ」

「あなたは過去の償いをしたのね」それは質問では

なかった。

「確かにその努力はした」ヴィンセントは深く座り直して宙を見つめた。「それになんといっても、ここは彼らにとってわが家なのさ。もちろん、わたしは多くの使用人に謝罪したし、それに……」急に口をつぐんで、にやりと笑った。

「それに何?」

ヴィンセントはきまり悪そうに笑った。「つまり、その、お楽しみを慎んだのさ」

ダイアナが声をあげて笑う。「要するに、いかがわしいパーティーを開いていたってことね?」

「いや、お祭り騒ぎと言うべきだよ」彼はほんのり染まったダイアナの顔をうっとり見つめた。

「ミセス・バックデンがわたしを怪しんだのも当然ね。誰も彼女を責められないわ」

「彼女は、わたしがそういう目的で女性を連れてくるなら、林檎を積んだ荷馬車にわざわざ隠したりしないことぐらいわかっているさ。林檎はどうやら立派に役に立ったらしい」ヴィンセントは煮林檎を大口でほおばった。

「それにハムも。チーズはどうなったかしら?」ダイアナがいたずらっぽい微笑を浮かべる。めったに見たことのない笑顔だった。

「チーズをご所望で?」ダービンがロールパンの籠《かご》を置いた。「次のコースでコックが何かチーズ料理を用意していると存じます」

「それで結構よ」ダイアナはくすりと笑った。「たしかメニューにあったわね。とてもおいしいと伝えてくださいね」

「かしこまりました。コックは大喜びでしょう」彼は次のコースを運んできた召使いたちに身ぶりで合図した。彼らは湯気の立った料理をサイドボードに置いていった。「さあ、チーズはいかがですか?」

ダイアナは満腹で苦しいほどだった。長いことこんなにたくさん食べたことがなかったからだ。これでは用心しないと、すぐに服の縫い目がはち切れてしまうだろう。でも、今はまだ大丈夫だ。こんなに痩せているのだから。

ヴィンセントはどうしてあんなにたくさん食べても太らないでいられるのかしら？　いくら食べても、彼の体はほっそりと引き締まっている。

わたしがつい考えてしまう彼の体は。

ふと触れ合うたびに、飢えた視線を見るたびに、わたしの体は忘れかけていた欲望でうずく。でも、それに負けたりはしない。抑制を働かせなくては。気を許してはいけない。ヴィンセントとの関係は不透明だ。わたしはお客？　それとも愛人？

あるいは人質？

全然わからない。望めばここを出ていけるの？　スロックモートンが子供たちを守り、ヴィンセントはわたしに目を光らせている……。彼がわたしたちを出ていかせたくなければ、ことはそう簡単ではない。でも、これは愚問だ。行く当てはないのだから。

それに、よそに行く気もない。

捕虜同然の身だとしても、この牢獄《ろうごく》は住み心地がいい。しかも、贅沢《ぜいたく》だわ。ダイアナはそんなことを考えながら、豪華な鏡板張りの廊下をいくつも抜けて、自分と子供たちの部屋がある翼に向かっていた。今は料理も掃除も、いやなら子供の世話すらしなくてよかった。

しかし、子供の世話はいやではない。セリーナとビザムは宝であり、喜びだった。わたしは彼らのために闘っているのだ。二人がいなければ、誘惑に負けてすべてを投げ出していただろう。デイモスの手で絞首台送りになっても、見えない敵の銃弾で殺されてもかまわない。恐怖と疑惑と貧困のなかで生きるよりはるかに楽だもの。

けれども、子供たちはわたしを必要としている。だから、わたしは最後まで闘う。あの子たちはもう寝ているはず。でも、ひと目見てからでないとベッドに行けない。その頬にキスをして、安らかな寝息を聞いてからでないと。ダイアナは子供たちと一緒に寝たかったのだが、ヴィンセントはスロックモートンを子供部屋に寝かせると言って譲らなかった。でも彼女は、大男の護衛が夜、子供たちをうまく世話できるかどうか心配だった。

子供部屋のドアを開ける前に、一瞬耳をすます。静かだが、蝋燭《ろうそく》はまだ燃えている。隙間《すきま》から覗くと、スロックモートンが揺り椅子に座って膝に本を広げ、セリーナが彼の肩にもたれて眠っていた。ドアが開く気配に彼は本を落として全身を緊張させた。膝からピストルを取り上げる。ダイアナは凍りついた。

「これは、奥さま。お入りください」顔に笑みがこぼれた。「ぶっ放したりしませんから」

ダイアナは笑みを返した。「あなたが任務に集中していることがわかってうれしいわ」部屋を横切って、床から本を拾い上げる。それは娘のお気に入りだった。「セリーナに読んでくれていたの?」

「はい。夢を見て眠れなくなったようなので。読むのはお嬢さんのほうがわたしより得意なのですが」スロックモートンは立ち上がって、セリーナをベッドに戻した。「わたしはあまり学校に行けなかったんですが、努力しています」

なんてやさしい人! ダイアナは手のなかの本を見て言った。「こんな子供の本は少しも面白くないでしょうに」

「充分、面白いです」ほとんど説得力はなかった。

「旦那さまにきいてみたら——」ドアが開き、スロックモートンがまたピストルを構えたので、ダイアナはぱっと口をつぐんだ。

「わたしに何をきくって?」部屋に入ったヴィンセ

ントは銃口を向けられているのに気づき、両手を上げた。「早まるな。わたしだ」

「すんません」元ボクサーはにやっと笑って銃を下げた。「さっきはレディ・ダイアナを危うく撃つところでした。ドアに鍵《かぎ》をかけたほうがいいですね」

「そうだな。この屋敷でもそのほうがいい」ヴィンセントは言葉どおり部屋に鍵をかけた。「さて、わたしに何をきくって？」

ダイアナが説明した。スロックモートンが銃を構えたとき全身を駆け抜けた恐怖を抑えつけて。「この書斎には子供の本ではなくて、彼が楽しく読めそうな本があるのではないかと言ったの」

「読書が好きなのか？」ヴィンセントは興味も新たに部下を見つめた。

「ええ、好きなんですが、あまり字が読めなくて」スロックモートンは顔を赤らめた。

「そんなものはちょっと勉強すればいい。明日もう一度言ってくれ。どんな本があるか見てみよう」

「ありがとうございます。それはそうと、わたしに何かご用ですか？」

「いや。おまえと子供たちの様子を覗きに来ただけだ。どうやら何事もなさそうだな」

「はい。万事異常ありません」

「では、おやすみ」ヴィンセントは出ていきかけてくるりと振り向き、子供たちのベッドのそばに行った。一瞬二人を見下ろし、それからビザムの毛布を直して顎の下までくるみ込んだ。

ダイアナは彼のあとから二人の顔にキスをした。

「わたしも戻るわ。そろそろ寝る時間ね」

彼らはスロックモートンにおやすみを言った。ヴィンセントが鍵をはずし、二人は続いて廊下に出たが、なかから鍵がかけられる音を聞くとダイアナの心は沈んだ。ヴィンセントがダイアナを部屋まで送ってきて立ち止まった。

彼はダイアナの顔を廊下の突き出し燭台《しょくだい》の明かりでじっと調べた。「傷はよくなったみたいだね」

「え、ええ。もう治ってきたわ。アニーの湿布のおかげよ」そこに手を触れられ、思わず息をのんだ。

「でも、醜い傷跡が残りそう」

「きみに醜いところなんかあるものか」ヴィンセントは頭を下げて、そっとその傷跡にキスをした。

「わたし……」ダイアナは言葉が出なかった。何を言いたいのかわからなかった。

じっと目を見つめながら、ヴィンセントは彼女の髪を撫《な》でた。大きな手で力強く。やさしく。「無理強いはしないよ、ダイアナ。怖がらなくていい。だが、きみも部屋に鍵をかけたほうがいい。何かあったら、向かいの部屋からすぐに駆けつける」

「そこがあなたの部屋？　わたしはてっきり……」

「いや、わたしの部屋は廊下の突き当たりだ。でも、こっちで寝る」彼はダイアナのために部屋のドアを開けた。「そうだ、もうひとつ……」

ダイアナは部屋に入りかけて立ち止まった。

「わたしの部屋のドアには鍵をかけない」

ダイアナはなかなか寝つけなかった。眠れぬまま、子供部屋と自分の部屋に鍵をかけたことに胸を痛めていた。廊下の向かいの、鍵のかかっていない部屋のことも。わたしの決意はどれくらいもつかしら？夜にひとりぼっちでいると、ヴィンセントを疑い続けるのは困難になるばかりだった。彼への恐怖は薄れていた。当然よ。彼はわたしに敬意を払い、やさしくしてくれた。好意を抱いているとも言ったし、子供たちへの愛情が深まっているのも見て取れる。

自分でも彼への愛情が深まっているのがわかる。彼の慰めがたまらなく欲しかった。

いずれにしろ、わたしの評判はもはや取り返しのつかないほど堕《お》ちてしまった。早晩、わたしが付き添いはおろかメイドも伴わずに、ヴィンセントと一緒に旅をしたことが上流社会に知られることとなるだろう。しかも今は彼の屋敷に滞在している。噂《うわさ》好きの人々は口を極めて罵《ののし》るに違いない。

でも、どうせ長生きできないのなら、どう思われようとかまわない。

なぜ一人でわびしく寝るの？

どれくらい独り寝を続けられるだろう？

翌朝、ヴィンセントは厩舎《きゅうしゃ》で持ち馬を調べた。ダイアナが乗るのに格好の馬はあった。優美な、ぶちの灰色の雌馬だ。しかし、子供たちにふさわしいポニーは馬丁に新しく探させざるをえない。彼は活発な二人に乗馬を学ばせるつもりだった。

遠乗りに出かけるわけではない。少なくとも今はまだ。しかし、遅かれ早かれ追っ手は手の内を見せるはずだ。そのときは、ヴィンセントはきっぱりと片をつけるつもりだった。そしてそれから……。

それから何を？　ヴィンセントは最近とみに将来のことを考えるようになった。これまではあまり将来があるとは思っていなかった。長生きしようと、早死にしようとどうでもよかった。しかし、最近の一連の出来事で心境が変化した。心の底から欲しいと望んでいる女性はもはや親友の妻ではない。彼女はここにいる。わたしの屋敷に。わたしの保護下に。そして、わたしを必要としている。

子供たちも同様だ。ビザムとセリーナのことを考えるといつも驚きが胸にあふれる。父親になりたいと思うのはどうしたわけか？　妻と家族が欲しいと思うのは？　なぜ今、人生最大の危険な仕事をしている今、こんなことを思うのだ？　わたしの存在はウィンの遺族をもっと危険にさらすというときに？

こんなことを続けるわけにはいかない。証拠を見つけてナポレオンの陰謀を叩《たた》き潰《つぶ》すのだ。それからなら、たぶんわたしの人生を築くことができるだろう。

そして、ダイアナをわたしのものにする。彼女が受け入れてくれれば。

厩舎の裏の小道を行くと、ぶらぶらやってくる人影が目に留まった。みすぼらしい茶色の上着を着ている。ヴィンセントは男のほうに歩いていった。

「こんちは」男はヴィンセントが聞こえるところまで近づくと叫んだ。「鼠《ねずみ》捕りの用はないですかい?」

「たぶん――鼠がいれば」ヴィンセントはあたりをちらりと見回し、ほかに誰もいないとわかると尋ねた。「こっちに来て長いのか?」

茶色の上着の男はにやりと笑った。「二、三日前からこのあたりをぶらついてます。鼠を一、二匹捕まえました」ポケットの硬貨をじゃらじゃらさせる。「もう旦那がこっちに来てるころだと思って。道中、何かありましたか?」

「ちょっとな」ヴィンセントは答えた。「だが、片づけた」二人は牛小屋のほうへ歩き始めた。

「新しい護衛を雇ったようですね」男は遠くに見える庭園に顎をしゃくった。ダイアナと子供たちが乳母とスロックモートンに見守られて遊んでいる。

ヴィンセントの目つきが険しくなった。「ああ。彼を知っているのか?」

「少し。ボクシングをやってましたが、年を取ったんで辞めたんでしょう」

「彼はそれほどの年じゃない」ヴィンセントは不安になった。

「どこかの貴族に雇われたと聞きましたぜ」

「リットン卿《きょう》か?」

「そうです、その人だ」

「彼は法に触れるような問題を起こしたことがあるのか?」ヴィンセントはまぶしい太陽に目を細めて、

庭にいる彼らをもっとよく見ようとした。

「ほとんどありません。しばらくロンドンを出ていましたが、リットン卿に雇われて戻ってきました」

あまり安心はできないが、深刻に警戒する必要もなさそうだ。ヴィンセントはいらだちを抑えた。

「何か知らせは?」

「多少。セント・エドマンズとその仲間を見張ってます。やつらは、とあるパブで定期的に会うんで、聞き役を張り込ませてます。まだ証拠はひとつもつかめません。計画の話も聞こえませんが、何か企《たくら》んでるのは確かです。やつらの名簿を手に入れました」

「そいつはすごい! わたしは文書を入手したくて仲間になろうかと思ったことがある。エルバ島脱出にどうかかわるのか探ろうとしたが、今となっては……」

「手遅れです。女連れで急に町を出るなんてとんだへまをやったもんだ」

ヴィンセントはため息をついた。「だろうな。わたしは今、非常な危険にさらされていると思う」

男は首を振った。「やつらは旦那を狙《ねら》ってます。しばらくおとなしくしてたほうがいい」

ヴィンセントは考えた。そのとおりだろう。「それがいいな。レディ・ダイアナと子供たちを襲ったのが誰であれ、いずれきっとここに姿を現す。そしたら、その何人かはわたしが始末できるだろう。デイモスの所在について何か情報は?」

「全然。噂も聞きませんぜ。引退したんじゃないですか? 新しいフランス国王が嫌いなのかも」

「それは疑問だ。そうあってほしいが」ヴィンセントはふと足を止めて、遠くをにらんだ。胸騒ぎがする。「違うな。やつはどこかにいる。どこかで誰かによからぬことを企んでいる――たぶんわたしに」

「その可能性はありますね。おれが必要ならすぐに来ます。つかまえてほしい鼠はどこにいるんで？」

ヴィンセントが知りたいのもそれだった。

二日後、ヴィンセントは二通の手紙を受け取った。一通はリットン卿からのもので、いかにも彼らしく単刀直入に書かれていた。

〝夫婦でそちらに向かっている〟

その簡潔な知らせを歓迎すべきか否か迷っていると、馬車道から馬の蹄《ひづめ》の音が聞こえてきた。ヴィンセントはダイアナが子供たちに自然の講義をするのを片目で見ながら、庭園のベンチでその手紙を読んでいた。家庭教師を雇うことを考えなくては。

スロックモートンが何匹かの虫を入れた小箱を持っていた。ビザムのズボンの膝は、藪《やぶ》の下を探し回ったせいか汚れている。セリーナの鼻には汚れがついていた。二人とも実にかわいい。

灰色の馬で馬車道をやってくる長身の人物がわかった。ダイアナはわたしの〝恐ろしい〟チャールズおじ、コールドベック卿と顔を合わせることになりそうだ。彼がおじの来訪を歓迎しようかどうしようか迷っているうちに、訪問者が到着し、馬からひらりと飛び降りた。

「ようこそ、おじ上」ヴィンセントはお辞儀をして、手を差し出した。

「しばらくだな、ヴィンセント」コールドベック卿は手綱を馬丁に渡すと、無表情に甥《おい》の手をしっかり握った。「アダムが手紙で、おまえがじきにやってくると知らせてきたので、何か手伝えることがあればと思って来てみたのだ」

「ありがとうございます。今のところは大丈夫です。彼から聞いたと思いますが……」ダイアナのほうに顎をしゃくる。

「ああ。子供たちの身にさらに危険なことがあったのか？」二人の男はダイアナが開いている野外教室のほうに歩き始めた。

「ロンドンの北で面倒が起きましたが、無傷で逃れました。でも、レディ・ダイアナには大事《おおごと》だったようで、わたしは本当に危ないのは子供ではなくて彼女ではないかと思います」

コールドベック卿はうなずいた。「そう見るのが妥当だろうな」

聞き慣れない声がしたので、ダイアナはビザムがつかまえた怪しげな虫から目を上げた。まあ、知らない人が。わたしたちときたら、風に吹かれて髪がくしゃくしゃだわ。ヴィンセントの黒髪も風にそよいでいるけれど、彼の連れのきっちり整えた長い銀髪はまったく乱れていない。ダイアナは慌てて両手をスカートで拭《ぬぐ》うと、その手で乱れた髪を梳《と》かした。

ヴィンセントが彼女のそばで止まった。「レディ・ダイアナ、おじのコールドベック卿です」

えっ！　すると、この人が噂の怖い伯爵。

「チャールズ・ランドルフです。はじめまして」コールドベック卿は帽子を取って、お辞儀した。「お会いできてうれしく思います」

しかし、そのむっつりした顔にはうれしさのかけらもなかった。にこりともしない。シャツと幅広《クラ》のタイ《ヴァット》以外は灰色ずくめで、その銀色の目といったら……。手を差し出したとき、ダイアナの背筋に小さな震えが走った。「はじめまして、コールドベック卿」スカートを引っ張られて、子供たちのことを思い出した。「これは息子のビザムと、娘のセリーナ・コービーです」セリーナは小さく膝を曲げて挨拶《あいさつ》した。ビザムはお辞儀を試みるとすぐにまた母親のスカートに隠れた。

「おお、よくできた」ダイアナが驚いたことに、いかめしい伯爵は片膝をついて、目線を子供たちと同じ高さに合わせた。表情もほんのわずか和んでいる。

「ようこそ、ミス・セリーナ。ビザム、その手にあるのはなんだい？」ビザムはさらに隠れながらも、汚れた手を突き出した。伯爵がそれを真面目《まじめ》くさって調べる。「ふむ、実に見事なかぶと虫だ。あとでお姉さんの上靴に忍び込んでいないといいが」

「まあ、そんなこと、教えないでください」ダイアナは思わず声をあげて笑った。ビザムは激しく首を横に振って、かぶと虫を小箱に入れた。

「わたしの息子もきみと同じぐらいの年だ。よろしくな」コールドベック卿は立ち上がった。ダイアナはちょうど外に出てきた乳母に合図を送った。

「ロンズデール卿とお話がおありなのでしょう。わたしたちは失礼させていただきます」

ヴィンセントはつかの間、引き上げていく彼らを思案しながら眺めていたが、やがて客を振り向いた。

「ブランデーでもいかがですか。時間がおありなら」

「それはいい」

二人は書斎に行った。ヴィンセントが飲み物を注ぎ、それから座り心地のよい革張りの椅子に腰を下ろした。おじは無言で酒をすすり、グラスの縁越しにヴィンセントを見た。何か言いたいことがあるらしい。ヴィンセントは待った。

やっとコールドベック卿が口を開いた。「レディ・ダイアナをどうするつもりだ？」

ヴィンセントは一瞬とぼけようかと考えたが、そんなことをしても無駄だと諦《あきら》めた。おじはまた叱《しか》りに来たのだ。「わかりません」

「この状態が不適切なことは、わたしが指摘するまでもないだろう」

「はい、確かに」ヴィンセントは口ごもった。「でも、ずいぶん考えました」

「結論は出たのか？」おじの眉がわずかに上がった。

「結婚を申し込むことに決めました」

「それで、もう申し込んだのか？」

「ことはそんなに簡単ではないのです」長いあいだ

の習練で、おじの表情から――いや、表情のなさから、おじが信じていないのがわかった。「そもそも彼女がわたしを受け入れるかどうかわかりません」

おじの無表情な顔は信じがたいと伝えていた。

「彼女にはどんな選択肢があるのだ?」

「たぶんほかにはありません」ヴィンセントは苦笑を浮かべた。

「だとすると、わたしには問題がよくわからんが」

「わたしはそんな理由で結婚してほしくないのです。おじ上はわたしをよくご存じです。わたしはどんな女性にも無理強いはしません……」

「ろくでなしの自分を受け入れるようにとは?」

ヴィンセントは顔をしかめ、おじのいやみな物言いに身構えた。まだ次が出てくるかもしれない。

「そうです。でも、それに加えてわたしは彼女をさらなる危険にさらしかねないある問題にかかわっているのです。彼女や子供たちをウィンが彼らにしたのと同じような目に遭わせたくありません。わたしに家族があったら絶対に引き受けなかったでしょう……。でも、家族などなかったので引き受けたんです」

「その問題とやらからは抜けられないのか?」

「たぶんいつかは。それまで命があればですが」

おじはグラスの上からヴィンセントを見た。「それはゆゆしき問題だ。おまえは早死にしないためにどうするつもりだ?」

「レディ・ダイアナを脅迫している一派の正体を突き止め、彼らを始末します」ヴィンセントはきっぱりと言った。「それはまた、わたしが抱える問題の一端を解決することにもなります」

おじは指を尖塔《せんとう》のように組み合わせて、その上からヴィンセントを見つめた。「そうなると最初の問題に戻るな――彼女とおまえの結婚問題に。ひとつ助言させてくれ。おまえは知らないだろうが、キャサリンがわたしと結婚したのもそれとまったく同じ理由だ。妻にはほかに選択肢がなかった。だからといって、わたしは結婚をやめようとはしなかった」

「それは知りませんでした」誰がそんなことを思うだろう？　すぐれた人物と評判の高いコールドベック卿をいやがる女性などいるだろうか？「でも、おじ上は立派な方ですが、わたしときたら……」

「おまえはこの四年間で名誉のなんたるかを少しも学ばなかったのか？」

「学んだと思いたいです」ヴィンセントは口もとをゆがめた。「わたしはあのときから毎日、おじ上のおっしゃった名誉の定義を考えました」

「まさか」おじの声にはかすかな驚きがあった。

「たしかこうおっしゃいました。〝名誉とは他者に対し礼儀を尽くすこと。目下の者にやさしく、約束を守り、負債を支払うこと。そして、どんな身分の女性でもきちんと待遇することだ〟と」


含み笑いのような声が寡黙なおじの口からこぼれた。「わたしがそんなに雄弁だったとはな。おまえはそれを毎日考えたが実行はしないというのか？」

ヴィンセントは顔をしかめた。「最善を尽くします」

おじが小さく首を傾《かし》げた。「それがいい」ヴィンセントは立ち上がってデカンターを取ると、また自分とおじにブランデーを注いだ。二人は無言で飲み、ヴィンセントはおじが最後に言った言葉の意味を読み解こうとした。ついにおじがグラスを置いて立ち上がった。「もう帰らなくては。わたしの助けが必要ならいつでも呼んでくれ」

ヴィンセントは玄関までおじを見送った。おじは外に出ると振り返った。

「ヴィンセント、わたしたちは皆、不幸な少年の過ちも、心得違いの青年の不行跡も許すことができる。当人が間違ったことをやめればなおのことだ。だから、おまえも自分を許してはどうだ？」

あの役立たずめ！　おれの言いつけに従わない気だな。二週間も自分の運命について考える時間をやったのに、音沙汰《おとさた》なしだ。どうやらおれへの恐怖を克服したらしいが、それは大間違いだぞ。おれはすぐに次の手を打つ。

よくもおれの金を受け取りながら知らん顔ができたものだ。おれは常に貸したものは回収する。それをすぐに思い知らせてやる。

いつだって回収するぞ。

なんとしてでも。

あの女が絞首台送りだけを恐れているなら、おれを見くびっている。きっと彼女を言いなりにして、絞首台のほうがよかったと思わせてやる。

# 11

それからずっと、ヴィンセントは馬で侵入者の形跡はないかと広大な敷地を見回った。そして、コールドベック卿《きょう》の別れ際の言葉を考え続けた。彼やリットン卿夫妻がわたしの過去の罪を許せるのなら、わたしは自分で思っているほど放埓《ほうらつ》ではなかったのだろう。だが、心を入れ替えて四年程度で二十二年に及ぶ不行跡を償えるか？　無理だ。

せめて彼女の敬意を得たい。愛を期待してはいけない。

夕食の着替えをするため玄関から自分の部屋に向かうときも、ヴィンセントは深い物思いにふけっていたので、玄関ドアに鍵《かぎ》がかかっていないことにすぐには気づかなかった。奇妙な静けさにも。次の瞬間、髪の毛が逆立ち、脈が速くなった。途中で足を止め、ベルトのピストルに手をかけてゆっくりとその場を一周した。

玄関ホールには誰もいなかったが、大きなドアがいくつも開けっぱなしで、暗く不気味な口を開けている。ヴィンセントはここには荷物運びの召使いを置いていなかった。客を招待しないので、訪問者がほとんどないからだ。しかし、執事なりほかの使用人の動く音が聞こえてよさそうなものだった。誰かがドアを開けるために控えているべきだった。彼とダイアナが食事をする小さな食堂が、左手のいくつも並んだ客間を抜けた先にある。普通なら、今ごろは夕食の準備をする音が聞こえるはずだった。

ヴィンセントはそろそろといちばん手前の客間に近寄り、壁に背中をつけて戸口からなかを覗《のぞ》き込んだ。薄暗くて、めったに使わない家具がぼんやりと見えるだけだった。そっとその部屋に入り、次の続き部屋のドアに向かう。そこでも同じことを繰り返したが怪しい人影はなかった。

たぶん気のせいだ。神経がぴりぴりしているから。

ヴィンセントはふたつ目の部屋に入り、静かに歩きながらソファーや椅子の背後に視線を走らせた。誰もいない。やっぱり頭がおかしいのだと思ったそのとき、次のドアの向こうでこそこそと動く人影が目に入った。彼はしゃがみ込んだ。

長身の痩《や》せた人影が左右に目を配りながら、忍び足でやってくる。ヴィンセントは立ち上がり、ピストルを構えた。「動くな！」

男は両手を上げた。一方の手にピストルを握っていた。「ロンズデールか？」

「サドベリーか！　わたしの家で何をこそこそやっているんだ？」

「違う！　こそこそなんて……とんでもない」サド

ベリーは慎重にピストルをベルトにたくし込んだ。

「きみを訪ねてきたんだ。ノックをしたが誰も出ない。だが、ドアは開いている。異様に静かだ。だから……」彼は明るい茶色の髪を顔からかき上げた。

「だから?」ヴィンセントはピストルを下げなかった。

「公園での一件を思い出さざるをえなかった」サドベリーはソファーの肘掛けに腰を下ろした。「きみがレディ・ダイアナを連れていったと聞いたから、ぼくは心配になって……」

「それはどこで聞いた?」ヴィンセントは顎をこわばらせた。

サドベリーは肩をすくめた。「言えない。自然と噂《うわさ》は耳に入るものさ」

「そもそもなぜきみがヨークシャーにいるんだ?」

「おばを訪ねてきた。いずれは遺産を相続するんだが、それだけでなくおばが大好きなんでね」サドベリーはまだ銃口を向けられていることに恐怖を感じていたとしても、おくびにも出さなかった。「皆はどこにいる? 一人も出てこなかったぞ」

「さあな。食堂で夕食の支度をしているはずだが、その音が聞こえないんだ」さてどうするべきか。これ以上友人にピストルを向けているわけにはいかない。彼が危険人物でない限りは。

突然、女の悲鳴が空気をつんざいた。

「ダイアナ!」ヴィンセントはぱっと踵《きびす》を返して階段に向かった。悲鳴は階上《うえ》からだった。階段を二段ずつ駆け上がる。サドベリーがすぐうしろをついてくることもほとんど気にしなかった。彼が危険人物かどうかは、じきにわかるだろう。ダイアナに迫った危険を見つけたあとで処理すればいい。

彼らが階段を上って廊下に飛び込むと、ピストルを手にしたスロックモートンがダイアナの腕をつかんで子供部屋に引っ張っていくのが見えた。彼はダイアナをなかに押し込み、叫んだ。「鍵をかけて！」

そして、駆けだそうとした彼にヴィンセントは大声で叫んだ。「スロックモートン、何があった？」

「やつがあっちに！」

ヴィンセントと再びピストルを取り出したサドベリーは巨漢の護衛を追って横手の廊下に入った。そして角を曲がったとたん、彼の広い背中にぶつかりそうになった。スロックモートンはピストルを左右に向けながらじっと周囲を見回している。「どこへ行きやがった。どこかにきっと隠れているはずだ」

ヴィンセントはがっくりした。「部屋は数えきれないほどある。だが、待て。何年も使っていない、昔の隠し通路があるんだ」彼は壁を手で探り、隠し留め金を引っ張った。羽目板がぱっと開き、通路が現れた。目を細めて埃《ほこり》の積もった床に足跡を探す。

「ここを通った者がいる」彼はスロックモートンのそばに戻り、小声で言った。「そいつが隠れ場所から出てきた場合の用心に、ここで見張っていろ」

スロックモートンはうなずき、廊下と子供部屋の両方を見張れる位置まで引き返した。ヴィンセントはサドベリーを手で呼び寄せると、二人で隠し通路に入った。サドベリーの意図はわからないが、こうしておけば彼を監視できる。ダイアナと子供たちの近くに残しておくのはいやだった。

二人は通路を走って急勾配《こうばい》の階段を下り、別の廊下を進んだ。急な曲がり角にぶつかり、ヴィンセントがそこを曲がろうとしたときだった。うしろからサドベリーに肩をつかまれ、引き戻された。静かにするようにと口に指を当てた彼に床に押しつけられる。ヴィンセントは無言の指示に従い、体を低くして、角の向こうに目を凝らした。

銃声が轟《とどろ》き、壁板の破片が上から降ってきた。

「くそっ」ヴィンセントは首をすくめた。

走り去る足音が遠くに消えていく。二人は追跡を再開した。ドアを引き開け、食料貯蔵室に飛び込む。奇妙なことに、そこにも誰もいない。外側のドアが開いている。そっちに進むと、日暮れの戸外に出た。人っ子一人見えない。

「外の建物と敷地をくまなく捜索しなくては」ヴィンセントは息を切らした。

サドベリーもあえぎながらうなずく。「でも、捜索と屋敷の警戒を同時にするには応援がいるぞ」

「応援隊が来るころには、やつは逃げてしまっているよ」ヴィンセントは広大な敷地を見回した。「くそっ！」

一時間後、ヴィンセントはまだ事態の収拾に当たっていた。物音がした厨房《ちゅうぼう》に行った二人は混乱を目の当たりにした。ヴィンセントは目を疑った。

厨房いっぱいに蝙蝠《こうもり》が飛び交っている。

メイドたちは隅にうずくまり、ダービンが箒《ほうき》を振り回す召使いたちを指揮して、この不法な侵入者を追い払おうとしていた。蝙蝠が羽をばたつかせ、ぎゃーぎゃー鳴きわめく。悲鳴をあげ、首をすくめるメイド。フライパンを振り回す執事のダービン。コックはでき上がった料理の皿を持って右往左往している。ヴィンセントは仰天して目を丸くした。

背後でサドベリーが言った。「どうやら夕食は少し遅れそうだな」

ヴィンセントは振り向いて彼をにらみつけ、それから誰にともなく叫んだ。「何があった？　こいつらはどこから来た？」

「古い煙突からです」ダービンは答えると額の汗を拭《ぬぐ》った。「いきなりどっと、もうもうとした煙とともに押し寄せました」

「なんとかしろ！」ヴィンセントは肩越しにいらだたしげに言うと、厨房の戦いは捨て、階段を駆け上がってダイアナのもとに急いだ。

二人が行くと、スロックモートンはさっき命じられた場所で油断なく見張っていた。彼は待ちかねたように振り向いた。「仕留めたんですか?」

ヴィンセントは首を振った。「いや。まんまと逃げられた。いったい何があったんだ?」返事も待たずにダイアナが入った部屋のドアをノックする。「ダイアナ、わたしだ。開けてくれ。大丈夫かい?」

鍵の回される音がして、ダイアナが細めに開けたドアから用心深く顔を覗かせた。「ええ、みんな大丈夫」ドアを押し開け、うしろに下がった。まだ手に小型のピストルを持っている。

男たちが寝室にどやどやと入り、壁際に並んだ。乳母はびっくりする子供たちを慰めるように抱いて、ソファーに座った。

「さて」皆がそれぞれに身を落ち着けるとヴィンセントが言った。「何があったのか誰か説明してくれ」

ダイアナはいくぶん呆然《ぼうぜん》とした顔でベッドの端に腰かけ、自分の身を抱き締めた。「男がいたの。夕食の着替えをする前にビザムとセリーナの様子を覗こうと階段を上がってきたら、男がドアを次々と開けて、なかを覗いていたの」自分を慰めるかのように体を前後に揺らす。顔は真っ青だ。「最初はここの使用人かと思ったわ。でも、振り向いた男は粗野な格好をしていた——使用人の服装ではなかった」ひと息ついて唾《つば》をのみ込む。「そのとき気づいたの、男は子供たちを捜しているんだって。わたしは悲鳴をあげて、男に向かっていった」

「そうです」スロックモートンが話を引き継いだ。「わたしは悲鳴を聞いて、急いで駆けつけました。暴漢は奥さんを突き飛ばし、わたしが助け起こしている隙《すき》に逃げました。奥さんをこの部屋に入れたときに、旦那《だんな》方が来たんです」

まわりに人がいるので、ヴィンセントはダイアナのそばに行き、彼女を抱き寄せたい衝動を抑えつけた。これまでもさんざん苦労したのに、今またしても襲われ、子供まで脅威にさらされたダイアナ。彼女を抱き締めて、その美しい顔をゆがめ、青ざめさせた苦痛と恐怖を取り除いてやりたい。だが、ここではできない。ヴィンセントは大きく息をして、自分を落ち着かせた。彼のあとから部屋に入ったサドベリーが腕を組んで、ひょろ長い体をドア枠にもたせかけている。ピストルは持っていない。彼がこの場に現れたのは単なる偶然だろうか？　偶然でないとしたら、どんな理由で？　ヴィンセントはいぶかしげに目を細めて友人を見た。何食わぬ顔をしているサドベリーを。

ピストルを握って客間をうろつくサドベリーを見なかったら、彼は純粋にわたしを援護する気持ちから行動したと思うところだ。彼は疑いを招くようなことは何もしなかった。

実際、隠し通路で侵入者を追っていたとき、彼は背後からわたしを撃つ機会がいくらでもあった。この屋敷の者はスロックモートン以外、誰も彼を見ていない。そして、スロックモートンは彼と面識がない。その気になれば、彼は簡単にわたしを撃ち殺して、正体を知られることなく逃げおおせたかもしれないのだ。ついでにダイアナも沈黙させて。

そうはしなかったのだから、サドベリーは差し迫った脅威とはならないだろう。

だが、彼に頼って大丈夫だろうか？

ヴィンセントの考えを読んだかのように、サドベリーが体を起こした。「ひどい事件だ。お役に立ててうれしいよ」

「サドベリー」ダイアナが突然、彼の存在に気づいたように言った。「ここで何をしているの？」

「しばらくだね、ダイアナ」サドベリーはお辞儀した。「近くに来ているんで、ちょっと寄ったんだ」

「ちょうどいいときに」ヴィンセントは当たり障り

のない声で言った。どちらにとっていいときだったかは疑問が残る。しかし今は彼の話を額面どおりに受け入れよう。

そして、彼を監視するのだ。

サドベリーがうなずいた。「もし泊めてくれるなら、見張りを手伝えると思うが」

それは狐《きつね》に鶏の見張り番をさせるようなものではないか？　だが、彼がわたしの敵なら、少なくとも敵の居場所がわかることになる。彼にだまされないように気をつければいいのだ。

「ありがとう」ヴィンセントは内心ため息をついた。警戒を要するところがもう一箇所できてしまった。信頼できるかどうかわからない人間がもう一人。

「スロックモートン、セリーナとビザムから一瞬たりとも目を離すな。廊下の見張りはほかの人間にさせる。レディ・ダイアナ、今回の事件できみはもう、たとえ家のなかでも付き添いなしでは動き回れないことがわかった。さあ、部屋まで送ろう。食事の時間になったら迎えに行く――だいぶ遅くなると思うが。厨房が回復するまでに、しばらく時間がかかるだろうから」

スロックモートンがけげんな顔でヴィンセントを見た。「厨房で何があったんで？」

「蝙蝠さ」

ヴィンセントはダイアナに腕を差し出し、部屋から連れ出した。サドベリーがあとに続き、スロックモートンは眉間《みけん》にしわを寄せて彼を見送った。ダイアナの部屋まで来ると、ヴィンセントが先に入り、室内を調べた。衣装だんすにも、ベッドの下にも、衝立《ついたて》の陰にも、誰も隠れていないとわかると、出ていく前に足を止めた。「ダイアナ、いいか、わたし以外の人間にはドアを開けるな」

ダイアナはうなずいた。「わかったわ」

ヴィンセントはドアの向こうに意味ありげに目配

せをした。廊下で待つサドベリーのほうに。
「いいか、誰にもだ」

やっと夕食が出されても、ダイアナはほとんど喉を通らなかった。エルドリッチ・マナーにいたときもイングルウッドに来てからの数日間も平和だったので、もう安全だと思い込んでいたのだ。午後の出来事はその考えを粉々に打ち砕いた。ヴィンセントから、本邸に帰れば追っ手が寄ってくると言われたが、なぜか現実を否定し続けていたのだ。

しかし、これでまた現実から目をそむけることはできなくなった。

わたしに危害を加えようとする連中に発見されてしまった。次は巡査が来て、わたしを連行するに違いない。デイモスに与えられた期限は切れようとしている。でも、身を挺《てい》して守ってくれたヴィンセントをどうして裏切れるだろう？　わたしの涙を乾かし、力強い腕で抱き締めてくれた人を。やさしく愛してくれた人を。心惹《ひ》かれた人を。

そんなことは断じてできない！

たとえわたしがいなくなっても、子供たちにはヴィンセントがいる。リットン卿夫妻もこちらに向かっているというから、面倒をみてもらえるはずだ。子供たちだって最初は悲しむだろうが、いずれ母親のことなど忘れてしまうに違いない。

そのとき不意に、ダイアナのなかに激しい怒りがこみ上げてきた。あんな悪党にそう簡単に勝たせてなるものですか。わたしは戦う――必要とあれば嘘《うそ》をついてでも。家族がばらばらになるような真似《まね》はさせないわ。わたしの目の黒いうちは絶対に。きっとヴィンセントが助けてくれる。

思いきって彼に洗いざらい打ち明ければ。

夜の緊張はサドベリーの楽しい会話でいくらか和らいだ。彼はロンドンの最新の噂を伝え、大好きなおばのことを面白おかしく話した。おばの経済的な庇護《ひご》がなければ、家柄はいいが貧乏な一家の次男坊である自分の未来は暗澹《あんたん》たるものだと陽気に言う。夫の死にかかわっていたら、こんなに快活であっけらかんとしていられるものかしら？

でも、なぜここにいるの？

ヴィンセントはダイアナを部屋まで送り、部屋の外の廊下に武装した従僕を置くと、サドベリーと一緒にブランデーと葉巻を楽しむために下りていった。ダイアナはベッドに横たわり、天井を見つめながら物音に耳をすました。突然、声が聞こえた。サドベリーにおやすみを言うヴィンセントの声。ドアが閉まる音。彼女の部屋のすぐ外で何か言う声と足音。

それからドアに軽いノックの音がした。そして、ささやくような声。「ダイアナ？」

ダイアナはベッドから足を下ろすと、暗闇《くらやみ》のなかを手探りで部屋着を着た。素足でそっとドアに近寄り、耳をつける。「ヴィンセント？」

「ああ、わたしだ。開けてくれ」

ダイアナは鍵を回し、ドアの横から用心深く顔を覗かせた。上着も着ず、幅広のタイ《クラヴァット》もつけないヴィンセントがすぐ外に立っていた。彼は無言でそっとダイアナを押しのけ、なかに入った。

うしろ手にドアに鍵をかけ、ダイアナに顔を向けると彼女の腕をつかんで、じっとその顔を見つめた。「大丈夫かい？」

ダイアナはため息をつき、首を振った。「怖いの。ずっと怯《おび》えていたみたい、あのときから……」ふと言葉を切り、思わず口走った。「なぜジャスティニアン・サドベリーはここにいるの？」

「さあ。でも、彼がこの屋敷にいる限り、きみが一人で眠ることはない。すべての場所を昼夜余すところなく見張れるだけの使用人がいないので、おじに手紙で何人か回してほしいと頼んだが、まだ……」

思わずダイアナの口から嗚咽《おえつ》がもれた。「彼はいたでしょう！　ウィンが刺されたときサドベリーはその場にいたわね」苦悩に満ちた疑問が溢《あふ》れ出る。「そして……あなたも」自分が何を口走ったかに気づいたダイアナは、ぱっと口を手で押さえ、涙に潤む目でヴィンセントの硬い表情を見上げた。

ヴィンセントはダイアナを離し、だらんと腕を垂らした。彼はつかの間無言だったが、やがて静かに言った。「わたしはウィンを殺していない」

「ご、ごめんなさい。わたし、何が起きているのか、何を信じていいのかわからなくて。あなたはサドベリーが……？」ダイアナはうつむいた。

ヴィンセントは肩をすくめた。「わたしにはわからない。しかし、彼は自分で手を下してはいない。わたしもその場にいたから知っている。ただ暗殺者に、どれがウィンか教えることは……」いらだたしげに髪を指でかきむしる。「きみと同じく、わたしだってもう何を信じていいのかわからないんだ。わたしがウィンの死に無関係だということ以外は」

二人は立ち尽くし、無言で見つめ合った。不意にダイアナはもうこれ以上我慢できなくなった。

「ああ、ヴィンセント！」彼に身を投げかけると同時に力強い腕が回された。潰《つぶ》されそうなほど強く。

「ああ、ダイアナ！」ヴィンセントは彼女の額、涙で濡《ぬ》れたまつげ、頬にキスを浴びせた。「信じてくれ。頼むから、もう少しのあいだ信じてくれ」

ダイアナはすがりつきながら顔を上げた。「抱いて！　お願い、わたしを抱いて！　とても不安なの……子供たちのことも、わたし自身も」

ヴィンセントが喉の奥から荒々しいうなり声をあげた。唇と唇が激しく重ねられる。舌での探り合いが始まると、ダイアナはたまらず彼にぴったり体を押しつけた。酒とたばこのにおいがする。ダイアナはくらくらした。彼のにおいがする……。ヴィンセントがようやく唇を離してダイアナを見つめた。

「ダイアナ、愛している。ずっときみが欲しかった。ヴィンがいなければいいと何度も……。だが、わたしは絶対に彼を殺していない。信じてくれ」ダイアナは彼のシャツに顔を押しつけ無言でうなずいた。

ヴィンセントが彼女を抱き上げてベッドに運んだ。もどかしげに着ているものをはがし、四方八方にほうり投げる。ふと彼が手を止めた。二人とも全裸で、ベッドの脇《わき》に立ち、お互いに向かい合っている。

「なんてことだ。わたしは鷹《たか》のように襲いかかろうとしている」彼は大きく深呼吸した。「すまない」

ダイアナは感情が高ぶり、言葉が出なかった。無言で彼の胸に両手を広げ、胸毛を撫《な》でる。その手をさらに脇腹から贅肉《ぜいにく》のない腰へと滑らせた。てのひらで引き締まった腹部の筋肉をさっと撫でる。

ヴィンセントは身を震わせ、ダイアナを抱いたまま三つ編みの髪に手を伸ばした。三つ編みをほどいて豊かな髪に手を差し入れ、顔を自分のほうに引き寄せる。口づけをし、味わい、じらす。ダイアナはくずおれそうになり、彼の腰に両手を回してしがみついた。

ヴィンセントはベッドに腰かけ、自分の前にダイアナを立たせた。そして彼女の胸に顔を押しつけた。胸の谷間にキスをしてからゆっくりと唇を滑らせ、胸の先端を口に含む。ダイアナはうめき声をあげ、ヴィンセントの肩をぎゅっとつかんで体を支えた。膝が崩れそうだ。

彼がヒップをそっと撫でている。

息もできなかった。ヴィンセントの口づけはえもいわれぬ快感をもたらし、彼の手は潜んでいた欲望を激しく燃え立たせる。もうあえぎ声しか出ない。あえぎはうめきになり、うめきは叫びになりそうだった。けれど、それが声になって人の耳に届く寸前、ヴィンセントはダイアナをベッドに横たえ、おおいかぶさった。そして、叫び声をキスで封じながらひとつになった。

わずか二度、彼が身を沈めただけで、世界が崩れ落ち、ダイアナは漆黒の宇宙に投げ出された。体じゅうに痙攣《けいれん》が走り、喜びの波が全身を駆け抜ける。どれくらいふわふわと漂っていただろうか。ぴくりともしない彼の体の熱と重さに気づいたダイアナは、彼の顔をしげしげと眺めた。

ヴィンセントが口もとをゆがめてほほえみ、再び動き始めた。ああ！ ゆっくりと突き上げられるたびに、恍惚《こうこつ》としたヴィンセントの顔が視界に入るたびに、ダイアナのなかにまたしても熱いものが溢れた。再び歓喜の波に押し上げられる。重ねられた唇が声をふさぐ。ダイアナはのぼりつめ、浮遊した。時間が止まった。そしてまた……ヴィンセントの腕のなかに戻ってきた。

耳もとで彼がそっとささやく。「もう一度」

無理よ。ダイアナはそう言おうとした。しかし、彼が誘いかけるように腰を動かすと、無理ではないことがわかった。今度は速く、激しく体を重ねる。彼はまたもや彼女の喜びの声を聞いた。その声を自らの唇でふさぎ、ほどなく自分もダイアナの口にくぐもった叫びを放った。

二人は疲れ果てて横たわったいた。ヴィンセントはダイアナの体にかぶさり、額と額をくっつけたまま、ささやいた。「わたしはずっと前からこうしたかった。きみを昔から愛していた」

どう答えたらいいの？ 自分も欲望にさいなまれていたと言おうか？ 彼も気づいていたかもしれないけれど……。「そうだったの」ダイアナは彼の頬にそっとキスをした。

ヴィンセントは転がって彼女の脇に身を横たえ、もつれ絡まったダイアナの髪を顔から払いのけた。真剣な表情で見つめる。「ダイアナ、わたしはずっと考えていたんだが、この状況は好ましくない。わたしはきみを名実ともに守りたい。結婚しよう。できるだけ早く。現在起きている問題が片づき、わたしのもうひとつの問題も解決したら、わたしは仕事を辞める。きみの身に危険が及ばないように」

「ヴィンセント」ダイアナが彼の顔をそっと撫でる。

ヴィンセントは彼女の唇に指を当てて黙らせた。

「今、愛し合った余韻のなかで慌てて返事をする必要はない。明日、すっきりした頭で考えてくれ。恐怖や感謝の気持ちから性急に決めてほしくない」一瞬口をつぐむ。「きみに問題の多い取り引きを申し入れたことは承知している——わたしの過去、性格、評判」

「今はわたしの評判だって同じようなものよ。あなたの言うとおりだわ。このことはお互いにもっとよく考えるべきね。あなただって、気が変わるかもしれないし。状況によって……」

ダイアナはどうしても話せなかった。この甘いひとときにデイモスのことは言えなかった。恥ずかしくて言葉にできない。自分の身に何が起ころうとしているのかも考えたくはなかった。もちろん彼の求婚は受け入れられない。だが、デイモスのことを打ち明けない限り、断れば彼を求めていないからだと受け取られてしまう。そんなふうに思われたくはなかった。といって、求婚を受けることもできない。絞首台送りになって、彼に恥をかかせるわけにはいかないのだ。

夜明け前に、ヴィンセントはそっと自分の部屋に戻った。だが、そんな用心は不要に思えた。付き添い人なしでこれほど長く一緒にいれば、彼らを恋人同士と思わない者はいないだろう。しかし……。世間に彼女を口説き落としたことをひけらかすのは気が進まない。そんなことをして、ダイアナが求婚を断った場合、彼女の立場はさらに悪くなってしまう。

たぶんダイアナは断らないだろう。ヴィンセントは慎重ながらも楽観的だった。彼女の気持ちはわたしが彼女を思うほどではない。しかし、わたしを求めていることは確かだ。ここは辛抱強く待とう。

そして、情熱的に迫るのだ。

ヴィンセントは彼の愛撫《あいぶ》にダイアナがひどく情熱的な反応を見せたことを思い出し、にんまりとした。彼女は男の理想だ。美人で、やさしく、勇気があって、その物静かな外見の下は情熱に燃えている。彼女と結婚すると決めたからには絶対にあとに引くものか。だが、ひとつ心配なことがある。

彼女はまだ何か隠している。

ヴィンセントが食堂に入ると、サドベリーがすでに朝食を食べていた。ダービンの話で、エマがダイアナの部屋に食事を運んだことがわかった。ヴィンセントは内心にやりとした。ゆうべの情事のあとだ、彼女はやすまなくては。

サドベリーがハムをほおばりながら言った。「ずっと考えていたんだが」

ヴィンセントは問いかけるように彼を見た。

「あいつはどうやって隠し通路を知ったんだ?」

「いい質問だ」ヴィンセントは皿に料理を山盛りによそい、テーブルに置いた。「そのことはわたしも考えた。それに、どの煙突が厨房の暖炉につながっているか、どうしてわかったんだろう?」

サドベリーはコーヒーをがぶりと飲んだ。「使用人から聞いたのかな?」

ヴィンセントの首筋を冷や汗が伝った。「今いる使用人はそんなことはしないと思う。だが、辞めた者たちもいる」多くの者はそれなりの理由があって辞めた。「侵入者はその一人か、彼らから情報を得た人物かもしれない」

「辞めた人間を捜し出せるか?」

　ヴィンセントは肩をすくめた。「何人かは。全員を捜し出すのは時間がかかるが、やってみるだけの価値はあるだろう。だが、困ったことにわたしにはその暇がない。今朝は領地の見回りをしなければ」

「痕跡《こんせき》が見つかるかも」サドベリーはまたコーヒーを注《つ》いだ。「喜んできみを手伝うよ」

「それはどうも」本当に手伝う気か、それとも妨害するのか？　ヴィンセントは内心ため息をついた。どちらかわかるまで警戒を怠らないようにしなくては。

　朝食が終わった。二人は連れ立って、馬丁が馬を用意して待つ表玄関に向かった。外は昨夜の恐怖がまるで嘘のように、陽気な夏の日差しが降り注いでいた。ヴィンセントがいい天気だと言おうとしたとき、馬の蹄《ひづめ》の轟音《ごうおん》が聞こえた。

　彼は馬車道を疾駆してくる騎馬隊をぽかんと見つめた。「なんとまあ、軽騎兵隊の登場だぞ」

　サドベリーはあとずさった。「誰が来たんだ？」

「たぶん親戚《しんせき》の者だ」

　ヴィンセントは騎馬隊を率いるコールドベック卿とリットン卿に挨拶《あいさつ》するため、玄関の石段を下りた。男たちの半分は葦毛《あしげ》の馬に乗り、コールドベック家の灰色のお仕着せを着ている。リットン家の面々の服装は対照的にばらばらだった。

「おはようございます。この騎馬隊はどうしたのですか？」

「きみが助けを求めているとチャールズが言うのだ」リットン卿はひらりと馬から降りた。「昨日何者かが侵入したそうだな。レディ・ダイアナの子供たちを狙《ねら》って」

「ええ」ヴィンセントは二十人もの馬丁と従僕を信じられない思いで見つめた。これほどの忠誠心に値するようなことをわたしはしただろうか？「心から感謝します。まさかここまで……」

「ヘレンとわたしは子供たちの身が心配なのだ。もちろん、きみとレディ・ダイアナのこともだが」リットン卿はヴィンセントとサドベリーと握手をした。「彼女の……」サドベリーをちらりと見て、慎重に言葉を継いだ。「要請を受けて、ただちに出発した。ゆうべ到着したばかりだ」

コールドベック卿も馬を降りて会話に加わった。「この者たちは全員信頼できる。こうした状況下では、それが何より重要だ」

リットン卿もうなずいた。「うちの人間も必要なだけ使ってくれ。さて、彼らをどう展開する？」

突然小さな軍隊の指揮官になったヴィンセントは大きく息をついて、考えをまとめた。誰かがわたしの応援に駆けつけたことはかつてなかった。援助を求めるのが嫌いだったからだ。いずれどうにかしてこの恩返しをしよう。「馬に乗り慣れている者は領内の捜索を頼む。とっくにやつは逃げたとは思うが。定期巡回はあとで始める」

コールドベック卿は背の高い葦毛にまたがった青年に合図を送った。「命令はこのジェームズ・ベンジャミンに。彼が責任者だ」若い馬丁は会釈すると、すぐにほかの馬丁たちを集め始めた。

「ほかの者はなかで働いてもらおう」ヴィンセントはリットン卿を見た。「誰に指示をすれば……？」

「フィーサムの息子がいい。利口だし、有能だ。父親が引退したら次の執事にするつもりでいる」

体格のいい、赤毛の若者が馬を降りると、ほかの従僕たちもそれにならった。ジェームズ・ベンジャミンが命令を発し、予備の馬はヴィンセントの馬丁たちに預けられると、馬に乗った大きな一団がイングルウッドの広大な敷地に散らばっていった。

ヴィンセントはなかに戻り、ダービンを呼んで、フィーサムの息子に屋敷の間取りを教えるように指示した。昼食が出されるころには、いつも使う部屋のすべてと、ときどき使う出入り口に見張りが配置され、ヴィンセントはやっと安堵《あんど》のため息をついた。セリーナとビザムの護衛は引き続きスロックモートンが務めることになったが、ダイアナの安全を任せても大丈夫とヴィンセントが思う人間は一人しかいなかった。

彼自身しか。

生活のリズムが変わった。警護の人間が大勢来たことでダイアナは恐怖から解放され、緊張を解いてもいいはずだったが、なぜかそうはいかなかった。彼女は息をつめて、次はいつ、どんな形で不幸が降りかかるのだろうと考えた。あれからヴィンセントが結婚問題を持ち出すことはなかった。それはダイアナも同様だった。

どう返事をするべきか、ダイアナはわからなかった。まだデイモスに脅迫されていることを話す気にはなれない。まさかヴィンセントは、彼を誘惑するためにわたしがウィン殺しにかかわったなどというでたらめは信じないだろう。それはあまりにもっともらしいがゆえに、いくらデイモスでも信じさせることはできないはずだ。ただし、あのことと結びつければ別だが。

ふたつを結びつけたら、ヴィンセントは信じてしまうだろうか？　わたしがデイモスからお金をもらったと知ったらどうするだろう？　呆《あき》れて、わたしから顔をそむけるだろうか？

だめ。まだわたしはヴィンセント・イングルトンの妻としての安定した未来を考えてはいけない。それは手の届かない遠い夢。その夢をなくしたら、わたしの胸は張り裂けてしまう。やはり彼に話すのはよそう。今のままでいられるだけいるのだ。毎晩、彼の腕のなかで眠ろう。社会通念など、評判などどうでもいい。天が許す限り、いっときでも長く子供たちと遊び、抱き締めてやろう。

応援の男たちが来てから、ヴィンセントは片時もダイアナのそばを離れないように心がけた。その日の午後も、二人は人目につかない小道や迷路のような高い生け垣の散歩道を避けて、馬車道近くの庭園をぶらぶら歩いていた。ダイアナはヴィンセントの腕に礼儀正しく手を置いていたが、誰が見ても恋人同士に思われるのはわかっていた。

ヴィンセントの黒い頭がいたわるように金髪のダイアナに向けられる。彼の顔をちらりと見たとき、そのまなざしにダイアナは思わず身震いした。怖いほどハンサムな顔だ。引き締まった、情熱的な、厳しい顔。彼が怖かったのも不思議ではないわ。今でも少し怖い。だから、彼といると無口になってしまうのだろう。いくら彼を愛していても。

ヴィンセントの黒い瞳から目をそらしたとき、ダイアナは馬車道をかなりの速度でやってくる二輪馬車に気づいた。最初は馬車の人物がよく見えなかったが、近づいてくるとどこか見覚えのある顔に思え、奇妙な感覚に襲われた。

だが、会ったことはない。ヴィンセントを見ると、彼もじっと訪問者を見つめていた。「どなた?」

「さあ」ヴィンセントは屋敷に戻ろうと踵を返した。「男の身元と用件がわかるまで、きみは顔を出さないでくれ」彼は玄関ドアを見張る従僕を招き寄せた。「レディ・ダイアナを部屋にお連れし、わたしが行くまで一緒にいるように」

「かしこまりました」従僕はダイアナのうしろにつき、玄関の石段を上る彼女を馬車道から隠した。

ヴィンセントが馬車に近づいていくと、ダイアナは足を止めて男に目を凝らした。やっぱり知らない男だ。それなら、なぜ……? はっとダイアナは気づいた。男は角張った面立ちといい、漆黒の髪といい、ヴィンセントによく似ているのだ。ヴィンセントの手が上着の内側に伸びた。ピストルが隠されたところに。その動きでダイアナは自分の置かれた状況を思い出させられた。

彼女は急いでなかに入った。

ヴィンセントはピストルに手をかけて、用心深く馬車に近づいた。前触れもなくやってくる、見知らぬ人間は嫌いだった。どこかで見かけたような気もするが、はっきり誰とは特定できない。ヴィンセントはできるだけ普通の表情で従僕が御者台を降りるのを待ち、それからそばに行った。

「ロンズデール卿ですか?」男は馬車から降りてお辞儀をした。「わたしはヘンリー・デラメアと申します。どうかよろしく」

「ミスター・デラメア」ヴィンセントはうなずいた。

「こちらにはどんな用事かな?」

男は笑みを浮かべた。歓迎の言葉がなくても気にならないらしい。「あなたと話したいことがあります。できれば、二人きりで」

ヴィンセントは男の体にさっと目を走らせた。武器を隠し持っているふうには見えない。危険な気配も感じられない。いっぽう、屋敷は今や厳重に警備されている。彼は屋敷のほうに腕を伸ばした。

「どうぞ」ヴィンセントは図書室に案内した。ダイアナの姿がどこにもないのを見てほっとする。「ブランデーでもいかがかな?」

「どうも」デラメアはグラスを受け取り、指示された椅子に腰を下ろした。

ヴィンセントはデスクのうしろに座って、訪問者をじっと見た。どうもどこかで見た気がしてならなかった。「以前にお会いしましたか、デラメア?」

「ええ、あります」男は微笑したが、目は笑っていなかった。「あちこちのパーティーで幾度となく同席しています。わたしはこの数年、頻繁にロンドンに出向きましたので。もっとも、仕事柄、あまり長くはおりませんでしたが」

「なるほど。で、あなたのお仕事とは?」

「海運業です。持ち船の船長をしています」デラメアはブランデーを満足げにすすった。

「わたしは残念ながら、あなたに見覚えがない」ヴィンセントは目を細め、厳しいまなざしを向けた。

デラメアは肩をすくめた。「大きなパーティーでは全員に会えませんからね。でも、わたしたちは以前会っています」

ヴィンセントは眉を上げた。「どこで?」

「ここで」デラメアはさらに顔をほころばせた。

「ほう?」ヴィンセントは顔をしかめた。推理ゲームに我慢ならなくなってきた。

「わたしはヘンリー・イングルトン。おまえの兄だ」

# 12

一瞬、ヴィンセントは言葉を失った。心臓がいくつか鼓動を刻むあいだ、呆然《ぼうぜん》と見つめていたが、そのあと怒りがこみ上げてきた。「ばかなことを言うな。兄は八歳のとき溺《おぼ》れ死んだ」

「亡骸《なきがら》はどこに埋葬されたかね?」デラメアの口もとにはまだ薄ら笑いが残っている。

「遺体があがらなかったことは知っているようだな。潮に流されたらしい」

「ほう。推測というのは常に危険なものだ」デラメアは優雅にブランデーをすすった。

ヴィンセントはデスクの向こうからにらみつけた。

「もうたくさんだ。いったい何が欲しい?」

「それははっきりしている。長年異郷で暮らしたので、祖先の地に帰りたいのだ」男は真剣な顔になり、ブランデーを脇《わき》に置いて身を乗り出した。「申し訳ないがヴィンセント、おまえの驚いた顔が面白くてな。わたしが戻ったら皆がどんな反応を見せるかとずっと想像していたよ」

「死者の国からよみがえったことについてきちんと説明できるのだろうな?」ヴィンセントは椅子の背にもたれて腕を組んだ。

「実を言うと、わたしは死ななかったのだ」デラメアはまた微笑を浮かべた。「留守にしていただけだ」

ヴィンセントは眉を吊《つ》り上げ、そして待った。

「わたしは子供にありがちな過ちを犯した。自分が住む世界の彼方《かなた》は広大で、胸躍る冒険に満ちていると思ったのだ」立ち上がって、グラスに注《つ》ぎ足す。

「わたしはそれが見たかった」ヴィンセントの険しい視線を浴びながら、彼は椅子に戻って続けた。

「パパが投資した船の見学についていったときだった。波止場で船長のもとを訪ねたパパが一瞬目を離した隙《すき》にわたしは姿をくらまし、波止場を歩いていった」デラメアは過去を垣間《かいま》見るかのように一瞬沈黙した。「暖かい日だった。わたしは上着を脱いで、途中、水際に残していった」

それは父が発見した。ヴィンセントは当時のことをよく覚えていた。騒然とした捜索、港の底浚《そこさら》い、胸が張り裂けそうな母のむせび泣き、父の涙。

両親を慰められない自分の無力さ。

しかし、デラメアの話はあまりに突飛だ。ヴィンセントは反応しないことにした。

デラメアは先を続けた。「わたしはフランスの船に乗り込んだ――当時は船の国籍など知らなかったが。そして、隠れ場所を見つけた。カレーに着くまでわたしは見つからなかった。着いたときはもうホームシックになって家に帰りたいと思ったが、自分の意思を伝えることができなかった。身の上を説明できるほどフランス語が上達したときには、キャビンボーイが実はイギリスの伯爵の息子であることなど誰も信じなかった。呆《あき》れて我慢ならなくなった船長に殴られてからは言うのをやめたが、自分の身分は忘れたことがない」

「実に感動的な話だ」ヴィンセントは皮肉な口調になるのを抑えられなかった。

デラメアの表情がこわばった。「わたしはおまえの憐《あわ》れみなど求めていない」

「では、何を求めているんだ？」

「またここを訪問する機会だけを。おまえと懇意になって、わたしが兄であることを納得させたい」

「きみがこの嘘《うそ》っぱちを納得させる相手はわたしではない」ヴィンセントは立ち上がった。この話に潜む裏の意味がわかってきた。ヘンリーは兄だった。

「きみがわたしに代わってロンズデール伯爵の座に就きたいのなら、説得しなければならないのは国会だ」

「だが、わたしはそうしたいとは言っていない」

「だったら、なぜここに？」

「ヴィンセント、わたしは故郷に帰りたい、ただそれだけなのだ」

少なくとも男はイングルウッドに泊めろとは要求しなかった。明日また訪ねる許しだけを求めると、村の宿屋〈ブルー・ボア〉に引き揚げた。

「それで、許可したの？」その夜遅く、ダイアナは彼女の寝室にやってきたヴィンセントに驚いて尋ねた。「さっさと追い返すだろうと思っていたわ」

「いつかはそうするつもりだ」夕食の席ではサドベリーがいたので、訪問者の厚かましい願いについてダイアナに話せなかったのだ。「だが、彼の話にはいくつか注目すべき点がある。イングルウッドとわたしたちの子供時代に関する点だ」ヴィンセントは沈黙し、宙を見つめた。

「誰かが彼に教えたのよ」ダイアナは枕《まくら》をヘッドボードに立てかけてそれにもたれ、ベッドに腰かけて服を脱ぐヴィンセントを見つめた。

「話のいくつかは、たぶん。しかし……」ヴィンセントは片方のブーツに両手をかけたまま、考え込むような表情になった。「彼はわたしを勉強部屋の押し入れに閉じ込めたことを謝った。あの一件は誰も知らないと思う。乳母でも。ヘンリーはわたしに口止めをしたから」

「そうなるとちょっと考えてしまうわね」ダイアナは思案するように眉をひそめた。「だけど、乳母が知らないというのは確かなの？　家庭教師は知っていたかも。彼はどこに？」

「ヘンリーが溺死《できし》して数年後に熱病で死んだ」もう片方のブーツを脱いでほうり投げる。

「すると、家庭教師が情報源ではないわね。ミスター・デラメアはほかに何を言ったの？」

ヴィンセントは頭からシャツを脱いだ。「また泉に行きたいと言った。わたしたちがよく歩き回った囲い地の麓《ふもと》にある泉に。むろん、当時ここで働いていた誰かに話を聞いたのかもしれないが」ダイアナにすり寄り、じっと彼女の顔を見る。「でも、妙な感じがするんだ……」

「それはどんな？」ダイアナは手を伸ばし、ヴィンセントの額からひと房の髪を払いのけた。

「彼を知っている気がする」ヴィンセントはため息をつき、身をかがめてダイアナの額にキスをした。

「それはおかしいわ。仮にあの男がヘンリーだとしても、あなたにはわからないほど変わっているはずでしょう」彼の顎に唇をつける。

「たぶん。しかし……」

「どうするつもり？」ダイアナは彼の胸に手を滑ら

せ、波打つ筋肉に沿って撫《な》でた。

欲望の戦慄《せんりつ》がヴィンセントの体を駆け抜けた。彼はそれが引くのを待って、答えた。「とにかく用心する。イングルウッドに来れば敵の正体が明らかになると思ったが、それらしき人間がこんなに多いとは考えもしなかった。まったく予想しなかった問題が起きることとも。簡単に敵を見分けられると思ったのに」ダイアナの手を握って自分の唇に運ぶ。「デラメアの出現はナポレオンを解放する陰謀の一環だろうか？　それとも単なる金目当ての輩《やから》か、それとも……」彼は大きく息を吸った。「本当にわたしの兄か？」

「そのどれでもありうるわ」親指で彼の唇をなぞる。

「なんてことだ！」ヴィンセントは顔をしかめた。

「でも、きみの言うとおりだ。どうしたらそれをはっきりさせられるだろうか？」

「まだわからないわよ」

「それもきみの言うとおりだ。サドベリーと同様に彼にも時間をやろう。偽者だろうがなんだろうが自分を証明する時間を」ヴィンセントはダイアナを抱き寄せた。「彼がその気なら、わたしを裏切る時間を与えることにもなるが」

ダイアナの腕が首に回されても、ヴィンセントはその思いを頭から締め出すことができなかった。秘密がありすぎる。そして、ダイアナにも秘密が。

彼女もわたしを裏切るのだろうか？

しかし、彼女の唇の味がその疑念をヴィンセントの心から拭《ぬぐ》い去った。

ヴィンセントは泉のそばに一人で座っていた。考える時間が必要だった。

秘密と裏切りについて考える時間が。

信頼と名誉についても考える時間が。

誰も信じていないとはもはや言えなかった。驚いたことに、今や義理の父リットン卿《きょう》と義理のおじのコールドベック卿には微塵《みじん》の疑いも抱いていなかった。彼らはわたしを裏切ったりはしないだろう。二人は骨の髄から名誉を重んじる人間だ。

ヴィンセントは苦笑した。必要とあれば彼らは乗馬鞭《むち》でわたしを打ち据えるが、裏切りはしない。

願わくは、二度と彼らに叱責《しっせき》されたくないものだ。何も罰が厳しいからではない。臀部《でんぶ》に残る三本の鞭の跡は、酔ったときにかろうじて痛みを感じる程度だ。違う。わたしが恐れるのは二人をまた失望させることだ。またしても信用を損なうことだ。彼らは二度とチャンスをくれないだろう。

ヴィンセントは草をむしって、それをぼんやりと噛《か》んだ。わたしはすでにダイアナのことで名誉を損なってしまったのだろうか？ 彼女の恐怖と絶望につけ込んで抱いたのか？ わたしはダイアナを傷つけるつもりなどまったくない。彼女がわたしを受け入れれば、喜んで妻に迎えよう。二人とも生きてこの事件を解決できたとしたらだが。

それはまた、ヴィンセントを秘密と裏切りというテーマに引き戻した。ダイアナは何を隠しているのか？ なぜ打ち明けてくれない？ むろん最初は秘密を明かすほどわたしを信頼していなかった。だが今は……今の彼女はわたしに頼りきっているように見える。なのに、なぜ頑《かたく》なに口をつぐんでいるのだ？

ダイアナもわたしを裏切るのだろうか？

それは考えられない。ダイアナも心の底から名誉を重んじる。義務と責任も大事にする。彼女は嘘をつけない性格だ。しかし、その秘密は嘘をつかなくても守れるのかも。いずれにしろ、彼女が持つ情報を入手しない限り、わたしはスパイとして失敗したのも同然だ。女に溺れて破滅した諜報《ちょうほう》員はまさかわたしが初めてではないだろうが。

ヴィンセントはため息をつき、草の上に寝転がって雲を眺めた。さらに二人、問題のある人間が増えた。ジャスティニアン・サドベリーとヘンリー・デラメアだ。どちらも信用できない。二人が数日のあいだに相次いでイングルウッドに現れたのは偶然だろうか？　ヴィンセントは偶然というのが嫌いだった。どちらかが、もしくは両方がセント・エドマンズと結託しているのかもしれない。たぶん二人をさっさと追い出すべきなのだ。だが、そうしたら、彼らの居場所も何を企《たくら》んでいるのかもわからなくなってしまう。

なぜわたしはデラメアの言い分に思い悩むのか？　彼の話はばかげている。だが、もし本当だとしたら……？　たった一人の兄をはたして追い返せるのか？　あの男が本当にヘンリー・イングルトンなら、当然わたしはロンズデール伯爵ではなくなる。イングルウッドもその領地から上がる収入もわたしのものではなくなる。こうした場合の名誉ある行動とは何か？　まず、彼の主張が理にかなっているかを見極めることだ。

それがちゃんとできればいいが。国会と国王はこうした主張にどう判断を下すだろうか？　過去にもいくつか誤りが訂正された例があるが、この問題の法的な解決にはおそらく一生かかるだろう。

だとしたら、わたしの道義的な責任はどうなる？

父が生きていたら、と思うのはこれが初めてではなかった。父なら真実を見分けられる。デラメアの目をじっと見て、正体を見極めるだろう。父は上の息子の帰還をずっと願っていた。ずっと悲嘆に暮れていた。ヘンリーを捜すことをやめなかった。

父にとって、わたしは不満足な息子だった。

だが、そんなことはどうでもいい。デラメアについて決断しなくては。彼の話が真実かどうかを見抜かなくては。縛り首に使うにしろ、過去の暗い海から岸に引き寄せるにしろ、とにかくロープを投げなくては。さあ、宴会の準備をしよう。

ダイアナは晩餐会《ばんさんかい》の盛装をした自分が信じられなかった。それにふさわしいドレスを持っていることも。ヘレンからもらったすばらしいシルバーグレーのサテンのドレスは非の打ちどころがなかった。それが最新流行の物でなくても、おさがりだとしても気にならなかった。ドレスはダイアナによく似合った。その色が目に映えて、青白い頬がほんのりピンクに色づく。

社交的な催しに出るのは久しぶりだから、振る舞い方を忘れているのではないかしら。でも、厄介な問題が続く今、うれしい気晴らしだわ。小間使いのエマもダイアナと同じように興奮していた。「旦那《だんな》さまは今まで晩餐会を開きませんでした。わたしがここで働くようになってからは一度も」

「どれくらいここで働いているの?」

「三年です。最初は流し場で。でも、ミセス・バックデンがわたしの仕事ぶりを気に入って、昇進させてくれました」少女の声は誇らしげだった。「一度髪を結うのをお手伝いしたら結い方が気に入られて、それで、わたしに奥さまをお手伝いするようにと」

すると、エマはヴィンセントの放埒《ほうらつ》な振る舞いを免れたのね。もっとも、クローはそんなところに娘を奉公に出しはしなかっただろうが。

エマは続けた。「コールドベック卿とリットン卿の両ご夫妻が明日までここにご滞在だそうですね」

これはヴィンセントの策略だとダイアナは思った。実際、この晩餐会全体に彼の巧妙さが表れていた。ヘンリー・デラメアの主張を否定するでも認めるでもなく、彼を自分の家族に引き合わせるのだから。彼が家族に、死んだと思われていたヘンリーだと主張する機会を与えようというのだから。

義理の父と義理のおじなら、デラメアのどこかに何かの手がかりを見つけるかもしれない。それに彼が敵だった場合、屋敷に人が大勢いればいるほど行動するのは難しくなる。

ドアがノックされた。ドアを開けたダイアナははっと気づいた。正装したヴィンセントを見るのは初めてだった。よく似合っている。黒ずくめの格好だが、その暗い色合いが漆黒の髪を際立たせ、黒い瞳がいっそう輝いて見える。輝く瞳には違う表情も表れていた。

今夜、彼は〝狩り〟をするのだわ。

今夜、ヴィンセントは真実を求めて危険と欺瞞《ぎまん》の迷路を歩き回るつもりなのだ。漆黒の視線で彼が見つめる。一瞬、ダイアナは丸裸にされた気がした。

彼は知っている。わたしが秘密を持っていることを。

彼はそれを見つけ出すつもりだ。遅かれ早かれ、恥辱にまみれたわたしがばれてしまう。かつて彼に感じた恐怖が一挙にダイアナに押し寄せてきた。

彼はわたしをなんと思うだろう？

どうするかしら？

でも、今夜は……。彼が一礼した。威圧感が消えていく。腕が差し出された。「きれいだよ。さあ、行こう。わたしたちのゲストが待っている」

わたしたちのゲスト。まるでもう夫婦のよう。まるでわたしは女主人みたい。もちろん違うけれど。今夜、この家でその役を務めるのは、親戚《しんせき》のなかでただ一人の女性ヘレンだ。わたしが女主人役を務めることは決してない。

ダイアナはなんとか笑みを浮かべ、ヴィンセントと一緒に客間に入った。サドベリーと義父のリットン卿、義理のおじのコールドベック卿、ヘレン、それにダイアナの知らない、燃えるような赤毛の若いレディがいた。男たちは立ち上がってお辞儀をした。

ダイアナは赤毛の女性と暖炉の近くに座っているへ

レンのもとに駆け寄った。

「ヘレン！　またお会いできてうれしいわ」驚いたことに、心の底からそう言っていた。親切にしてくれた女性と再会してうれしかった。子供の養育を引き受けてくれそうな女性と会えて。

色白の肌と黒い髪を引き立たせる、赤みがかった濃い紫色のドレスに身を包んだヘレンは立ち上がり、ダイアナを抱擁すると頬を寄せた。「ほっとしたわ、元気そうで。セリーナとビザムは？」

「元気ですわ。ヴィンセントとスロックモートンのおかげで。子供たちは田舎が大好きなんです」

「そうね。子供にとって田舎は最高よ」ヘレンは、見事なサファイアのネックレスとそれによく合うブルーのドレスを着た赤毛のレディを手ぶりで示した。「キャサリン、レディ・ダイアナ・コービーを紹介するわ。ダイアナ、こちらはレディ・コールドベックことキャサリン・ランドルフよ」

きらきらした青い目にやさしい笑みが浮かんだ。

「はじめまして。お会いできてうれしいわ」

「こちらこそ、レディ・コールドベック」ダイアナは差し出された手を握った。「コールドベック卿には二、三日前にお会いしました」

「ええ、主人から聞いたわ。お願い、キャサリンと呼んで」彼女はヴィンセントに顔を向けた。「ねえ、わたしたちが検分する謎《なぞ》の紳士はどこなの？」

「今に来るでしょう。村の宿屋に泊まっているので」

「おかしいじゃないか」サドベリーがシェリー酒を飲みながら言った。「つまり、彼を招待することがさ。きみは彼が兄さんだと本当に思っているのか？」

「今はまだ思っていない」ヴィンセントは肩をすくめた。「彼はわたしがその話を認めないことを知っている。ここで首実験されることも。たぶんわたしが気づかなかった何かをきみたちの誰かが見つけるだろう——彼に不利なことでも有利なことでも。きみはデラメアと面識があるのか、サドベリー?」

「会ったことはある。だが、あまり虫が好かない」サドベリーは赤面した。「言いすぎた。彼がきみの兄さんだとしたら……」

「そしたら、きみはもっと好きになれないよ」ヴィンセントは一瞬、ゆがんだ笑みを浮かべた。

リットン卿からしわがれた笑い声があがった。

「彼が何者でも、われわれは気に入りそうにないな」

「しいっ、アダム」ヘレンが静かに遮った。「足音が聞こえるわ」

ダービンが戸口に現れた。「ミスター・デラメアがおいでになりました」もったいぶって言う。

デラメアは一瞬立ち止まった。背筋を伸ばし、昂然《こうぜん》と頭を上げて。ヴィンセントが進み出る。ダイアナは客がはっと息をのむ音を聞いた。並んだ二人を見ると、似ているのは間違いなかった。

しかし、デラメアが本当にヘンリー・イングルトンだとすれば、歳月は彼に過酷だった。ふたつ違いなのだが、デラメアはずっと老けて見えた。たぶん海の上で長年過ごしたからだろう。デラメアはまずヴィンセントに、それから客にお辞儀をした。リットン、コールドベック両卿がヴィンセントの横に進み出た。

彼に紹介された二人が手を差し出すと、デラメアは順番に握手した。ヴィンセントは三人の目をじっと見た。誰の目にもまったく感情が表れない。敵意も、不安も。慇懃《いんぎん》この上ない挨拶《あいさつ》が交わされただけだった。彼らと賭博《とばく》をするのは禁物だ、ヴィンセントは肝に銘じた。

彼は身ぶりで客間にデラメアを招じ入れた。「どうぞこちらへ。ご婦人方を紹介しよう」デラメアはヴィンセントについて、興味津々の面持ちで見守る女たちのところに向かった。ヴィンセントはこの晩餐会で最も身分の高いレディ・キャサリンの前で足を止めた。彼女に紹介を終えると、次はダイアナを指した。「レディ・ダイアナ・コービーです」デラメアは二人にそれぞれお辞儀をした。

ヴィンセントのなかでふと遊び心がうごめいた。「レディ・リットン、あなたの義理の息子を紹介します」

上品ぶったデラメアがかすかに狼狽《ろうばい》したので、ヴィンセントは満足感を味わった。「わたしの……義理の母？」

ヘレンがくすりと笑った。「そうかもしれないわ」「わたしが〝ママン〟と呼ばなくてもお許しを」デラメアはすばやく立ち直り、差し出された手にキスをした。「まさか……信じがたいことで」初めてヴィンセントはデラメアのフランス語訛《なまり》に気づいた。ついに落ち着きをなくさせることに成功したか？

落ち着きというか鉄面皮を。

ダービンが再び顔を出し、ヘレンに向かって言った。「ディナーの用意ができました」

ヴィンセントはちらりとダイアナを見たが、コールドベック伯爵夫人に腕を貸さなければいけないことを思い出した。客の序列を無視して、必要以上にダイアナとの関係を憶測されたくはない。ドアに向かっているとき、目の隅でダイアナにお辞儀するデラメアが見えた。彼女が新来の客を笑顔で見上げてエスコートを受け入れるのを見たときは、一瞬、心臓が止まった。だがそれでも、妬《ねた》ましさを押し殺して伯爵夫人を食堂に案内し、彼女が座るべき席にきちんと座らせた。

男が五人、女が三人の晩餐会とあっては、正しい席順など問題外だった。いずれにしろ、ヴィンセントは席順などほとんど重視していなかったが、デラメアがテーブルの端に座ったヘレンの右側の主賓席に、最も身分の高い伯爵然として座ったときは、さすがに不愉快になった。デラメアは隣にダイアナを座らせることで彼女を自分のパートナーとし、ヴィンセントとのあいだに緩衝地帯を作った。

デラメアがヘレンとダイアナのあいだに着席したとき、ヴィンセントは彼が一瞬、愉快そうな挑戦的な視線を自分に向けた気がした。

生意気な悪党め。

リットン卿がダイアナの隣に着席したので、ヴィンセントはほっとした。そうでなければ、ダイアナはサドベリーとデラメアにはさまれてしまうのだ。敵かもしれない二人に。ヴィンセントは内心身震いした。ダイアナが胡散《うさん》くさいデラメアのすぐそばにいて、わたしの手が届かないのは実にまずい。

面倒が起きたら、リットン卿に彼女を救出してもらわざるをえない。義理の父とおじはわたしがサドベリーも疑っているのを知っているから、応《こた》えてくれるだろう。二人ともピストルを持っているはずだ。

ディナーのあいだはずっと、デラメアに会話が集中した。誰もが彼に質問を浴びせた。この上なく礼儀正しい言葉で。話の信憑《しんぴょう》性を見極めようと工夫された質問で。デラメアはそれらをそつなくさばいた。キャビンボーイから船長にまで出世した半生を冒険や失敗談を交えて、とうとうと面白おかしく。

しかし、イギリスの社交界に登場した経緯はいっさい語られなかった。

ヴィンセントはそのことに思いを巡らした。彼はどこからともなく現れたようだが、どうやって末端とはいえ上流社会に受け入れられたのか？　船はどこで手に入れたのか？　残念ながら、そうした事柄は丁重な物言いでは尋ねられない。しかし、ヴィンセントは遅かれ早かれ問いただすつもりだった。礼儀にかなっていようがいまいが。

デラメアがダイアナにやさしくすることにも、ヴインセントはいらだちを覚えた。グラスが空にならないように気を配り、珍味を勧め、お世辞を言い、ほほえんで彼女の目を見るデラメア。

完璧《かんぺき》なディナー・パートナーだ。

くそっ、あの目つきが気に食わない。


ポートワインを飲む男性陣を食堂に残し、女たちは客間に戻った。ダイアナは暖炉の近くに座る場所を見つけると、安堵《あんど》のため息をついた。デラメアがそばにいると落ち着かなかったのだ。

彼の態度は申し分なかったが、脅しをかけられているような気がした。彼は頻繁に肩を触れ合わせた。彼が動くと必ず肘が触れた。ダイアナがちらりと見ると、目が合うのを待っている彼の視線があった。

それで落ち着かなくなり、さっと目をそらす。その繰り返しだったのだ。

ヘレンが口火を切った。「ワインを飲みながら三人の男に詮索《せんさく》されるミスター・デラメアがお気の毒。ねえ、どう思った?」

キャサリンは考え込むように頬杖《ほおづえ》をついた。「とても紳士的で、説得力があったわね」

「ありすぎたかも」ヘレンは爪先を暖炉のほうに伸ばした。「わたしはいつの間にか彼の話をすべて信じていたわ。そのうち、これは眉唾物《まゆつばもの》だと思いだしたけれど。あなたはどう思う、ダイアナ?」

「さあ」ダイアナは個人的な感情と彼の話の信憑性とを切り離そうとした。「おっしゃるとおり、彼の言い分は完全に筋が通っているように思えます。でも、わたしはヘンリー・イングルトンの子供のころを存じませんから」

「わたしだって」キャサリンが眉をひそめた。「彼はちょっと能弁すぎる気がするの。だからといって、嘘つきということではないけれど」

ダイアナはそれについて考えた。「もちろん。彼はわたしたちに、これは本当の話だと説得しようとしたのでしょう。ヘレン、ヴィンセントのお兄さんのこと何か知っていて?」

「残念ながらほとんど知らないの」

「ヴィンセントによく似ているわね」キャサリンが言った。

そうかしら、とダイアナは思った。似てはいるが、しかし……。「確かに。でも、性格は違うみたい」

ヘレンとキャサリンに見つめられた。いけない。ヴィンセントへの気持ちが言葉に出てしまったかしら?

ようやくヘレンが言った。「そうね。だけど、ヴィンセントの性格が大きく変わったのは最近のことよ。でも、あなたの言うとおり。ヴィンセントは口がうまくないの」

キャサリンが笑った。「彼はそんなことで時間を無駄にしないのよ」

ダイアナは顔が赤らむのを感じた。二人の言うことは本当だ。ヴィンセントは説得などしない。ただ自分がしてほしいと思うことをさせる、それだけだ。

信じてほしいとわたしに頼んだとき以外は。

あのとき、彼のまなざしは真剣だった。

# 13

今夜は自分の行動が大勢の人間に目撃されかねない。そこで、ヴィンセントは皆が寝静まるまで部屋にいて、それからダイアナの部屋に靴を脱ぎ靴下でこっそり向かった。もう一人怪しい人物が屋敷に泊まるとあっては、彼女に独り寝をさせるわけにはいかなかった。社会の規範などどうでもいい。

どれほどデラメアを宿屋に帰らせたいと思ったか。しかし、そんな無作法はしたくなかったので、煩わしいデラメアには別の階の寝室をあてがった。実は兄ヘンリーが子供のころ使っていた部屋を。できることなら、ダイアナのところからいちばん遠い部屋に宿泊させたかったが、それでは使用人たちに多大な負担を強いてしまう。

おまけに、こちらの意図もばれるだろう。ヴィンセントはくすりと笑った。本当に思いどおりにできるなら、宇宙の遠い片隅にやってしまうのだが。

今夜はまだ彼の話の真偽はなんとも言えなかった。リットン卿《きょう》やコールドベック卿と内密に話す機会がなかったからだ。彼らの意見を聞くのは明日の朝まで待たねばならない。デラメアの話には確かに説得力があったが、ヴィンセントはどうしても彼が好きになれなかった。

それも無理もなかった。ダイアナをちやほやするデラメアの態度で、自分でも知らなかった所有欲が目覚めたのだ。ヴィンセントはこれまで女性に深く思いを寄せたことはなかった。大事だと思う女性を決して作らなかった。異性との関係はすべてその場限りで、たいていは商売女だった。

今までは。

しかし、デラメアに腕を預けたダイアナを見るのは耐えられなかった。わたしとダイアナが恋人同士であることにデラメアは気づかなかったのかもしれない。あいつはやけにわがもの顔だった。いやに気取ってもいた。口では違うと言いつつも、あらゆる面で巧妙にわたしの競争相手になろうとしていた。ヘンリーがいつもそうだったように。

ヴィンセントは静かにダイアナの部屋のドアをノックし、鍵《かぎ》がはずされるのをいらいらしながら待った。彼女の顔が見たかった。その体に手を触れたかった。ドアが開くと待ちかねたように押し入り、戸締まりをするダイアナの腰をうしろから抱き締めた。

「ああ、きみと二人だけになりたかったよ」頭を下げて、うなじに何度もキスをする。「晩餐会《ばんさんかい》の席で、デラメアを殺してやろうかと思った」胸のふくらみを手ですくい上げる。

ダイアナはその手に自分の手を重ねて、ヴィンセントの肩に頭を預けた。「彼はわたしを落ち着かなくさせるの。でも、知らないはずよ、あなたとわたしが……」首筋がほんのりと赤く染まった。

「いや、知っているとも」ヴィンセントは唇を耳のすぐ下まで滑らせた。ダイアナが身震いする。その反応に満足して、彼は高まりを柔らかい腰に押しつけた。ダイアナはわたしのものだ。今夜はそれを彼女にわからせるぞ。

ダイアナが吐息をついて、ヴィンセントに頬をすり寄せた。「みんな、もう気づいていると思うわ」

「ああ。だが、気づかれたってかまわない」ヴィンセントはもう一方のふくらみを空いている手でおおった。「わたしたちが結婚すれば、この数週間のことは忘れ去られるさ」親指と人差し指で、薄いナイトウエアの上から胸の頂をそっとつまむ。

ダイアナは崩れるように彼にもたれた。息遣いが荒くなる。「結婚のことだけれど……わたし……」

ヴィンセントはしゃべらせなかった。片手をゆっくりとダイアナの腹部に滑らせ、脚の付け根で止めた。それから脚のあいだを手で円を描くように撫《な》でた。ダイアナの口からあえぎ声がこぼれた。耳もとにキスをする。「ノーと言ってもだめだよ。わたしは諦《あきら》めない」

脚のあいだにさらに力を加える。空いている手で口をおおうかおおわないうちにダイアナが声をあげた。ぐったりした彼女を抱え上げてベッドの端に横たえ、脚のあいだに身を割り込ませながらズボンのボタンを引きむしる。

そして、前をはだけるとすぐ、彼女の両脚をつかんで突き進んだ。ダイアナは目を閉じて横たわり、両腕を頭の上に差し上げて静かなあえぎをもらした。ヴィンセントは動きを止め、抑制が回復するのを待った。それから今度はゆっくりと動きながら指で愛《あい》撫《ぶ》を加え、再びダイアナをのぼりつめさせた。彼はもっと欲しかった。美しい顔が何度もあまりの快感にゆがむのが見たかった。しかし、ダイアナの息も絶え絶えの声と彼をとらえた体の芯《しん》の激しい反応がヴィンセントを高みに飛翔《ひしょう》させた。彼は唇をぎゅっと噛《か》んで声をしのばせ、自分の精力を注ぎ込んだ。

こんなことは続けられない。いつまでもわたしと結婚できると思わせておいてはいけない。ダイアナはベッドで、窓辺を染める朝日が枕《まくら》にこぼれたヴィンセントの髪を暖かい光で愛撫するのを見つめていた。

彼に言うべきことを考えて、一睡もしなかった。ヴィンセントを見ると彼が見つめていた。その熱いまなざしを見ると、涙がこみ上げてきた。ヴィンセントがやさしく手で拭《ぬぐ》う。「どうした、ダイアナ？　なぜ泣いている？」

嗚咽《おえつ》がこみ上げ、言葉にならない。ヴィンセントはダイアナを抱き寄せ、顎の下に頭を引きつけた。「知っているの？」

「泣かなくていい。わたしたちは今、かつてないほど安全だ」

ダイアナは嗚咽をこらえてうなずいた。「わかっているわ……。そのことではないの」

「じゃあ、なんだ？」ヴィンセントは片肘をついてダイアナを見下ろした。

「つまり……わたし、あなたとは結婚できないの」

再びすすり泣きがこぼれた。目をつぶっていても、ヴィンセントが息をのんだのがわかった。ダイアナは息を吸い、もう一度言おうとした。「わたしは言葉で言えないくらいあなたの妻になりたい。あなたを愛しているわ。でも、事情があって……」

「事情？」彼の体が緊張するのがわかった。

「あなたが知らない、わたしの事情よ」ああ、とうとう言ってしまった。

「それなら知っているよ」

ダイアナは心臓が止まりそうになった。「知っているの？」

「きみがわたしに何かを隠しているのは知っている」ヴィンセントは体を起こしてダイアナを見下ろした。眉をひそめてはいるが、怒った顔ではない。

「ロンドンを出て以来、きみはずっと何かを隠している。それはいったいなんだ？」

「言えないの」ダイアナはむせび泣いた。

「なぜ言えない？」

「あなたに軽蔑《けいべつ》されるから」ダイアナは彼に背を向け、枕に顔を埋《うず》めた。

彼に肩をつかまれ、振り向かされる。「わたしを見ろ」しぶしぶダイアナはヴィンセントの目を見た。

「きみが何を言おうと軽蔑したりはしないよ。でも、その秘密がきみやわたしの安全にかかわることなら、すぐに話してほしい」

「かかわりはないと思うわ。ウィンがわたしに話したこととは無関係だもの。どうしてわたしが重大な情報を持っていると勘ぐる人がいるのかしら。さっぱりわからない。ずっと昔に……あることがあったの」

ヴィンセントは辛抱強く待ったが、ダイアナはその先を語ろうとしなかった。ついに彼は言った。

「昔からきみが好きだった。きみが何かとんでもないことをしたとしても、わたしは結婚を諦めたり、きみを愛することもやめないよ」

「だけど、遅かれ早かれわたしはあなたの顔に泥を塗るわ。そして、あなたはわたしを憎むようになる」ダイアナの決意は固かった。「そんなの、いや」

ヴィンセントはヘッドボードにもたれてダイアナをじっと見た。「よし、現在の状況に影響がないなら話さなくていい。でも、言っておく」ダイアナの上に身をかがめ、顔を両手ではさみ込んだ。「わたしはきっとその秘密を探り出す」

彼は起き上がって服を着終え、出ていくときにダイアナを振り返った。

「それでも、気持ちは変わらないよ」


その日の午後早く、客は全員帰っていった。ヴィンセントは馬に乗り、小道の脇《わき》の、枝を広げたぶなの木陰で待っていた。斑《まだら》模様になって落ちる木漏れ日や小鳥のさえずりと反対に、彼の思いは暗かった。いったいダイアナはどんな恥ずべきことをしたというのだろう？

口ぶりからすると、ウィンの存命中に別の男と関係を持ったかのようだった。仮にそうだとしても、夫に顧みられなかったことを考えれば責める気にはなれない。でも、慰めを求めた相手がわたしでなかったことは口惜しい。この二年間いつだって、喜んで求めに応じたのに。

いや、それは先走りしすぎだ。ダイアナが不貞を働いたと信じる根拠はないし、それはまったく彼女らしくない。だいいち、そんなことがあれば、わたしにわかったはずだ。コービー家に入り浸っていたのだから。だとすれば彼女の秘密は、ダイアナだけが破廉恥だと思っていることなのだろう。誰も彼女を責めたりしない何かだ——彼女のほかは誰も。

わたしがその気になれば、秘密を探り出すのは雑作もない。そもそも、それがわたしの仕事なのだ。しかし、それはしたくない。ダイアナの口から聞きたい。わたしがそれを暴けば、彼女の信頼を失ってしまう。返事を待とう。諜報《ちようほう》の世界で学んだことのひとつは忍耐だ。そしてもうひとつ、秘密は必ず露見する。そう、必ず。

それにしても、ダイアナの秘密とはなんだろう？

ヴィンセントの物思いは陽気な口笛の音で中断された。道路を見やると、みすぼらしい茶色の上着を着た男が、足もとに子犬を何匹もまつわりつかせてやってくる。ヴィンセントは馬からひらりと降りて、男が近づくまで待った。

「やあ、旦那《だんな》」鼠《ねずみ》捕りの男はぼろぼろの帽子を傾けて挨拶《あいさつ》した。「お元気のようで」

「ああ、元気だ。おまえは？」

「このとおり、ぴんぴんしてます」

一匹の犬が前脚をヴィンセントの膝にかけたので、彼は体をかがめて耳のうしろのふさふさした毛を掻《か》いてやった。「ロンドンに行ったか？」

男はうなずいた。「ええ。郵便を運んで戻ってきました。いい知らせはありません」

ヴィンセントはため息をついた。「やれやれ、当てがはずれたな」

「そうなんで。何ひとつうまい具合にはいっていません。先週からセント・エドマンズを見かけた者は仲間内にいないんです」

「くそっ。彼も雲隠れしたのか？」

「どうやらそのようで」

「デイモスは？」

鼠捕りの男は力なく首を振った。「やつの姿もまったく」

「くそっ！」ヴィンセントは小石を蹴《け》飛ばした。道を数歩行って引き返す。

茶色の上着の男は落ち着いていた。「言ったじゃないですか、いい知らせはないと」

「そうだな」ヴィンセントは大きく息をして、怒りを封じ込めた。「やつらも最後には姿を現すだろう」

それは確実だった。デイモスはヴィンセントを殺すと断言している。かつて何度も彼に暗殺計画を粉砕されたからだ。だが、ヴィンセントも優秀な部下の遺体を発見したとき、デイモスに対して同じ誓いを立てていた。

ヴィンセントは話題を変えた。「〈ブルー・ボア〉で鼠を捕まえたか？」


「ええ。宿屋の馬屋はいいお得意さんで」

「そこに特に捕まえてほしい鼠が一匹いる。そいつが何か怪しいことをしていないかどうか知りたい。地元の人間でない誰かと会うとか、そんなことを」

「油断なく見張りましょう。そいつの名前は？」

「ヘンリー・デラメアと名乗っている。わたしに少し似た男だ」

「ああ、あいつですか。それなら知ってます。妙な男と一緒だった。側仕《そばづか》えという話だったが、おれにはそうは見えませんでした」

「ほう？　そいつはどんな男だ？」

「めかし込んだ船鼠ってとこで。やつのナイフ使いのうまさは脱帽もんだ」男は口笛を吹いて犬を集めた。「しっかり見張ります。そのデラメアってやつはここで何をしてるんです？」

「わたしの兄だと言ってるよ」

当然ながら、それには説明が必要だった。ヴィンセントがその説明を終え、鼠捕りの男が立ち去ったころには時間もだいぶ遅くなっていた。長く屋敷を空けすぎた。彼は馬を走らせ、家路を急いだ。ダイアナの警護には腕の立つ使用人を残してきたし、たぶん彼女はスロックモートンや子供たちと一緒にいるだろう。だが、心配だった。

それに、ダイアナ母子《おやこ》としばらく一緒に過ごしたかった。子供と遊ぶのはまだ下手だが、学習しつつある。ヴィンセントはスロックモートンをうらやましく思った。本能的に子供の扱い方を知っているらしい巨漢の元ボクサーを。

そのときはっとヴィンセントは気づいた。わたしはスロックモートンを信頼している。いつの間にか彼に対する警戒心は消えていた。彼が子供たちのそばにいることを心配しなくなっていた。もちろん、彼が信頼できるという保証はない。

だがそれを言うなら、誰にだって保証はないのだ。わたしもときには人を信頼できるのだ。

そう、わたしは何週間も前からスロックモートンを信頼していた。

イングルウッドの私道に入ると、ヴィンセントは栗毛《くりげ》の馬をのんびり走らせている馬丁に追いついた。

「おかえりなさいませ」若い馬丁は鞍《くら》の上から主人に挨拶した。「郵便を取りに行ってきました」

ヴィンセントは馬をそばに寄せて、手を差し出した。「ありがとう。ここでもらっておこう」

馬丁は数通の手紙を渡した。ヴィンセントはうなずくと、馬を走らせながらちらりと手紙に目を走らせた。重要なものはなさそうだった——代理人からの手紙と家政婦宛《あて》の請求書が二通。もっとも、ダイアナ宛の薄い手紙が一通あったが。

それは転送されたのではなくて、直接イングルウッドに送られていた。ヴィンセントは手のなかで手紙を裏返し、中身を調べようかどうしようかと思案した。ダイアナが恥じている秘密を解く手がかりがおそらくこのなかにあるはずだ。だが、盗み読みする気にはなれない。ダイアナは話してくれる。きっといつか自分の口から話してくれるだろう。

屋敷が見えてきた。乳母とスロックモートンは子供たちに夕食を食べさせるためすでになかに入っていたが、ダイアナは庭のベンチで読書をしていた。二人の従僕が少し離れたところをぶらついている。ヴィンセントは馬を馬丁に預け、そばに行った。横に立つと、ダイアナが疲れた顔でほほえみかけた。目の下の隈《くま》が眠っていないことを物語っている。

「手紙を持ってきた」ヴィンセントはそれを渡し、じっとダイアナの顔を見つめた。

ダイアナは手紙を裏返して、宛先をしげしげと見た。デイモスの筆跡ではなかったのでほっとした。その筆跡に見覚えはなく、差出人の住所もない。ヴィンセントがまだ鋭い目で見つめている。手紙を開封してほしいのだろう。わたしの秘密を探る手がかりが欲しいのだ。でも、これはそういう手紙ではない。ダイアナは一人悲しくほほえんで、封を破った。

手紙を開く。何も書かれていなかった。ただ、折り目にひと房の髪が挟まれていた。銀色に近い、淡い金髪が。ダイアナはそうした髪の人間を二人しか知らなかった。

「セリーナ！」ダイアナは手紙を投げ捨てると、ぱっと立ち上がり、家に向かって駆けだした。一瞬ののちヴィンセントが追いつき、追い越していった。手に手紙を握り締めて。従僕がわけもわからずにダイアナのあとを走る。ヴィンセントが子供部屋のドアを激しく叩《たた》いているときダイアナはまだ玄関階段の上だったが、ドアが開けられたときには彼の横に立っていた。息を切らして。「セリーナ！　ビザム！」ダイアナはヴィンセントを押しのけて、部屋に飛び込んだ。二人と乳母、スロックモートンが驚いて目を丸くした。ダイアナはセリーナのそばに膝をつき、娘のつややかな髪を手で梳《と》かしながら切り取られた跡を探した。

「ママ!」いらだったセリーナが頭をぐいとそらして離れようとする。「何をしているの?」

「じっとして」ダイアナはヴィンセントを見た。心臓がどきどきしている。深呼吸して、狂気じみた自分の振る舞いを反省する。娘を動揺させたくはない。

「切り取られたところはないみたい」

「どうしたんです?」スロックモートンが顔をしかめてヴィンセントを見た。

ヴィンセントが手紙を差し出す。「これがあった」

スロックモートンはその巻き毛をじっと見た。

「これはミス・セリーナかお母さんの髪のようだ」

「ああ、そうだ」ヴィンセントは硬い声で答えた。

そのとき乳母がビザムのシャツのボタンをはめる手を止めて、そばに来た。乳母はつややかな髪を見たとたん、はっと息をのみ、両手で口を押さえた。

ヴィンセントは乳母の肘をつかんだ。「どうしたんだ?」

乳母が蒼白《そうはく》な顔で、ただ首を振る。

ダイアナは立ち上がって乳母のそばに行き、やさしく腕に手をかけた。「何か知っているの?」

乳母は糊《のり》のきいた真っ白なエプロンを両手で揉《も》み絞った。「誰かが盗《と》ったんです。誰かが」

「そうだ」ヴィンセントは乳母の骨張った肩に腕を回した。「何があったか知っているのか?」

「でも、旦那さま、わたしは埋めたんです。いつものように」乳母は両腕を交差させて自分の身を抱くようにしながら、がたがた震えだした。

「セリーナの髪を埋めた?」ヴィンセントは意味がわからず、眉を寄せた。

「いつものように」乳母の表情が頑《かたく》なになった。

「旦那さまやお兄さまの髪もそうしていました」

「ああ」やっとわかった。ダイアナは励ますようにうなずいた。「最近セリーナの髪を切ったの？」

「はい。両側が伸びておりましたので、少し切り揃《そろ》えました。でも、切った髪は埋めました」

ダイアナはヴィンセントに向いた。「わたしの乳母もそうしていたわ」

「それなら、なぜ」ヴィンセントはまだ戸惑いの表情を見せている。

「だから、誰にも盗めません」乳母は愚鈍な生徒に話すように、ヴィンセントに顔をしかめた。

ヴィンセントは物問いたげにダイアナを見た。安心したダイアナは笑みを浮かべた。「他人の体の一部を持つと、力が与えられるという迷信があるの」

「笑い事ではございません」乳母はさらに顔をしかめた。「子供に害をもたらしかねないのですよ」

ダイアナは思わず身震いした。彼女は髪を埋める場所がなかったのでいつも燃やしていたのだ。娘に手を出した者はいないとわかった安堵《あんど》感と、不合理な迷信が胸のなかでせめぎ合った。

「髪を埋めた場所に案内してくれ」ヴィンセントは乳母をドアにいざなった。ダイアナも続く。廊下に出るとき、スロックモートンが不思議そうに首を振り振りドアを閉めるのが目に入った。

ダイアナを警護する二人の従僕が彼女の寝室の外に陣取っていた。彼らも加わり、総勢五人で庭園を抜け、囲い地に入る。ダイアナは年のわりに足の速い乳母についていくため、ほとんど走っていた。

今や日が暮れようとしていた。草の上に夕闇《ゆうやみ》が迫り、空は茜《あかね》色に染まっている。囲い地の先にある池に蛙《かえる》が姿を見せ始めた。乳母はその方向に進み、丘を越えて泉に向かった。そして、小川の近くのにわとこの木まで来ると、膝をつき、根もとを手で捜し始めた。

「ないわ」乳母は泣き声で言った。「ハンカチに包んでここに埋めたんです。誰かに盗まれたんだわ」

ヴィンセントが身をかがめて穴に手を入れた。

「確かか?」

「はい」乳母は怒りのまなざしを向けた。「確かでございますとも」

彼は笑顔で乳母をなだめた。「わかった。では、穴を掘っているとき誰も見かけなかったか?」

乳母は首を振った。「いいえ。暗かったので。いつも暗くなるまで待ちます。見られたくありませんから」

「たぶん誰かが見たな」ヴィンセントは立ち上がった。「これで、少なくとも髪の出所はわかった」

ダイアナはうなずき、ため息をついた。「そうね。ひと安心だわ。スロックモートンがいれば、誰も子供部屋に入れないだろうし、彼は子供たちに危害が及ぶのを許すような人間ではない。それはわかっているけれど……」

「大丈夫だ」ヴィンセントはダイアナの腕を取り戻り始めた。「その点は心配ない。わたしもちらりと思ったが……違う。彼ではない。だが、これは誰かが屋敷を見張っているということだ。くそっ」ヴィンセントは太腿を腹立たしげに叩いた。「これだけ巡回しているのに、どうして発見できないんだ?」

「ここは広大よ」ダイアナは彼の腕をなだめるように軽く叩いた。「一人ぐらい簡単に隠れられるわ」

「確かに。ここを熟知していればなおのことだ」ヴィンセントの表情が険しくなった。「そいつが誰かを突き止めるときが来たようだ」

乳母がまだ沈痛な表情でダイアナに近づいた。

「彼らはお嬢さまの髪を持っています。どうしたらいいんでしょう?」

ダイアナは一瞬、乳母を見つめ、それからヴィンセントをちらりと見た。ヴィンセントが従僕に命令している。

彼女は乳母に視線を戻し、静かに言った。「どうするべきかはわたしよりあなたのほうが詳しいはずよ。今夜、あなたに手を貸すわ」

ヴィンセントは書斎のデスクにブーツの足をのせ、椅子に背を預けた。「入れ」

「ご用ですか?」スロックモートンが部屋に入り、デスクの前に立った。

「ほら」ヴィンセントは二冊の薄い本を彼のほうに押しやった。「童話より面白いだろうと思う。大人向けの本だが、さほど難しくはない」彼は椅子を指し示した。「まあ、座れ」

スロックモートンは本を手に取り、のっそりと椅子に腰を下ろした。「ありがとうございます。子供たちが寝ているときの暇潰《ひまつぶ》しに読むことにします。実はもう昔話にはうんざりで……」顔をしかめる。

「何を考えているんです?」

ヴィンセントは両手を組み合わせ、考え込むようにその手で唇をこつこつ叩いた。「問題が生じた」

スロックモートンはにやりと笑った。「確かに。うるさいやつらだ」

「特にある人物がな」ヴィンセントはまた一瞬考えた。「イングルウッドを知る何者かが、われわれの様子をうかがっている。領内の隠れ場所や、煙突や古い隠し通路の場所を知る何者かが。そいつを探し出すときが来た」

スロックモートンは眉をひそめた。「それは屋敷にいる誰かだと? わたしはそうは……」

「いや。今ここにいる人間は違う。だが残念ながら、わたしに腹を立てて辞めていった使用人が大勢いる」

「その連中が今さらこんなことをしますかね?」

ヴィンセントは悲しげな笑みを浮かべた。「彼らには理由があるとだけ言っておく」

「それで、わたしはどうすればいいんで？」

「おまえが最後に休みを取ったのはいつだ？」

大男は頭を掻いた。「取っていません。わたしたちがロンドンを離れる前に賭《かけ》で遊んだきりで」

「だとしたら、まさに一石二鳥だな」ヴィンセントはデスクから足を下ろして肘をついた。「実は〈ブルー・ボア〉で少し遊んでほしいんだ」

「それなら任せてください。心配はいりません」スロックモートンはにやりと笑った。「大酒を食らって、文句を言うかもしれませんぜ」

「きっと文句が出るな」ヴィンセントもにやりと笑った。「だが、実はあまりのんびりできないんだ。ごろつき二人の子守りをしてほしい。一緒の部屋に寝てでも」

「そりゃ残念」くすりと笑いがもれた。「便所に行く時間もなさそうだ。でも、わたしがいないあいだ、子供たちは誰が守るんです？」

「それはわたしがやる。フィーサムたちもいるし。警戒の手は緩めない。セリーナの髪を送りつけてきたのは脅しだ。誰かがまだレディ・ダイアナを脅して沈黙させようとしているんだ」

「悪党どもめ！　あんな親切なレディを脅すとは」スロックモートンはこぶしを振った。「やつらを捕まえたら張り倒してやる。わたしがいるとき子供たちに手を出したら、ただじゃおかない」

「わかっているよ」ヴィンセントは大男の目をじっと見た。「ありがとう」


ダイアナはエマに髪を梳かしてリボンで縛ってもらったが、着替えはしなかった。エマを下がらせると、窓際に座って待った。ヴィンセントはまだ階下《した》にいる。さっきスロックモートンと何事か話していたが、今スロックモートンは隣室でまた任務に戻っている。どうやらヴィンセントはまだ居座るサドベリーとビリヤードで遊んでいるようだ。

なぜサドベリーは帰らないの？　あの愛想のいい紳士は危険人物？　それとも友人？　彼に心を開いていいのか用心するべきなのかわからない。彼はいつも疑われそうなときにひょっこり現れる。もう帰ればいいのに。

ヴィンセント、早くここに上がってきて。

今夜のわたしの計画を知ったら、彼はなんと言うだろう？　大騒ぎになりそうだと思って、ダイアナはにんまりした。でも、きっとうまくいく。乳母の心を静めなければ。わたしの心も。敵が娘に呪《のろ》いをかけたがっているなんて一瞬たりとも思わない。しかし……。娘を守るためなら、多少の神秘的な力は歓迎しよう。

セリーナの髪を送りつけてきた人物が誰であれ、その意図は娘が危険だと思わせてわたしを恐怖のどん底に突き落とすことに違いない。それは成功した。直前まで娘の姿を見ていたのに、階段を駆けて子供部屋に行くとき、ほんのしばらく娘はいなくなったと思ったほどだから。子供たちに近い誰かが敵と結託している証拠が見つかると期待していたのに、屋敷にこんなに大勢人がいては、どうやって彼らを信頼しろというの？

ドアを軽くノックする音で物思いは破られた。ダイアナはドアに耳をつけた。「誰？」

「わたしです」乳母の声だった。

「あなた一人？」

「はい」

ダイアナが鍵《かぎ》をはずすと、乳母はそっと部屋に入った。ダイアナがまたドアを閉めようとしたとき、ヴィンセントの声が廊下から聞こえた。

「ダイアナ、何をしている？」彼は急いでやってきた。顔をしかめている。「わたし以外の人間にドアを開けてはだめじゃないか」

「だって、マーショーよ」ダイアナはヴィンセントを部屋に入れるためうしろに下がった。

「だが、誰かが見張っていて、その隙《すき》に乗じるかもしれない」

「わたしは毎晩、囚人みたいに部屋に閉じ込められているのはごめんだわ」

「それはそうだが」しかめっ面が和らいだ。「ところで、二人で何をするつもりだ？」

ダイアナは怒りの爆発に備えて心の準備をした。

「子供たちを外に連れ出すの」

案の定だった。「なんだって！　夜中に外に？　気でも狂ったのか？　しかも、わたし抜きで」

「違うわ。あなたを待っていたのよ」

「やらなければなりません」乳母は腕組みをした。

「なぜ？」ヴィンセントは乳母をにらんだ。「何をしなければならないんだ？」


「ミス・セリーナを守るのです」

「守るって？　セリーナはここでちゃんと守られている」ヴィンセントは壁にもたれて腕を組んだ。

「ダイアナ、どうしてそんなばかなことを？」

「あの髪の毛よ」

「まさか！　彼らがセリーナに何かの魔法をかけるなんて思っているんじゃないだろうな？」

ダイアナは口ごもった。「わたしは全然。でも、マーショーは信じているの。正直に言えば、わたしも気持ちが楽になるわ……」

「ここでできないのか、屋敷のなかで？」

「月の光を浴びる必要があるのです」乳母がきっぱりと言った。

ヴィンセントは言葉より雄弁な表情で天を仰いだ。女というのは。彼は乳母に向かい、皮肉っぽい声で言った。「どうするんだ？　月に祈るのか？」

乳母は、まだ力があれば彼の口を石鹸《せっけん》で洗い流したいという目つきでヴィンセントをにらみ、冷たい口調で言った。「それはキリスト教徒のすることではありません」

ヴィンセントは降参だというように両手を上げた。この論争にわたしの勝ち目はない。理屈が通用しないのだから。手伝いを拒否すれば、女たちはわたし抜きでやる方法を見つけるだろう。ここはできるだけ気軽に調子を合わせるに限る。「わかった。ひとまずばかばかしさは忘れよう。何をすればいい?」

「子供たちを中庭に連れ出すのです。そこなら安全ですから。必要なことはわたしが行います」乳母は子供部屋に入った。

ヴィンセントはうんざりして鼻を鳴らしながらも乳母に続き、ダイアナがそのあとに従った。寝ているセリーナとビザムを中庭に連れ出すと言うと、スロックモートンは驚いてヴィンセントを見た。ヴィンセントは肩をすくめた。「女たちがちょっとしたことをするんだ。おまえはセリーナを頼む」彼はビザムをベッドから抱き上げると、フィーサムを手招きした。「一緒に来い」

彼らはできるだけ静かに階段を下りた。サドベリーを起こしてついてこられるのがヴィンセントはいやだった。ダイアナ母子の近くに彼をいさせたくないのはもちろんだが、このばかばかしい行為を説明するのだけはごめんこうむりたかった。

暗い中庭に出る前に、フィーサムに偵察をさせる。スパイが潜んでいるとしたら……。いるとは思えない。それに、こんな愚行を誰が予期するだろう。

あたりに人影はなかった。乳母は彼らを、花壇と生け垣に囲まれた円形の広場の中心に導いた。そばに木の枝が積み上げられている。

「奥さまはここに。ミス・セリーナを抱いてお座りください。旦那さまは今しばらくお待ちを」乳母は追い払う動作をした。「いいえ、あっちに」

ヴィンセントはビザムを楽な姿勢に抱き直して暗がりにあとずさり、スロックモートンとフィーサムにも同じようにさせた。満月の光がすべてをくっきりと照らし出しているが、影の部分は真っ暗で、ヴィンセントには石のベンチ以外何も見えなかった。なんてことだ。生け垣に敵が隠れているかもしれない。

ダイアナが座った。スロックモートンが慎重にセリーナを彼女の膝に置いて、ヴィンセントの向かいの暗がりに陣取る。フィーサムは舗装された円形の広場の別の一角に移った。セリーナが寝言をつぶやき、母親の肩に頭を預ける。ダイアナは娘の髪を撫でて、安心させるようにささやいた。乳母が足もとの枝の山から一本手に取った。

「にわとこです」ぼそぼそと言った。ベンチの下を手探りして瓶を取り出し、何かをその葉っぱに振りかける。そして、頭《こうべ》を垂れた。祈りを捧《ささ》げているようだ。

祈りが終わった。乳母はベンチを時計回りに歩き始めた。ダイアナとセリーナに向かって枝を振り、何事かつぶやく。ヴィンセントのうなじの毛が逆立った。セリーナ、背中に髪を垂らして娘を抱いているダイアナ、にわとこの木の枝を振り回す乳母。薄気味悪い光のなかで三人を見ると、古代ローマ時代の廃墟《はいきょ》で見た彫像を思い出した。ローマ神話の乙女、母、老婆の三面を持つ女神を象《かたど》ったものらしい彫像を。キリスト教信仰もイギリスでは案外まだずっと底が浅いのかもしれない、とヴィンセントは思った。

乳母はダイアナとセリーナのまわりを三周すると二人の前に立ち、枝から葉っぱをむしり始めた。その葉をひと握りずつ四方にまき、次に、枝を三つに折って生け垣のなかにほうり投げた。

不意に一陣の風が吹き、遠くで梟《ふくろう》の鳴き声があがった。ヴィンセントは思わず身震いした。

「これで」乳母は手をはたいた。「ミス・セリーナは安全です。次はビザム坊っちゃまの番です」乳母はまたベンチの下を手探りし、長い柄のついた深鍋《ふかなべ》を取り出した。蓋《ふた》を取ると、なかから煙が立ち上った。それに新しい枝を突っ込み、葉がくすぶりだすまでかき回す。そしてできた小さな松明《たいまつ》をビザムを抱いて立つヴィンセントのところまで持っていき、彼らのまわりを回って、さっきと同じ儀式を繰り返した。

それを終えると、ヴィンセントの足もとに枝をほうり投げた。「踏み消してください」

ヴィンセントは慌てて指示どおりにした。そんな小さな明かりでも不安だった。そしてすばやく顔を上げたとき、厩舎のほうから犬の遠吠《とおぼ》えが聞こえた。

「終わったのか?」

乳母はうなずいた。「はい、終わりました」


ヴィンセントがスロックモートンに身ぶりで合図すると、大男はダイアナからセリーナを受け取った。またみんなで引き返す。一行が屋敷の近くまで戻ったときだった、戸口で何かが動いた。ヴィンセントは即座にビザムをダイアナに渡して、ベルトからピストルを引き抜いた。

サドベリーが暗がりから姿を見せた。上着も着ず、ブーツも履いていない。ただ、ベルトにピストルをたくし込んでいるのだけがかろうじて見えた。

「みんな大丈夫か?」サドベリーは一行をちらりと見やり、ヴィンセントに視線を戻した。

「ああ」この面々で集まった理由を説明するなんてうんざりだ。「マーショーとレディ・ダイアナにちょっと頼まれてね」

サドベリーは訳知り顔でうなずき、屋敷に引き返した。「女ってやつは」

　年取った乳母を以前と同じ目で見ることはもうないだろう。文字どおり生まれたときから知っているが、これまではすりむいた膝を手当てし、顔を洗ってくれた人間としか見ていなかった。一度など石鹸《せっけん》で口を洗われたこともある。ヴィンセントは顔をしかめた。今でもそのときの味を覚えている。だが、教訓は学んだ。二度と減らず口は叩《たた》かなかった。

　しかし今……。月光のなかでにわとこと火と水を使って何やら呪《のろ》いめいたことをしていた彼女の姿が脳裏を去ることはあるまい。魔術的な母親の役を務めたダイアナを見た瞬間のことも。考えてみれば女性にはどこか神秘的なところがある。男はめったに垣間《かいま》見ることのない、とらえどころのない何かが。

　決して理解できない何かが。

# 14

　翌朝、陽光の降り注ぐ玄関の石段に出たとき、ゆうべの出来事はすべて幻想としか思えなかった。現実を超越していた。ヴィンセントの背筋を悪寒が駆け抜けた。たぶんサドベリーのようにそっけない態度をとるべきなのだ。女ってやつは、と。

　するとそこへ、サドベリーがひょっこり現れてあくびをした。「朝の遠乗りかい？」

「ああ。よく眠れなかったのか？」

「ぐっすり寝たよ。ただ、朝が苦手なもので」またあくびをする。「わたしも一緒に行っていいかな？」

「いいとも」これは自分の本心だろうかとヴィンセントは思った。サドベリーはとりあえず仲間だが、なぜまだ滞在しているのか？　当初、彼は泊まって見張りの手伝いをすると言ったが、今は人手が足りている。そもそも彼に手伝いを頼んだ覚えはない。

サドベリーは居候先を必要としているのかもしれない。尾羽打ち枯らし、次の四季支払日までわたしの厄介になるのが好都合だと思っているのかも。あるいは、わたしを監視しているのか。

馬丁見習いがヴィンセントの黒い屈強な雄馬を連れてきた。ヴィンセントはサドベリーの乗る馬を取りに行かせることにした。ちょうど見習いが厩舎《きゅうしゃ》に戻ろうと踵《きびす》を返したとき、馬車道をやってくるもう一人の男が目に留まった。デラメアだ。ヴィンセントは見習いを呼び戻した。「マートンに、今朝は同行を頼むと伝えてくれ」

ヴィンセントが遠乗りに馬丁を連れて出ることはめったにない。しかし、今朝は例外とすることにした。まず間違いなく、デラメアも一緒に行きたいと言うだろう。疑わしい人物二人に取り巻かれるのはいやだった。途中どこかでおじの馬丁頭ジェームズ・ベンジャミンを見つけたら、警ら隊の視察を口実にして彼も同行させよう。

誰かにうしろを見張らせなくては。

「おはよう、諸君」デラメアは石段のそばに馬を止めたが、降りずに、鞍《くら》の上から頭を下げた。

「やあ」ヴィンセントは座ったまま、まぶしい太陽に目を細めてデラメアを見上げた。わたしたちを見下ろすとは、いかにも彼のやりそうなことだ。

「やあ、デラメア」サドベリーがお辞儀をした。

「いい朝だな」

「そうですね」デラメアは厩舎から連れ出されたサドベリー用の栗毛《くりげ》の馬をちらりと見た。「一緒にいいですか？」

「いいとも」ヴィンセントは自分の馬に飛び乗った。サドベリーも続く。「囲い地を行こうか」

「よければ、泉を見たいのだが」デラメアはヴィンセントに並ぶと言った。

ヴィンセントはうなずいた。「こっちだ」

サドベリーが反対側に来て、馬丁のマートンがしんがりにつく。一行は馬車道を離れ、小川の方角に向かって囲い地をゆっくり馬を駆けさせていった。

「昨日きくつもりだったが」デラメアは馬をヴィンセントに近づけた。「昔の隠し通路を覚えているかい？　わたしたちがよく遊んだあの通路を」

ヴィンセントは全身を緊張させて、デラメアを探るように見た。この男は屋敷に侵入する方法を知っていると言って、わたしを苦しめているのか？　あの侵入者を送り込んだのか？　それとも、サドベリーが何げなくあの事件を彼に話してしまったのか？

肉親だと主張するその証拠をあっさり出したということも考えられるが。

「それが何か？」

「一昨夜、泊まったときにそれを見つけようとしたが、発見できなかった。一方の出入り口が食料貯蔵室にあるのは覚えていたが、もう一方が上の廊下のどこにあるのか見つからなかった」

隠し通路を他人が探したと思うと、ヴィンセントは一瞬身震いした。だが、その問題はあとで考えよう。「探した階が間違っている」

「本当に？」デラメアは顎を撫《な》で撫で考え込んだ。「たしかわたしたちが寝ていた階にあったと思うが」

問いかけるようにヴィンセントをちらりと見る。

「あれは昔のわたしの寝室だ、そうだろう？」

「ああ」すると……覚えていたんだ。あるいは推測したか。ヴィンセントはこれ以上その話はしないことにした。

小山を越えると屋敷が見えなくなり、代わってほとりを樹木におおわれた小川が見えてきた。デラメアが小川の左右を見やって、的確に泉に向かう。泉に着くと彼は馬を降りて土手に近づいた。体をかがめて手を流れに浸す。その目はぼんやりとして、まるで過去を覗《のぞ》いているかのようだった。

彼はその手を口もとに運んだ。「このにおい、思い出したぞ」下流を指さす。「そこでわたしたちは釣りをした。その淵《ふち》で」立ち上がる。「耳に釣り針が引っかかったのもその場所だ」

彼は左の耳に手を触れた。全員の目が注がれる。白い傷跡が耳たぶの中央から端に走っていた。

ヴィンセントは思わず口走った。「ものすごい声で泣き叫んだっけ」

デラメアが不機嫌な顔で言った。「とにかく痛かったんだよ。それに、あれはおまえの釣り針だった。蹄鉄工《ていてつ》に切ってもらって、やっと取れたほどだ」

ヴィンセントはうなずいた。またしてもしゃべりすぎたと思いながら。傷跡は古く見えるが、当時イングルウッドにいた誰かからその話を聞いたということもありうるし、傷跡を作ることは可能だ。ヴィンセントはマートンに振り向いた。何十年も前から奉公している馬丁に。マートンは肩をすくめた。今はいい。あとできこう。

一行は泉の上流の幅の狭い場所を飛び越えて、次の丘に向かった。ヴィンセントには考えるべきことがたくさんあった。

ダイアナは玄関広間のテーブルに置かれた郵便物を見るのが怖かった。毎日そこを通るたびに、自分宛《あて》の手紙があるかどうか注意して見る。それから、爬虫《はちゅう》類をよけるように急いでそばを離れるのだった。たぶん二本足の爬虫類を避けているのだろう。だがうれしいことに、イングルウッドに来て以来、デイモスからの手紙は一通もない。

彼は実際、当局に通報したのだろうか？　それは疑わしい。わたしから望みのものを手に入れるほうが、正義を行うよりも彼にとって重要なのは明白だ。脅迫者というのはいつもそうだ。すると、わたしはいたずらに恐れおののいていたのかしら。でも、彼が何をしようと、わたしは絶対にヴィンセントのことは話さない。あの悪党がなぜそれほどまでに知りたがるのかわからないが、いずれにしろヴィンセントのためにはならないだろう。

そのとき突然、ダイアナはあることに思い当たった。わたしの秘密は皆の安全にかかわりないとヴィンセントに言ったとき、わたしは子供たちを奪おうとする連中のことしか考えていなかった。それはたぶんナポレオンの支持者だろうが、ずっと彼らのことしか念頭になく、ヴィンセントにどれほどの脅威が及ぶかは考えていなかった。デイモスに情報を要求されたとき、わたしはヴィンセントが諜報《ちようほう》活動にかかわっていることを知らなかったのだから。

突然、目の前に脅威が大きく立ち現れた。彼に話さなければ。彼を危険にさらすことはできない。

そんな思いが現実になったかのようにダイアナが手紙の山を見ると、あの憎むべき筆跡で書かれた彼女宛の手紙が一通まじっていた。ダイアナは触るのもいやだったが、慌てて手を伸ばした。取り上げようとしたとき、手紙が指のあいだから滑り落ちた。

従僕が拾う前に急いで拾い上げたときだった。玄関から騒々しい音が聞こえてきた。見ると、遠乗りに出た一行が戻ったところで、デラメアとサドベリーをヴィンセントが招き入れていた。ダイアナは手紙をポケットに押し込み、作り笑いを浮かべた。

「こんにちは。先日はどうも」デラメアはダイアナのそばで足を止めるとお辞儀をし、じっと見つめた。「今日はことのほかお美しい」

そのお世辞にはなんの意味もなかったが、彼の目の何かが、ヴィンセントの目によく浮かぶのと同じ激しさがダイアナをあとずさらせた。「ミスター・デラメア、ご機嫌いかが?」

一瞬ダイアナはさらに近寄られるのではないかと思って後退したが、テーブルにぶつかり、それ以上下がれなくなった。その瞬間、ヴィンセントがダイアナを見た。「やあ、ただいま。これからワインを飲むんだが、埃《ほこり》まみれのわたしたちでよければ、一緒にどうだい？」

「まあ、ありがとう」ダイアナはこっそりポケットのなかの手紙に触った。その存在がばれないようにそっと、音をたてずに。上に行って読みたいのはやまやまだったが、ヴィンセントが一緒にいてもらいたがっている気がした。「喜んでお相伴するわ」

一行は階段のほうに歩き始めた。デラメアがヴィンセントの一歩先を行き、ダイアナに腕を差し出した。ダイアナはうまく断る方法が見つからないので、その腕を取り、並んで階段を上った。

「どこに座りますか？」客間に入るとデラメアは気配りを見せた。

「その椅子がいいわ。足のせ台のある」ダイアナはそばにほかの椅子がない席を指さした。そこなら、彼は隣に座ることができない。

デラメアはしかし、せっせとダイアナの世話を焼いた。シェリーのグラスを手渡し、お代わりはどうかと尋ね、もっぱらダイアナに話しかける。ヴィンセントは露骨に不快そうなそぶりはしなかったが、苦々しい思いでいるのは感じられた。ダイアナはデラメアの浮ついた誘いに応《こた》えないように気をつけた。ヴィンセントに不実と思われるのだけはいやだった。

何度かあくびをしたあと、サドベリーは昼寝をするために席を立った。デラメアは礼儀正しく三十分ほど残り、帰っていった。ダイアナの前で立ち止まり、手にキスをして。ヴィンセントが見送ってきたらすぐ、ダイアナはデイモスのことを話すつもりだった。手紙を見せようと思った。

しかし、客間に戻ったヴィンセントをダービンが待っていた。家令のラガートンが話したいことがあると言う。「すまない、ダイアナ。話はまたあとで。

まず用事を片づけなくては」

ヴィンセントは執事と廊下に消えた。ダイアナは一瞬考えた。それから立ち上がり、自分の部屋に戻った。護衛があとからついてきた。

これまでで最悪の手紙だった。今回デイモスはうわべの丁重さすら見せなかった。怒り狂っていた。

〈レディ・ダイアナ。役立たずの売女《ばいた》め
ロンズデールのベッドでしばし楽しむがいい。それもまもなく終わりだろうから。わたしの美しい娼婦《しょうふ》よ、一人も――誰一人として、わたしから受けた恩を返さなかった者はいないのだ。必ず返してもらうぞ。おまえはわたしの沈黙に甘え、ささやかな頼みにさえ応じてくれない。だが、わたしはおまえを利用せずにはおかない。おまえはわたしから金を受け取った。その元は絶対に取る。

巡査のことは心配するな。わたしが自ら迎えに行く。わたしにつかまったら、おまえは死刑執行人を送られたほうがましだったと思うだろう。わたしを恐れろ、いとしの娼婦よ。わたしを恐れろ。

デイモス〉

ダイアナは手紙をくしゃくしゃに丸めて、身震いした。立ち上がり、長いこと震えていたが、やがて手紙を火の消えた暖炉にほうり込み、火打ち石に手を伸ばした。手紙をヴィンセントに見せたくなかった。彼に打ち明けはするが、嘘《うそ》を書き連ねたこんな手紙は読ませたくなかった。まるでわたしがお金のためにあの悪魔の情婦になったかのような口ぶりだ。わたしはそこまで落ちぶれはしなかった。

これからも決して……。

でも、ヴィンセントはそれを信じるだろうか？

ヴィンセントにすべてを話すと決めたダイアナは

夜まで待ちきれなかった。だが彼の用事は午後いっぱいかかり、そのあいだダイアナは自分の部屋を歩き回った。彼とサドベリーと三人で食事をし、客間でお茶を飲んだときも、内心ずっとやきもきしていた。男たちがチェスを始めると、読書するふりをしながらヴィンセントのハンサムな横顔をほれぼれと見つめた。

打ち明けたあとでも、彼はわたしを美しいと思うだろうか？

ゲームとブランデーに興じる二人を残して、ダイアナは部屋に戻り、ナイトウエアに着替えた。そしてまたいらいらしながら歩き回っていると、ヴィンセントがドアをノックした。彼は入るが早いか鍵《かぎ》をかけて、ダイアナを抱き締めた。ダイアナが話をしようと口を開くと、長いキスで黙らせた。

彼はダイアナを解放するとすぐにしゃべり始めた。「デラメアのことできみと話がしたい」ベッドの端に座り、ブーツを脱ぐ。

まあ、あの男がわたしを口説いたので怒っているのね。「ヴィンセント、わたしは……」

しかし、彼はおかまいなしに続けた。「デラメアは今日、ゆるがせにできないことをいくつか言った」

あら、違う話だわ。ダイアナはヴィンセントのそばに座った。「たとえばどんな？」

「イングルウッドのことを詳しく覚えていた」体をよじってシャツを脱ぐ。ダイアナは胸をおおう胸毛に目をやり、また顔に視線を戻した。「彼がこの前泊まった部屋は自分の部屋ではなかったかときかれた。実はそうなんだ。それに気づくか試してみたんだが」ズボンを脱ぎ捨て、ヘッドボードにもたれてダイアナを引き寄せる。

「それで気づいたわけね」ダイアナは肩に頭をすり寄せた。とても気持ちが安らぐ。彼に打ち明けたくない。この心地よさを台なしにしたくない。

「たぶん」ヴィンセントは一瞬、遠くの壁を見つめた。「彼は、わたしがそう出ると予測したとも考えられる。そして、その推測に賭《か》けたのかも」

「彼はそれくらいやりかねないほど抜け目がないわ。そうしたって、失う物は何もないから」顎をくすぐる胸毛を指でもてあそぶ。「仮に間違えたって、忘れたと言えばすんでしまうもの」

「何についてもそう言えるのさ。わたしたちが尋ねる何についても。なにしろ二十年前のことだから」ぼんやりとダイアナの腿を撫で始める。「だが、ほかにもあるんだ。彼は泉への行き方を知っていた」

「たぶん前に偵察したのよ」

「そうかもしれない。わたしだって詐欺を計画したら、きっとそうする。何者かが嗅《か》ぎ回っているし」

「あの人だと思う？　敵に情報を与えているのは」

それは恐ろしい質問だった。ダイアナは少し体を起こして、ヴィンセントを見上げた。

ヴィンセントは安心させるようにまた引き寄せた。「デラメアは秘密の通路も知っていた。わたしにそれをきいたほどだ。彼はわたしをからかっているのだろうか？　やれるものなら仮面を剥《は》いでみろと」言葉を切って考え込む。「だが待て、煙突のことまでは知らないはずだ――本当にヘンリーでなければ。わたしたち以外にそれを知っているのは、厨房《ちゆうぼう》で働いていたか煙突修理の人間だ。彼がヘンリーでないなら、その人物から情報を買ったということは大いにありうる。だが、釣り針の件もある」

「釣り針って？」

ヴィンセントはにっこり笑ってダイアナの額にキスをした。「子供のころの事故さ。よく覚えている。彼にもその場所に傷跡があって、今でも怒っているんだ。刺さったのがわたしの釣り針だったので」

「まあ。そうなると本物みたいね」顔を上向ける。

「いかにもヘンリーらしいのさ。兄はなんでもわたしのせいにした。わたしの物はなんでも欲しがった」顔を下げて、ダイアナの唇をキスでなぞる。「きみまでも。彼はきみが欲しいことを隠そうともしない」

「あの男がヘンリーならね」

「彼が何者だろうと」キスを再開する。今度はもっと激しく、深く……。ダイアナは彼の欲望のあかしが硬くなるのを感じた。「きみを手に入れることはできない。わたしはいつもおもちゃをヘンリーに取られたが、大切なきみだけは渡さない」

「ああ、ヴィンセント」ダイアナは彼の首に腕を回して抱き締めた。

喉もとに彼の唇が滑り下り、片方の手が胸のふくらみに触れる。「きみが欲しい。きみに触れ、きみのにおいを嗅ぎ、きみの声を聞きたい。ああ、きみへの欲望で燃え尽きそうだ」


ヴィンセントはダイアナを腕に横たえた。薄いナイトウエアの上から胸の先端を口に含む。快感が全身を貫き、ダイアナはあえいで身をのけぞらせた。ナイトウエアの裾《すそ》に彼の手がかかったかと思うと、ゆっくり太腿まで這《は》い上がり、付け根で止まった。

ヴィンセントの指が甘くうごめく。同時に舌と唇で胸を愛撫《あいぶ》され、ダイアナの頭のなかは真っ白になった。彼の手に体を押しつけて身悶《みもだ》える。息も絶え絶えになり、彼のささやく声もぼんやりとしか聞こえない。

「そうだ、ダイアナ。今だよ」

ダイアナはめくるめく世界にのぼりつめた。喜びの叫びはいつものようにヴィンセントの口にのみ込まれ、ダイアナは彼の腕のなかで激しく痙攣《けいれん》した。やがて恍惚《こうこつ》の波が静まったとき、ヴィンセントが身を翻しておおいかぶさり、腰を沈めた。

もう一度。そしてまた、もう一度。

どれくらい睦《むつ》み合っていたのか、何度のぼりつめたのか……。ふたりは喜び、疲れ果ててまどろんだ。しばらくして体が冷えてくると寝具の下にもぐり込み、抱き合って眠った。

結局話せなかった。眠りに落ちる寸前、ダイアナは思い出した。またひと晩延ばしてしまった。でも、話さなくては。すぐに。

ああ、なぜそれがこんなに難しいの？

翌朝、書斎のドアにノックの音が響き、スロックモートンが来たことがわかった。ヴィンセントはゆうべの甘美な思い出を中断して呼び入れた。

元ボクサーはドアを開けると、ヴィンセントが手を振って指示した椅子に座った。「反応がありました」

「そうか」ヴィンセントは椅子の背にもたれ、足をデスクにのせて組んだ。「早かったな」

「ええ、そうですね。酒場にほんの二、三時間いただけですが、やってきたみんなと近づきになって、話をしました。へべれけだと思われるぐらい飲んだんですよ」彼はにやりと笑った。「浴びるほどエールをね」

「それで、何がわかった？」

スロックモートンは顔をしかめた。「まだ子供たちを狙《ねら》ってるやつがいます」

「続けろ」ヴィンセントの目が険しくなった。

「帰ろうとして酒場を出てものの五分としないうちに、藪《やぶ》からランタンを下げて男が出てきました。子供じゃないが、一人前の男でもない若いやつで。わたしと話したがってる男がいるって言うんです」

「その若い男はどんな顔だった？」

スロックモートンは一瞬、部屋の片隅を見つめた。「髪は明るい茶色」目をつぶって、すぐに開ける。「旦那《だんな》さんほど背は高くなく、痩《や》せこけていました」

「歯が一本欠けていなかったか。横の歯が?」

「ええ、そのとおりで。彼をご存じなんですか?」

「たぶん、そいつはトバイアス・ホーキンズだ。あの家族にはできる限りの償いをしたのに、あいつはまだわたしを恨んでいる」ヴィンセントは足を下ろして腕を組んだ。「ほかには?」

「やつはわたしに会いたがってる男がいると言って、接触する時間を決めたがりました」元ボクサーはにんまりした。「これこそ旦那さんが狙っていたことだろうと思い、今夜、こっそり抜け出して会いに行くといいました。まずやつに金をもらえるかときいて」

「あいつはもらえると言っただろう」ヴィンセントは苦笑いを浮かべた。

「ええ」スロックモートンは顔をしかめた。「金をくれなければだめだってことははっきりさせました。ただで信頼は裏切れないと」

スロックモートンが背信行為を軽蔑《けいべつ》していることは、声にはっきりにじんでいた。ヴィンセントはため息をついた。彼のような人間がもっと多くいれば。

「わかった。接触する場所はどこだ?」

「小道の脇《わき》に、ぶなの大木があるとかで……。帰り道、確かめてきました。そのすぐうしろの空き地だそうです」

「そこなら知っている」絶好の接触場所だ。「時間は?」

「月が昇ったすぐあとに」

「それなら、わたしはかなり前に行ったほうがいいな。長く待ったとしても、姿を見られるよりはましだ」くそっ。ダイアナと過ごす時間を奪われそうだ。夕食も。サドベリーを納得させる出かけるときの口実も考えなくては。「おまえが来たときわたしの姿が見えなくても心配するな。見られないようにしているから」

「了解。わたしは月の出とともに行きます」

「よし。子供たちのそばにはフィーサムを置くことにしよう。よくやった、スロックモートン」ヴィンセントは立ち上がった。「今夜、わたしたちは狩りをするぞ」

## 15

ヴィンセントはぶなの木の枝から、開けた場所とその周囲の森を調べる男を見張っていた。やはりトバイアス・ホーキンズだ。ヴィンセントは残忍そうな笑みを浮かべた。トバイアス、遅いぞ。こっちはもう何時間も前から来ているんだ。人はめったに目を上げて頭上を探ることはない。少なくともホーキンズのような素人は。ヴィンセントは顔に煤《すす》を塗り、全身黒ずくめの格好で葉と蔦《つた》のなかに隠れ、大きな木の叉《また》に座って身動きひとつせずにいた。たとえホーキンズが彼のほうを見上げても、見つけることはできなかっただろう。

問題はホーキンズの共謀者がどこにいるかという

ことだった。彼が情報を提供した人物はどこか？　何者なのか？　運がよければ、まもなくその答えが出るはずだ。ヴィンセントは葉のあいだから覗《のぞ》き見たい衝動と闘った。その男の居場所を探し出したい。だが、見つかる危険を冒すことはできない。たぶん共謀者がまだ来ていないのでホーキンズが偵察しているのだろう。

やっとホーキンズが遠ざかっていき、ヴィンセントは楽な体勢に戻った。満月から二日たった月が昇るのは暗くなってからだ。日が沈んでいく。葉のあいだから差し込む暖かみのある色が、しだいに黄昏《たそがれ》の薄紫色に変化していく。快い夕暮れだ。見上げるとたくさんの星が見え、地平線の上に銀色の丸い月が現れた。ヴィンセントはあたりに目を凝らした。

小道から調子っぱずれの口笛が近づいてきた。スロックモートンだ。ヴィンセントは静かに下に移動した。月の光はまだ開けた場所に届いていない。今なら、移動しても大丈夫だろう。

口笛がやんだ。スロックモートンが空き地に入り、一帯を用心深く捜索する。それからぶなの木の幹にもたれ、分厚い胸の前で腕を組んだ。ヴィンセントは息を殺し、聞き耳をたてた。周囲の灌木《かんぼく》がかすかに揺れ、ホーキンズが来たことがわかった。

スロックモートンが体を起こした。「誰だ？」

「おれだよ、旦那《だんな》」ホーキンズが森から現れた。

「おれに会いたいってやつはどこだ？」

「じきに来る」ホーキンズは不機嫌だった。「落ち着きなって」

「そいつは何者だ？　地元の人間か？」スロックモートンはじりじりとぶなの木から離れた。

「いや、ロンドンの人間だ」

「そいつがここで何をしている？」

「おっかねえことを。その人のご主人は貴族さまだ」今やホーキンズの口ぶりはとても誇らしげだ。

「どえらい貴族さまさ」

「名前は?」

沈黙。

スロックモートンは威嚇するようにつめ寄った。「いいか、小僧。おれは取り引き相手が誰か知りたいんだ。その貴族の名前は?」

突然、灌木のなかがざわついた。ヴィンセントとスロックモートンはそちらに注意を集中した。不意にスロックモートンがホーキンズに飛びかかり、突き飛ばした。「気をつけろ!」

銃声が轟《とどろ》いた。銃口から散った火花が、空き地を一瞬照らし出す。スロックモートンが叫び声をあげてホーキンズの上に倒れ込んだ。ヴィンセントは急いで木から下り、地面に下り立つとすぐ転がり伏せた。下生えの灌木を人が猛然と走り抜ける音がする。狙撃《そげき》者が逃げたのだ。追跡しようとしたヴィンセントは、スロックモートンが倒れたままだということに気づいた。

ヴィンセントは立とうとするホーキンズの腕をつかんだ。「立つな!」そして、起き上がろうとしたスロックモートンの肩をつかみ、反対側にホーキンズを押しやった。「彼を森のなかに運ぶんだ!」少年は呆然《ぼうぜん》としたまま従った。二人でスロックモートンを半ば引きずるようにして森の際まで運び、物陰に隠れる。ヴィンセントは苦しそうにあえぐスロックモートンのそばに膝をついた。「怪我《けが》はひどいのか?　弾を食らったのか?」

「大丈夫です。ただちょっと息が苦しいだけで」スロックモートンは上着の内側に手を入れた。「うーむ、たぶん……」ヴィンセントに差し出した手はぬるぬると光っていた。

「やられたな、確かに」ヴィンセントは隣にしゃがみこんでいる少年に振り向いた。「おまえの仲間とやらがどんな人間かわかっただろう?　そいつはおまえを撃とうとしたんだぞ。スロックモートンが助けなかったら、おまえは撃たれていた」

「きっと名前を明かされてしまうと思ったのさ」スロックモートンは片膝をついた。

「でも、おれは知らねえ」ホーキンズが言った。

「だが、おまえは質問に答えすぎていた」ヴィンセントは立ち上がり、スロックモートンに腕を貸した。

「立てるか?」

「はい。ちょっと痛むだけです」彼は立ち上がった。

ヴィンセントはホーキンズに振り向いた。「仲間は何人いる?」

「おれは一人しか見てねえ」じりじりとあとずさる。

ヴィンセントはまたホーキンズの腕をつかんだ。

「さあ、手伝え。彼を屋敷に連れ帰るんだ」少年を怒りに任せて揺さぶる。「チャンスをやったのに。

おまえは仕事を辞め、逆恨みをしている」

「違う。あんなのはたいした仕事じゃねえ」少年は顔をしかめた。「鍋《なべ》をごしごし磨いて、煙突から燕《つばめ》を追い払うだけじゃねえか。そもそも、あんたは姉ちゃんを大火傷《やけど》させかけたんだぞ」

「あれはわざとではない。おまえがまっとうな仕事に就きたいのなら、そのへんから始めなくてはならんのだ。さあ、黙ってそっちの腕を取れ」

ホーキンズはふてくされた顔で従った。イングルウッドへと帰る道々、ヴィンセントの胸には怒りと不安が渦巻いていた。彼は自分の鍵《かぎ》で裏口から入ると、スロックモートンをダイアナの向かいの部屋に連れていき、ベッドに座らせた。

それからホーキンズを椅子に座らせ、人差し指を振って命じた。「動くな」廊下に陣取る護衛たちが興味津々の面持ちで見ている。「こいつを見張れ」ヴィンセントは言った。

彼は次に、子供部屋の隣にある乳母の寝室に行ってノックした。乳母は化粧着のボタンをはめながら戸口に出てきた。ナイトキャップがずれている。

「スロックモートンを見てくれ」乳母は無言で従った。部屋の前まで戻ると、ダイアナが向かいの部屋から姿を現した。「なかにいなさい」ヴィンセントは言った。彼女をホーキンズの近くに置きたくなかった。

「いやよ」ダイアナはきっぱりと言った。「スロックモートンが怪我をしたのなら、助けなくては」

ヴィンセントは肩をすくめた。言い争っている暇はない。乳母の手を借りて上着を脱いでいるスロックモートンのところに行った。「怪我の具合は？」

「まだわかりません」乳母が上着を渡す。

ヴィンセントは渡された上着をかざして、弾の穴を捜した。乳母はシャツを頭から脱がせている。

「これは驚いた！」ヴィンセントは皆に見せようと上着を差し出した。「内ポケットに本があったとは」

「そのとおりで」スロックモートンは上着を受け取り、弾の穴に指を突っ込んだ。「穴の開いた本か」悲しげにほほえむ。「これでロビンソン・クルーソーのその後がわからなくなっちまった」

「本ならまた買ってやる。おかげでおまえが助かり、わたしはうれしい」

「ええ、本当によかった」ダイアナは傷口を調べる乳母を手伝おうとそばに行った。「皮膚のすぐ下に弾が見えるわ。本のおかげね」そっと傷口を広げ、指先で弾丸をつまむ。それをなんとか取り出すあいだ、大男は顔をしかめながらもじっと座っていた。

乳母が戸口に向かう。「包帯を取ってまいります」

ヴィンセントは近くにいた従僕に言った。「わたしの部屋からブランデーを持ってきてくれ」

取りに行こうと振り向いた従僕はサドベリーとぶつかりそうになった。

「何かあったのか？」サドベリーはあくびをした。鹿革《しかがわ》の膝丈ズボンの上に慌てて羽織ったらしい部屋着のベルトを結んでいる。靴を履いておらず、髪も乱れていた。「顔の黒いのはなんだい？」

ヴィンセントは顔に煤を塗ったことを忘れていた。慌てて手でこする。そのとき一瞬、サドベリーのズボンの膝に泥がついているのを見たように思ってホーキンズを見やった。だが、彼を見知っている様子はない。それでも、説明するのは気が進まなかった。「話せば長くなるんでね」

「怪我をしたのか？」サドベリーはスロックモートンの胸をじっと見た。

「いいえ、ほんのかすり傷で」スロックモートンはシャツで血を拭《ぬぐ》い取った。「あと、でかいあざが」

ダイアナは椅子に沈み込んだ。「本当にごめんなさい、スロックモートン。わたしや子供たちのためにこんなことになって」

「それは違います。リングでは何度ももっと大怪我をしました。わたしはビザム坊っちゃんとミス・セリーナのためならなんでもやります」

「ああ」涙がダイアナの頬を伝い落ちる。

「レディ・ダイアナ」元ボクサーは泣きそうな顔になった。「わたしなんかのために泣かないでください」

ヴィンセントは彼女の肩に手をかけた。「ブランデーをちょっぴり傷にかけて、あとは飲めば、大丈夫だよ。さあ、ベッドに戻るんだ。サドベリーも。今夜はわたしが付き添う」彼はホーキンズを指さし、従僕に告げた。「そいつを下に連れていって、どこかに閉じ込めておいてくれ。処分はあとで決める」

それは難しい判断になりそうだった。罪の意識は決断を困難にする。

次にダイアナがヴィンセントと顔を合わせたのは翌朝、朝食のときだったが、二人きりで話す機会はなかった。ヴィンセントが椅子を引いて彼女を座らせているとき、サドベリーが入ってきたのだ。

サドベリーは皿を持って料理ののったテーブルに行った。「ゆうべ見張りをつけたあの小僧、あいつが誰かに情報を提供していたのか？」

ヴィンセントはうなずき、ハムをほおばりながら答えた。「そう思っている」

「話してくれればよかったのに」サドベリーは非難がましい視線を投げた。「もっときみの役に立てたと思うよ」

「ありがとう。でも、ゆうべは腕力より隠密《おんみつ》行動が必要だったので」ヴィンセントはひと口噛《か》んだ。

「あの少年は何者？」ダイアナはスコーンにバターを塗り、ひと口かじった。

「名前はトバイアス・ホーキンズ。以前、しばらくここで働いていたが、わたしを恨んでいる」

ダイアナとサドベリーは物問いたげに彼を見た。

ヴィンセントはため息をついた。「わたしがやけになっていたころのことだ。彼の姉に大火傷を負わせそうになった」

「こりゃまた！」サドベリーがジャムに手を伸ばした。「どうしてだ？」

ヴィンセントは口もとをゆがめて笑った。「当時のわたしはいつも一杯機嫌だった。彼の姉はここから数キロ離れた居酒屋にいた娘でね。酔っぱらったわたしは、うっかり彼女を突き飛ばしてしまった……」ダイアナをちらりと見る。「彼女に言い寄ろうとして抵抗されたんだ。暖炉の近くだったので、長い髪に火がついた。わたしは酩酊《めいてい》していて床に倒れ込んだ。彼女の髪が燃えていたというのに」

ひと息入れて、遠くに目をやる。その瞳には深い後悔の色がにじんでいた。

「わたしがむしろつらく当たったのはそれからだった。彼女が居酒屋を辞めるまで困らせ続けた。父親はもう死んでいたから、家族には彼女の給金が必要だったのに」

再び朝食をぱくつき始める。もう話す気はないのだろうかとダイアナは思った。「でも、トバイアスのことは？」

「その後、わたしは自分の愚かな行為の償いをしようとした。わたしの借家人でもないのに、暮らしに困らないように援助してやった。彼女は許してくれたと思う。だが、二年ぐらいして母親がやってきた。トバイアスが悪い仲間と付き合い、手に負えないと言った。そこで彼に仕事を提供した」

「でも、仕事など欲しくなかったんだな」サドベリーは料理を取りにまたテーブルに行った。

「そうだ」ヴィンセントも加わり、二人とも皿に山盛りのせる。ダイアナはその量を見て肝を潰《つぶ》した。

「手に職のない彼だから、流し場で仕事をさせた。だが、彼は真面目《まじめ》に働くどころか、相変わらずわたしを敵視し、ダービンに生意気な口をきき、コックに反抗した」

「だから、解雇せざるをえなかったのね」ダイアナは皿を押しやり、コーヒーをすすった。

「違うんだ。彼は結局、家に逃げ帰った」またしてもヴィンセントの顔に悲しみの陰が浮かんだ。「彼はわたしへの怒りを悪さをする口実にしている。ほかの誰よりもわたしにはその気持ちがわかる。しかし……」言葉を切って、首を振る。

「ばかなやつだ」サドベリーはダイアナに注《つ》ごうとコーヒーポットをつかんだ。「きみはできるだけのことをしたんだよ」

「彼をどうするつもり？」

ヴィンセントは思案しながら首のうしろを揉《も》んだ。

「それが問題なんだ。どうしたものか」

「治安判事に突き出せ」サドベリーは注ぎたてのコーヒーに息を吹きかけてさました。

「それでもいいが」ヴィンセントは窓の外を見つめ

た。「そうすると、話したくないことまで話さなくてはならない。それに……」

「まだうしろめたいのね」ダイアナは突然気づいた。「あなたはおじさまがしてくれたことを彼にしてやりたいんだわ」

「彼には誰かが必要だ」ヴィンセントは悲しそうな顔をダイアナに向けた。「罪悪感はもうない。わたしは自分の行為を後悔しているが、過ちを正そうとできるだけのことをした。でも、彼の母親のためにもこれ以上面倒を起こさせたくないんだ」

「それは無理だよ」

ヴィンセントはサドベリーを見た。「確かに。ホーキンズは自分がしでかしたことの責任をとらなければならない。だが、彼を解放すれば、彼の主人とやらは今度こそ狙《ねら》いをはずさないだろう」

サドベリーは考え込むように目を細めた。「その点はきみの言うとおりだ」

「それなら、ここに置くのがいちばんね」ダイアナが立つと、二人の男もすばやく立ち上がった。「失礼して、子供たちとスロックモートンの様子を覗いてみるわ。彼はもう元気になったから仕事に戻ると言っているけど……」

「彼なら大丈夫さ」ヴィンセントは戸口までダイアナを送った。「すこぶる頑丈にできているから」

「そのようね」二人は廊下に出た。ダイアナはちらりと居間を振り返った。サドベリーはまたコーヒーを飲んでいる。「ヴィンセント、二人だけで話したいことがあるの。あなたの都合のいいときに」

「では、今日の午後、ホーキンズの件を片づけたあとで。きみの言うとおり、彼はしばらくここに置く」すばやく周囲を見回し、近くに誰もいないとわかるとダイアナの唇にさっとキスをした。声を低める。「ゆうべは寂しかった。今夜はこれ以上の騒ぎが起きないことを祈ろう」

ダイアナは笑顔で見上げた。「きっと大丈夫よ」

これ以上招かれざる客が現れたら、その人間をどこに入れればいいのか。本当なら、ホーキンズとサドベリーとデラメアは一緒くたにして、敵か味方か見極められるまで閉じ込めるべきなのだ。敵が姿を現すことをヴィンセントは望んでいた。だがそれは、敵の正体がもっと明確になるという意味で願っていたのだ。

ヴィンセントは翌朝、ホーキンズを怖い顔でにらみつけ、今の雇い主について尋ねた。弾の的になったことが少年にはよほどこたえたようだった。それでも残念ながら彼は言い渋り、価値のある情報はほとんど得られなかった。

情報を求めてホーキンズに接近してきたと思われる男はヴィンセントの知り合いにはいなかった。その男の主人が〝大物貴族〟だということ以外、ホーキンズは何も知らなかった。彼は蝙蝠《こうもり》を煙突に侵入させる手伝いをしたことを自慢げな口ぶりで認めた。ヴィンセントは怒りのあまり、彼を激しく揺さぶりたくなった。

あるいは乗馬鞭《むち》で引っぱたくか。

結局、ヴィンセントはホーキンズを最上階の使用人部屋に閉じ込めさせた。そこなら悪さはできないし、殺されることもないだろう。もちろん窓から逃げようとして墜落し、首の骨を折るということは考えられる。それだと手間が省けるのだが。ヴィンセントは深刻な顔で考えながら客間に向かった。あいつのために多大な時間と労力が失われた。

やっとダイアナと二人だけで話せるときが来た。

彼女が秘密を打ち明ける決心をしたのかもしれないと思うと、気分も足取りも軽くなった。だがしかし、居間に入ったとたん、ヴィンセントは失望の波に襲われた。デラメアがソファーでダイアナの隣に座っていたのだ。膝と膝を触れ合わせ、英雄気取りで海の冒険談で彼女を楽しませている。

ヴィンセントは戸口に数秒立ち止まり、耳をすました。くそっ！　実際は自慢家のくせに、なぜか真面目くさった口ぶりだ。それも、女心をときめかせる話し方で巧妙に自分を売り込んでいる。あるいは欲望をそそっているのか。

ヴィンセントは歯ぎしりした。

結局、ヴィンセントにとっては非常に不愉快な午後になった。彼が客間に着くやいなや、昼食の用意ができたことが告げられ、デラメアも昼食に招待するしかなくなった。当然、サドベリーも加わった。ヴィンセントはダイアナに向かって肩をすくめ、いらだたしげな視線で思いを伝えるしかなかった。

ヘンリー・デラメアの本性を知るには、彼の存在に我慢せざるをえない。しかし、ダイアナと二人きりで話す時間が必要な今はごめんだった。いやでいやで仕方がなかった。デラメアが何者であろうと、ヴィンセントは彼を敵だとみなしていた――自分からその地位を奪い取ろうとしている人間だ、と。愛する女性も奪おうとしている男だ、と。

彼が兄であろうとなかろうと、じきに決着をつけるときが来るだろう。

昼食が終わるころ、召使いが乳母からダイアナへの伝言を持って現れた。来てほしいと言う。

「では、失礼します」ダイアナは立ち上がった。「子供たちがどうかしたのか見に行かなくては」

ダイアナが席を立ってわずか数分後、男たちが食堂でワインを味わっていると、当の乳母が戸口に現れた。「旦那さま、ちょっとお話が」

ヴィンセントは中座して廊下に出た。「どうした？　子供たちの具合が悪いのか？　ビザムが昨日、鼻をぐずぐずさせていたが……」

乳母は手を振った。「いえ、坊っちゃまはとてもお元気です。お母さまと一緒にいます。わたし、ちょっと考えまして……旦那さまがよろしければ、ミスター・デラメアと少しお話ししてみたいと。ご自分で言うとおりのお方でないとすれば、わたしにわかると思いますので」

今までなぜそれを思いつかなかったのだろう？最近は心配事がありすぎたからか。考えてみれば、兄かどうかを見極められるいちばんの人間は乳母だ。詐欺師の仮面を剥《は》げるかも。「それはいい考えだ。彼を庭の散歩に誘ってみよう」

ヴィンセントは食堂に振り向いた。「デラメア、乳母のマーショーが旧交を温めたいそうだ。今日の午後は空いているかい？」

「いいとも」戸口に来たデラメアはヴィンセントに目配せをして、しわの寄った乳母の頬にキスをした。

「楽しみにしているよ」

「わたしのことはおかまいなく」サドベリーは伸びをした。「昼寝をするから」

サドベリーは階段を上り、ヴィンセントと乳母、デラメアの三人は外に出た。彼らは午後のほとんどを連れ立って散策し、子供のころの話をしてはもっぱら笑い合った。デラメアが覚えていない出来事も二、三あったが、乳母の話に出たほとんどのことを自分がやったと告白した。ときには詳しい説明を加えて。ヴィンセントはどう考えたらいいのかわからなくなった。

彼はどれもまったく覚えていなかった。

ダイアナはいらだちのあまりわめきたくなった。ヴィンセントと話をしようとするたびに、誰かが、あるいは何かが邪魔をする。今夜、彼がベッドに来たら、デイモスのことを話そう。彼の口にストッキングをつめてでもキスさせないようにして。キスをされると、決心が鈍ってしまうから。

ああ、話を聞いたあとでも彼がキスしたいと思ってくれればいいけれど。

彼らは小さな食堂で静かに夕食をとった。デラメアは乳母との散歩を終えると、村の宿屋に帰っていった。ヴィンセントは何かに気をとられている様子だったが、ときどき親密な視線をダイアナに投げた。椅子を引いて座らせてくれたとき肩にさっと触れた手は、間違いなく偶然ではなかった。ダイアナはほほえみ返した。愛にうずき、恐怖に重い心で。

最初のコースが終わったとき、召使いが厨房《ちゅうぼう》からやってきた。「ジェームズ・ベンジャミンが旦那さまにおいでいただきたいそうです。重要な用件だとか」

「わかった。ちょっと失礼するよ、ダイアナ」

もういや。これ以上の面倒はごめんだわ。わずかにあった食欲も消え失《う》せた。ヴィンセントはダイアナの返事も待たずに急いで食堂をあとにした。サドベリーは平然と食べ続けている。

数分後、ヴィンセントは戻ってきた。「出かけなければならない。いつ戻れるかはわからない」

「問題か？」サドベリーが立ち上がった。

「たぶん。でも、きみは食事を続けてくれ」

「そうはいかないよ」サドベリーはヴィンセントのすぐあとに続いて、急ぎ食堂を出た。

ああ、また何かが起きたのね。おそらくヴィンセントにとって危険なことが。でも、サドベリーは？　まさか彼がヴィンセントの敵？　次の瞬間ダイアナはあることに思い当たり、息が止まりそうになった。もしかしてこれはもうひとつの陽動作戦かも。敵はまた子供たちに魔の手を伸ばそうとしているのかも。スロックモートンは負傷し、そして今……。

ダイアナは階段を駆け上がった。

ヴィンセントとサドベリーは厩舎《きゅうしゃ》に行った。ベンジャミンが膝をついてテリアの子犬を調べていた。二人が入っていくと、彼は顔を上げた。「これは鼠《ねずみ》捕り屋の犬のようですが、血がついています。大量に」

「鼠の血か？」サドベリーは子犬を覗き込んだ。

「いえ。もしそうならよほど大きな鼠です」ベンジャミンは犬の毛に手を走らせた。「こいつが怪我をしているわけでもありませんし」

ヴィンセントも片膝をついた。「だが、血でぐっしょり濡《ぬ》れている」恐怖で胸がぞくりとした。鼠捕り屋が傷ついたのかも。彼を捜さなくては。だがもちろん、そうは言えない。ヴィンセントは言った。「この犬の主人が助けを必要としているらしいな」

「こいつが主人のところに案内できるんじゃないか？」サドベリーは思慮深げに犬を見つめた。

ヴィンセントは一瞬考えた。サドベリーを信頼できさえすれば手伝ってもらえるのだが。今日の午後ずっと、彼はどこに行っていたのか？　彼こそ脅威かもしれないではないか。

だが、ここは運を天に任せざるをえない。血の量を考えれば、一刻を争う。「やってみる価値はあるな」ヴィンセントは立ち上がった。「わたしたちは徒歩で行く。ベンジャミン、おまえはもう一人、二人連れて馬で来い。馬が必要になるかもしれない」

厩舎の戸口まで行き、犬に指を鳴らす。「さあ、おいで」犬が尻尾《しっぽ》を振って寄ってきた。ヴィンセントは一歩下がり、なだめすかすように告げた。「さあ、主人のところに案内しておくれ」

わかったのか、犬はぱっとヴィンセントの横を走り抜け、黄昏のなかに飛び出した。ヴィンセントとサドベリーがあとを追う。ベンジャミンは二人の馬丁の名を呼びながら、自分の馬に走った。薄暗がりのため、一瞬ヴィンセントは犬を見失ったが、少し先で犬は待っていた。そしてまた、二人と一匹は小道の方向に駆けだした。

　大きく引き離されたと思うたびに犬は走り戻り、ヴィンセントが見えてくると、また待ちかねたように走っていく。

　サドベリーは息を切らした。「あいつは絶対に知っているぞ」

「そうらしいな」ヴィンセントはうなずいた。

　そのとき二人はまた子犬を見失った。立ち止まってひと息入れていると、少し離れた場所から犬の吠《ほ》える声が聞こえてきた。その声を追って小道をはずれ、溝を越えて、小さな雑木林に入る。テリアが地面に横たわる黒いものをくんくん嗅《か》いでいた。ヴィンセントは走り寄り、膝をついた。ああ、恐れていたことが。男が倒れていた。背中に刺さったナイフが肩甲骨の近くに突き出ている。みすぼらしい茶色の上着が血で濡れていた。

　ヴィンセントが腕に触ると、男は動かなかったがうめき声をあげた。よかった。「生きている」

「長くはもたないぞ」サドベリーは血に染まった上着の袖《そで》に触った。「出血がひどい」ヴィンセントはナイフに手を伸ばした。サドベリーがその手をつかんで止める。彼は言った。「このままにしておこう。それを抜いたら血が噴き出す。まず屋敷に連れていくんだ」

　確かにそのとおりだとヴィンセントは思い、大声でベンジャミンを呼んだ。ほかの馬丁たちと小道で待っていたベンジャミンは溝を飛び越え、雑木林に入ってきた。彼は馬を降りると、倒れている男の上に身をかがめた。

「鞍《くら》に乗せますか？」

　ヴィンセントは躊躇《ちゆうちよ》し、ちらりとサドベリーを見た。「どうしよう？　鞍に乗せると頭が下がる。もっと出血するかもしれない」

　サドベリーがうなずく。「抱いて支えるほうがいい」

ヴィンセントは鞍にまたがった。「彼を抱え上げてくれ。わたしが引き上げる」

三人はどうにかぐったりして重くなった怪我人を馬に乗せた。ヴィンセントは男を片腕でぎゅっと支えたが、男はがっくりうなだれ、馬のたてがみに頭をもたせかけた。もはやうめき声も出ない。

「急ごう。二人乗りで行くぞ」ヴィンセントは慎重に溝を渡った。「一人先に行って、マーショーにスロックモートンを手当てした部屋の準備をさせてくれ。わたしもできるだけ急ぐが、そっと運ばないと」

もし助かれば、この男はしっかりと警護できる場所に置いておきたい。見張りをあまりまばらに配置したくはない。これ以上犠牲者が出たら、介護病室を設けなければならなくなる。ベンジャミンと一人の馬丁を乗せた馬は夕闇《ゆうやみ》のなか、全速力で走り去った。

残る一人の馬丁と同乗したサドベリーがヴィンセントに並び、手を伸ばして、彼の抱える怪我人を支えた。走りにくいが、男の体を安定させる役には立った。永遠とも思える時間のあと、やっと彼らは屋敷に到着した。ヴィンセントは、すのこ橇《ぞり》とともに待ち受けていた数人の従僕たちの手にそろそろと怪我人を託した。

「ドルトン先生を呼んできますか？」

「頼む。大至急だ」ヴィンセントはうなずき、配下の者を――公然とは認められない彼を運び上げる従僕たちのあとに続いた。胸を痛めながら。

乳母とダイアナが護衛たちとともに、寝室でヴィンセントを待ち受けていた。彼らは怪我人をベッドに上げて横にした。血がどっと噴き出す。

ダイアナは乳母を見た。「出血を止めなくては」

乳母はうなずいたが顔をしかめた。「ナイフが刺さったままでは無理です」彼女は一人の従僕を振り向いた。「わたしの部屋から鋏《はさみ》を持ってきて」

従僕が走って取りに向かったが、サドベリーが上着の下から太いナイフを取り出した。ヴィンセントは全身を緊張させた。

一瞬サドベリーは彼の目を見て、それからナイフを手渡した。「このほうが上着を切りやすい」

ヴィンセントはナイフで分厚い生地を切り裂いた。鋏が届くと、乳母は薄いシャツを切り、二人で男の背中をむき出しにした。ヴィンセントは乳母を物問いたげに見た。「医者を待っても大丈夫か?」

乳母は首を振った。ヴィンセントはため息をつき、サドベリーを見た。

「難しいな」サドベリーは考え込みながら顎を撫《な》でた。「だが、ほかに道はない」彼はベッドの反対側に腕を伸ばし、男の肩をがっちりつかんだ。ダイアナが腕にたくさんのタオルをかけてそばに立つ。ヴィンセントは祈りの言葉をささやき、ナイフの柄を握った。どうかうまくいきますように。

ナイフは一瞬、骨に引っかかり、それからすっと抜けた。ヴィンセントはよろめいたが、すぐに姿勢を立て直した。サドベリーの予想どおり、傷口から血が噴き出した。ダイアナがタオルを何枚も当てて強く押さえる。タオルはみるみる血に染まった。

「もっと強く」ヴィンセントはダイアナの手をどかし、自分の手をタオルに押し当てた。サドベリーが反対側から肩を支える。乳母がタオルを折り畳んで、それを傷口に滑り込ませた。ヴィンセントはさらに強く押さえつけた。徐々に出血が弱まってきた。

「力を緩めないで」乳母がそばから言った。「先生が来て縫合するまで頑張って」

ヴィンセントはちらりとサドベリーを見た。そして二人はむっつりとうなずいた。

# 16

長い夜だった。ドルトン医師がやっと到着し、必要な縫合作業を行った。彼は出血を止めた皆の努力を褒めたあと人払いをしようとした。だが、ヴィンセントは抵抗した。医師は彼をにらみつけた。「わたしが付き添います。あなたはこれ以上疲れないようにしてください」

ダイアナもヴィンセントをやすませようと自分が医師と看護すると言ったが、彼は頑《かたく》なに拒絶した。驚いたことにサドベリーも。結局、三人の男が病室につめた。ダイアナは諦《あきら》めて床についた。ヴィンセントと話す機会がないままさらに一夜が過ぎた。

そして、今日はコールドベック卿《きょう》夫妻と子供たちが訪ねてくる日だった。ダイアナは楽しみにしていた。キャサリンのことが好きだったし、ビザムは男の子の遊び友だちができるので大喜びだろう。小さな女の子らしく赤ん坊に夢中のセリーナには、たぶんキャサリンが娘を抱かせてくれるはず。わたしが疲労も不安も見せなければ、皆にとって楽しい訪問となるに違いない。

それにしても、ヴィンセントは疲れないのかしら？　彼はこのふた晩、ほとんど眠っていない。やっと今朝、自分の部屋に仮眠に行った。明け方、ついに怪我《けが》人が意識を回復したからだ。鼠《ねずみ》捕りの男に、ドルトン医師はビーフスープと赤ワインを飲ませるように命じた。

「血を入れ替えて、力をつけなくてはならないのです」ダイアナが見舞うと、医師はそう説明した。

この男はいったい何者なのかしら？

鼠捕りだということだが、ダイアナは違うとにらんでいた。ヴィンセントは半狂乱だった。つまり、彼にとってそれだけ大事な人物ということだ。ヴィンセントと話す機会ができたら、本当のことを説明してもらおう。

ヴィンセントが寝室から出てきたのは、義理のおじのコールドベック卿一家が到着する直前だった。大人たちは客間で昼食をとってお茶を飲み、いっぽう、子供たちはスロックモートンが油断なく見張るなか、子供部屋で乳母の手に委《ゆだ》ねられた。昼下がり、乳母のマーショーから、コールドベック家の乳母と子供たちを散歩に連れ出したいという話が来た。

ヴィンセントは不安げにちらりとおじを見た。おじがうなずく。二人は立ち上がった。

「わたしも新鮮な空気を吸いたい」ヴィンセントは戸口に向かい、コールドベック卿が続いた。

ダイアナはキャサリンに言った。「わたしたちも一緒に行きません？」

全員が庭に出た。ダイアナとキャサリンは芝生に気持ちのいい場所を見つけ、大きな樫《かし》の古木で日陰になった丸木造りの腰掛けに座った。太陽の光が枝のあいだから差し込み、煉瓦《れんが》敷きの歩道で仕切られたいくつもの花壇をまぶしく照らしている。そよ風が髪をなぶり、低木の植え込みから小鳥のさえずりが聞こえた。コールドベック卿とヴィンセントは、両家の乳母が子供たちを遊ばせている場所にぶらぶらと歩いていった。

ヴィンセントはあたりを用心深く観察した。セリーナとビザムを久しぶりに外に出したので心配でたまらなかったのだ。最近は危険にさらされ続けているので余計だった。かといって、子供たちをいつまでも部屋に閉じ込めておくことはできない。邸内の庭なら警備の目も行き届いている。彼らのほかに三人の従僕が庭の端を歩き回り、スロックモートンが反対端に陣取っていた。

二人は、セリーナがコールドベック家の乳母の隣に座って赤ん坊のサラを見ているところで立ち止まった。コールドベック卿が娘の手を一本の指で触ると、赤ん坊はすばやくそれを小さな手に握り締めた。いつものようにおじの顔は無表情だったが、その身ぶりが雄弁に喜びを物語っていた。ヴィンセントは胸がいっぱいになった。

わたしの子供もあんなふうに信じきってわたしの指を握ってくれるだろうか？

そのとき突然セリーナが話しかけた。「すごくかわいいわね、パパ。うちにも赤ちゃんができる？」

義理のおじが驚きの表情で彼を見た。

ヴィンセントは首筋が赤くなるのを感じた。パパと呼ばれるといつも一瞬おろおろし、次に強い憧《あこが》れの気持ちがわいてくる。彼は肩をすくめ、セリーナの肩を叩《たた》いた。「それはお母さんにききなさい」

巡回を再開したとき、ヴィンセントはおじの目が笑ったのを見たと思った。

ビザムは彼よりほんの少し年下のエドワードと、凝った造りの装飾庭園でかくれんぼうをしていた。黒い真っすぐな髪と金髪の巻き毛がさまざまな植え込みのうしろで見え隠れする。ときおり笑い声が風に乗って運ばれてきた。ヴィンセントが緊張を解いて、和やかな光景を楽しもうとしたときだった。デラメアが馬車道をやってくるのが見えた。

とたんに、楽しい気分は吹き飛んだ。

デラメアは問題の種だ。玄関先で馬を降り、手綱を馬丁に渡した彼が、女たちのいるところにやってきてダイアナにほほえみかける。ヴィンセントは顔をしかめた。やはりこの兄かもしれない男とは、近いうちに決着をつけなくては。

ヴィンセントとおじは庭園を一巡すると、木の下にいる女たちのほうに引き返した。二人が近づいたとき、ダイアナが不意に立ち上がって呼んだ。「ビザム、もうたくさん遊んだでしょう、戻っていらっしゃい」

ヴィンセントが振り向くと、さんさんと陽光を浴びた巻き毛の頭が装飾庭園を出て、植え込みのなかの迷路に向かうのが見えた。

「そこに行ってはいけないの。迷子になってしまうわ」ダイアナは息子を追いかけようとした。

「わたしが連れてくる」ヴィンセントはスロックモートンに合図を送ると、急いでビザムのあとを追った。スロックモートンがうなずき、途中で挟み撃ちにできる道に移動した。

いやな予感がした。ヴィンセントは足取りを速めた。「ビザム、戻っておいで」

ビザムが笑って手を振る。こいつめ！　腕白小僧はまだかくれんぼうをしている気だ。ヴィンセントは走りだした。そのころにはもう数人の従僕が迷路に集まっていた。ビザムは暗がりに逃げ込み、生け垣の隙間《すきま》をくぐり抜けて姿を消した。

とても小さな隙間から。

ヴィンセントとスロックモートンは同時にその場所に到着した。二人ともくぐり抜けられない。ヴィンセントが指をさすとスロックモートンがうなずき、迷路の遠い入り口に向かって駆けだした。ヴィンセントは反対方向に向かう。ここの迷路への入り方はよく知っている。だが、入ったときにはもうビザムの姿はどこにもなかった。

不安といらだちがせめぎ合う。ヴィンセントは小道から小道へ走り、捜し回った。いない。次にひと回りしたとき二人の従僕が目に入ったので呼びかけたが、彼らは首を横に振った。たぶんビザムは庭に戻っているのだろう。彼はどうにかくぐり抜けられる裂け目を見つけて、明るい日差しのなかに戻った。

ダイアナがあたふたと駆け寄ってきた。「見つからなかったの？」

「ああ。ビザムはまだかくれんぼうをしている気だ。わたしたちやエドワードと」

「わたしに捜させて」ダイアナは葉の生い茂った迷路の入り口に向かおうとした。

「だめだ。きみは危ない」ヴィンセントの胸に強い警戒心がわき上がり、彼はダイアナの腕をつかんだ。「みんなのところに戻れ。おじたちと一緒にいろ」

ダイアナはしぶしぶ引き返した。ヴィンセントの目の隅に、デラメアが彼女に近寄るのが映った。あの男も彼女には危険では？　ヴィンセントの気持ちは乱れた。ビザムを捜すかダイアナを守るか。だが、デラメアはおじが見張る。フィーサムも指示どおり、彼女の近くで持ち場を守っている。あの男は優秀だ。

スロックモートンが生け垣から頭を出して叫んだ。「あっちで何か見かけました。追いかけます」

彼がまた茂みにもぐったとき、指さした道が、ある小道につながっていることにヴィンセントは気づいた。彼はデラメアの馬に向かって走った。馬丁から手綱をひったくるとひらりと飛び乗り、馬車道をゆっくりと駆ける。ビザムが飛び出してくることを願いながら、道路脇《わき》の木々や茂みに目を凝らした。

そのとき前方の、小道の曲がり角あたりで小枝の折れる音が聞こえた。ヴィンセントは馬に拍車を当てた。

だが次の瞬間、馬が急に止まり、うしろ脚で立ち上がった。

道の真ん中に、栗毛《くりげ》の馬にまたがったセント・エドマンズが現れた。ビザムを抱いている。

ヴィンセントは愕然《がくぜん》とした。セント・エドマンズはあからさまに子供を脅してはいないが、ビザムの顎と肩に手をかけている。それをさっとひねるだけで、簡単に首の骨をへし折れるだろう。彼がその気になれば、ピストルを引き抜いても間に合わない。

ヴィンセントは大きく息をして、呼吸を整えた。ここで失敗は許されない。

「やあ、セント・エドマンズ。わたしの被後見人を見つけてくれたようだね」

セント・エドマンズはせせら笑った。「ああ。やっとな」

ヴィンセントは馬を進めた。「どうもありがとう。その子はわたしが連れていこう」

「まだ渡せない」セント・エドマンズは馬を後退させた。「子供の母親とまず話がしたい。二人だけで」

そうはさせるものか。ヴィンセントは敵の狙《ねら》いがダイアナにあることを知っていた。子供はそのための道具にすぎない。どうしたものか……。

その瞬間、スロックモートンが木の陰から躍り出た。ピストルを握っている。セント・エドマンズは驚いて彼を見やり、ビザムを押さえる手に力をこめた。ビザムがべそをかく。スロックモートンはじっと狙いを定めている。セント・エドマンズはヴィンセントに言った。「彼に言え……」

馬の蹄《ひづめ》の音が小道の少し先から聞こえてきた。セント・エドマンズの背後から。彼は用心深く振り向いた。ヴィンセントもその視線を追った。サドベリーが角を曲がって現れた。鞍《くら》のケースに銃がはっきり見える。彼は愛想よくうなずいた。「やあ、セント・エドマンズ」

サドベリーはどっちの味方だ？　ヴィンセントは息を殺した。

セント・エドマンズは三人を代わる代わる見た。それから、ゆっくりビザムを地上に降ろした。

ヴィンセントは止めていた息を吐き出した。スロックモートンが進み出てビザムを抱き取り、すばやく植え込みに消える。セント・エドマンズは眉を上げてヴィンセントを見た。

ヴィンセントはピストルを手に冷たい笑みを浮かべた。「屋敷に来てもらおうか。ちょっと話がある」

ダイアナは、従僕たちとともに生け垣から出てきたスロックモートンの姿を見て安堵《あんど》のため息をついた。ビザムが彼のたくましい腕に抱かれていたからだ。

そばにいたデラメアが言った。「やんちゃ坊主にはお仕置きの必要があるな」

ダイアナは顔をしかめた。「わたしは子供をぶったりしません。言いつけに従うことを学ぶ必要はありますが、まだ小さいのですもの」

デラメアは肩をすくめた。「あなたを死ぬほど心配させたのに」

「子供はえてしてそういうものです」ダイアナは態度を和らげ、ほほえんだ。「親なら心配は仕方ありません」

デラメアも笑みを返した。「わたしにはあまりわからないことですな」彼は馬車道を振り返った。

「おや、わたしの馬が戻ってきた。ヴィンセントとサドベリーと一緒にいるのは誰です？」

ダイアナは彼の視線を追った。「まあ、セント・エドマンズ卿だわ」

「そうですか？」デラメアが目を細める。「ああ、確かに。ここで何をしているんだろう？」

ダイアナはパニックに陥った。「スロックモートン、すぐに子供たちをなかに入れて」

言われるまでもなかった。スロックモートンは乳母とセリーナを抱くようにしてなかに入れていた。すでに家族を客間に戻したコールドベック卿は、玄関口と植え込みにさっと目をやった。「われわれもすぐなかに入ったほうがいい」

ダイアナのうなじの毛が逆立った。彼女が子供たちのほうに走りだしたその瞬間、銃声が空気を切り裂いた。傍らの木からダイアナの顔に木の皮が激しく飛び散った。ダイアナはデラメアに腕をつかまれ、生け垣から引き離された。

コールドベック卿がダイアナのもう一方の腕をつかむ。彼らは走った。ダイアナを引っ張るようにして。うしろをフィーサムが守る。ダイアナの足はほとんど宙に浮いていた。彼らはその勢いでいっきに玄関の石段を上り、玄関ホールになだれ込んだ。

背後に猛然と近づく馬の足音が聞こえたが、ダイアナは気にしていられなかった。ビザムとセリーナのほうに走っていく。「子供たちを階上《うえ》に！」

ダイアナはポケットの小型のピストルを手探りしながらあとを追った。全員が同時に寝室のドアに達した。ダイアナは乳母とスロックモートンと一緒に部屋に飛び込み、鍵《かぎ》をかけてドアに銃口を向けた。指関節が白くなるほど強く拳銃を握り締めて。

スロックモートンの大きな手が肩に置かれた。

「全員無事です。ここはもう心配ありません」

膝から力が抜け、ダイアナは床にへたり込んだ。

ヴィンセントは礼儀のかけらも見せなかった。ピストルを突きつけてセント・エドマンズを書斎に押し込めるとサドベリーを見張りに残し、コールドベック卿と協議した。それから、全員の無事を確かめるため階上に行った。

ダイアナの顔に血がにじんでいる。

ヴィンセントの怒りは頂点に達した。乳母に傷の手当てを任せると、憤然と書斎に引き返した。自分は冷酷に人を撃ち殺せる人間ではないと思っていたが、すぐさまセント・エドマンズに銃弾をぶち込みたい気持ちと闘わなければならなかった。

ちょっと待て。銃声がしたとき、全員が身を隠した。その隙にセント・エドマンズは逃走するだろうと思ったが、そうはしなかった。それどころかわたしたちと一緒に屋敷のなかに駆け込んだ。まるで彼も身の危険を感じているかのように。以前と違い、今の彼は確かに身の安全を心配している。ヴィンセントは書斎に入ると、荒々しくドアを閉めた。

そのとたん、サドベリーがいることを思い出した。これは彼の前で話し合える問題ではない。サドベリーが味方であるのはわかったが、彼を諜報《ちょうほう》活動に巻き込みたくはない。ヴィンセントは言った。「助力をありがとう。だが今は、できればセント・エドマンズと二人だけで話をしたいんだが」

サドベリーはセント・エドマンズに顎をしゃくった。「彼の上着を」

そうだった。わたしとしたことが！　彼はずんぐりした体のどこかに武器を携帯していそうだ。「どうか上着を脱いでくれ」

セント・エドマンズは素直に脱いで、それをサドベリーに渡した。サドベリーはポケットを叩いて調べ、次に彼の体をぐるりと探り、ズボンのうしろのベルトからナイフを引き抜いた。そしてもう一度うなずくと出ていった。

ヴィンセントはセント・エドマンズに身ぶりで椅子を示し、自分はデスクのうしろに座った。そして無言で見つめ合ったのち、ため息まじりに言った。

「わたしたちはこれで、王手をかけ合ったようだな」

セント・エドマンズは小首を傾《かし》げ、口を引き結んだ。「そのとおり」

「きみがナポレオンのエルバ島脱出を計画していることは証明できないが、きみを無力にすることならできる」ヴィンセントは椅子にもたれて、指を三角に組んだ。「きみの関与についてはすでに上司に報告した。今後は厳重な監視を受けるだろう。きみの仲間のリストも送った。ナポレオンは別のグループに頼らざるをえまい」

「彼はそうする。間違いなく。ナポレオンは復帰する。いいか、覚えておけよ。ブルボン家の国王ではフランスを統治できない」セント・エドマンズは一瞬考えた。「きみたちのせいでわたしの計画は挫折《ざせつ》した。だが、きみも外務省からお払い箱にされるだろう。正体がばれたからな。わたしは気づいていた」脚を組んで、ブーツの埃《ほこり》をはたく。「そうではないかと思っていたが、きみがレディ・ダイアナと行方をくらましたときに確信した」

ヴィンセントは腕を組み、歯のあいだから押し出すように言った。「彼女を言いなりにさせられないので、殺すことにしたんだな」

セント・エドマンズは手を上げた。「違う。あれはわたしじゃない。わたしは阻止しようと手を尽くした。わたしはレディ・ダイアナを崇拝している。だが、われわれの計画を口外されるわけにはいかない」

「どんな計画だ？　彼女は何も知らないと言っている。コービーが彼女に、誰にも話さないことを話したと本気で思っているのか？」

「コービーが彼女に何を言ったかは知らない。ただわたしは、彼女がデイモスにそれをひと言でも話すことだけは絶対にさせられなかった」

「デイモスだって？」ヴィンセントはぱっと立ち上がり、デスクにこぶしを突いた。「デイモスがレディ・ダイアナとどんな関係があるんだ？」

「すると、きみは知らないんだな」セント・エドマンズは満足げにかすかにほほえんだ。「わたしもよくは知らない。ある日のことだ。コービーの家の居間に入ると、彼女が慌てて紙切れを暖炉に投げ込んだ。そのあと、彼女はコービーを呼びに行った。わたしはその隙に火のなかから手紙を拾い上げた。大部分燃えてしまっていたが、署名ははっきり読めた」

「やつは今、フランス国王のために動いているのか？」ヴィンセントは腰を下ろすと、片手で口もとをおおい、考え込んだ。よりにもよってデイモスが。

ダイアナはいったい彼とどんな関係があるんだ？

セント・エドマンズは首を振った。「知らないね。デイモスと話のできた者は一人もいない。わたしの仲間も彼を発見できないでいる。レディ・ダイアナにきいてみたらどうだ？」

もちろんきくとも。どうして彼女はそんな秘密を黙っていたのか？　きっとそのことをわたしに話したがっていたんだ。そうであってほしい。

だが、今は別の問題を片づけなければ。「さて、きみをどうしたものか。きみの尻尾《しっぽ》は何もつかんでいないが、それでもレディ・ダイアナと子供たちにとって危険な存在であることは疑う余地がない」

セント・エドマンズは薄笑いを浮かべた。「わたしは長生きできるとは思っていない。銃声がしたとき、さっさと逃げずにここに来たのはなぜだと思う？」

ヴィンセントはけげんそうに彼を見た。「話せ」

「わたしは彼女を言いなりにさせることに失敗した。殺すことにも。すぐにそうするべきだったが、わたしは欲しかった……」彼は肩をすくめた。「わたしは見破られた。計画もばれた。きみはわたしの仲間とすべて顔見知りのように思っているが、それは違う。今日、狙撃《そげき》した男をきみは知らない」ずらりと並んだ本をしばし見つめる。「わたしは知っているがね」

「教えてくれ」

セント・エドマンズは無言で首を振った。

「命を助けてやると言ってもだめか？」

また沈黙。

「きみをここに置いてはおけない」

「当てにしてはいないよ」セント・エドマンズは戸口に向かった。「じゃあな」

ドアを閉める彼を見ていると、窓辺で物音がした。振り向くと、外にサドベリーが立っていた。

サドベリーは敬礼して立ち去った。

ちくしょう、デイモスだって？

その午後はそれからずっと大混乱のうちに過ぎた。ダイアナはセリーナとビザムのそばを離れようとしなかった。彼女の様子を見に上がってきたコールドベック卿夫人キャサリンは帰宅すると告げた。

「子供たちのことがなければ、あなたを置いて帰ったりしないのだけれど」彼女は目に涙を溜《た》めてダイアナを温かく抱擁した。「怖がらないでと言っても無理でしょうけど、きっとヴィンセントが守ってくれるわ。勇気を出して。くれぐれも用心してね」

ダイアナは喉をつまらせて礼を言った。

まもなく従僕がデラメアからの伝言を持ってきた。ダイアナが危険にさらされているあいだはイングルウッドに留《とど》まるという。彼女の質問に答えて、従僕はセント・エドマンズが出ていったことを伝えた。


どういうこと？　なぜヴィンセントは彼を解放したの？　なぜここにやってこないの？

そう思ったとき、またドアがノックされた。ヴィンセントがひどく厳しい顔で入ってきた。

ダイアナは彼の胸にすがりたい思いをかろうじて我慢した。「どうしたの？　セント・エドマンズ卿はどこに行ったの？　ああ、ヴィンセント、あなたに話さなければならないことがあるの」

「きみの部屋に行こう」ヴィンセントはドアを開け、ダイアナのあとから廊下に出た。部屋に入ると、ダイアナはベッドのそばに立った。「あなたに知ってほしいことがあるの。もっと早く話すべきだったけれど、最近までわたしは……」

ダイアナはヴィンセントの暗い表情を見て、ふっと言葉を切った。彼は腕を組み、ドアにもたれた。

「デイモスのことを話してくれ」

# 17

ダイアナは崩れるようにベッドに座り、両手を口に当てた。「知っているの?」

「ああ、さっき知った」

彼女は眉をひそめた。「でも……どうして?」

「セント・エドマンズから聞いた」

「彼が知っていたの?」わたしのしたことをどうして彼は知ったのだろう?

「きみはデイモスに何を言った?」ヴィンセントはダイアナの目の前に立ち、彼女をにらみつけた。

ダイアナはひるんだ。「何も言わないわ……何も」

ヴィンセントが疑《うたぐ》るように眉を上げる。

ダイアナはしゃんと座り直して心を静め、きっぱり言った。「本当よ」お願い、わたしを信じて。「脅迫されたけれど、彼は何も求めなかった。でも……」

「待ってくれ。やつがきみを脅迫した? なぜ?」

ダイアナは一瞬けげんな顔をしたが、ふと気づいた。「あなた、知らないのね」

「きみがやつと連絡を取っていたのは知っている」

「違うわ」ダイアナは首を振った。「決して返事などしなかった。でも、彼は……脅迫してきたの」

今度はヴィンセントが戸惑う番だった。「脅迫? きみは脅迫されるような何をしたんだ?」

今だわ。今こそ打ち明けなければ。だが、ダイアナは彼を真っすぐに見られず、両手で顔をおおった。

「人を殺したの」

ヴィンセントは仰天して言葉を失い、あとずさった。「殺した……? いつ? なぜ?」

「事故だったの。自分でも気づかなかったくらい」

「人を殺して気づかなかった？　そんなことはありえない……。ちょっと待ってくれ」ヴィンセントは隣に座って、ダイアナの顔をひたと見つめた。「いったい誰を殺したんだ？」

「ロジャー・グッドナイトを。わたしが社交行事に出るのをやめる前のレディ・ホランドの舞踏会で」

ヴィンセントは眉をひそめた。「グッドナイトは酔っ払って転落し、首の骨を折ったんだ。大勢の人の前で。わたしもいた」

「でも、わたしが彼を押したのよ。それを見られたの。デイモスと自称する男に」

「違う。わたしはこの目でグッドナイトが落ちるのを見た。誰も押してはいない。彼は下にいる誰かを見ようと手すりの上に身を乗り出したんだ。腑《ふ》に落ちないな」ヴィンセントはヘッドボードにもたれて、首を振った。「最初から話してくれ」

ダイアナは大きく息をついた。初めてデイモスの手紙が届いたときから心を痛め続けた問題をやっと話せる。「わたしは婦人たちに割り当てられた部屋にいた。舞踏室に続く階段の上の近くよ。廊下に出ると、ロジャーが近づいてきた――泥酔状態で。そして、わたしに……」

「それはいい。先を続けて」

「彼はわたしに手をかけた」ダイアナは靴を見つめた。「だから、力任せに押しやって部屋に駆け戻ったの。次に廊下に出たときは、皆が下の床に倒れた彼のまわりに集まっていた。それでも、わたしは自分のせいだとは思わなかった。手紙が来るまで」

今やヴィンセントは真剣に考え込んでいた。「手紙にはなんと？」

「わたしがロジャーを突き落とすのを見た。怒って、彼を殺すと言ったのを聞いた、と」ヴィンセントを見上げる。「そんなこと言ってないの。でも、彼を押したことは事実だし、デイモスの話にはとても説得力があったから、わたしが故意に突き落としたと当局に通報されてしまいそうな気がしたの。でも、彼は言った。わたしが……縛り首になるのは見たくない、と。黙っていると請け合った。ただし、いつかわたしが恩返しをするという条件付きで」

冷たい怒りがまたもやこみ上げた。ダイアナはベッドに上がって両脚を抱きかかえ、膝に顎をのせた。

「ああ、ヴィンセント、わたしが処刑されるか投獄されたら、子供たちはどうなるの？」

ヴィンセントにはひと筋の光明が見えてきた。デイモスは人を操る名人だ。「ヴィンに話したのか？」

ダイアナはヴィンセントを見た。「いいえ。話すなと警告されたの。話したら、当局に通報するって。そして……ああ、これが最悪のことなの。きっとあなたはわたしを軽蔑《けいべつ》するわ」また両手で顔をおおう。

「わたし……彼からお金をもらったの」

光明は再びかすんだ。「デイモスがきみに金を？脅迫の場合はその逆が普通だが」

「そうよね。でも、わたしはお金がなかった。やがて彼は下品で失礼なことを書いてきたわ。まるでわたしが……」手の隙間《すきま》から彼女の朱に染まった顔が見えた。「怖くなったの。いつか彼に何かさせられるのではないか、と。わかるでしょう？」

それが何を意味するかは明白だった。「その金をどうしたんだ？」

ダイアナは顔を上げてヴィンセントをきっとにらんだ。「食料を買ったわ。それと、子供たちの服を」

ヴィンセントは手を上げて制止し、考えた。「すると、やつはきみに諸刃《もろは》の剣を振るったわけだ。脅す一方で恩を売ったわけだから」

ダイアナはため息をついた。「そうなの。どうしていいかわからなかった。お金も返せなかったし」

「やつと会ったことはないのか？」

「ええ、一度も。すべて郵便で来たの」ヴィンセントはうなずいた。デイモスの顔を見て、なおかつ生きている者は一人もいない。

「やつが要求してきたのはいつ?」

「エルドリッチ・マナーにいたとき。二通来たわ。両方ともヘレンから転送されて。わたしたちがリットン家にいるのは知っていたけれど、そのあとどこに行ったかは知らなかったみたい。でも彼は、わたしがどこに行こうと見つけ出すと言った」ダイアナはさらに強く膝を抱いた。顔が青ざめている。「彼はわたしがウィンも殺したと非難した……あなたを誘惑するために」膝のあいだに額を埋《うず》める。「彼は何もかもねじ曲げる。彼の口ぶりだと、わたしはまるで恥知らずの邪悪な策士みたい。あの悪魔の舌は本当にわたしを縛り首にしかねなかったわ」

「きみが恐れたのも当然だ」ヴィンセントはダイアナを抱き締め、慰めてやりたい衝動を抑えた。この奇怪な話を理解しようとするなら一時の感情に負けてはならない。「やつは何を要求した?」

「あなたの情報を。変わったことがあったらなんでも知らせろと。でも、わたしは何もしなかった。あなたを裏切るなんてできない。わたしたちにとてもよくしてくれたあなたを。だから、応《こた》えなかった」

ああ、よかった。「二通目の手紙は?」

「彼は激怒していたわ」ヴィンセントを見上げたダイアナの顔は引きつり、目は虚《うつ》ろだった。「二週間待っても返事がなければ、治安判事に通告すると書いてあった。その夜よ、わたしの身に何かあったらいてあった。その夜よ、わたしの身に何かあったら子供たちを頼むとあなたにお願いしたのは」

「なるほど」ヴィンセントは一瞬、天井を見上げた。心の底からダイアナを信じたいと思った。

「だけど、わからないのは彼がセント・エドマンズと関係があったことよ」

「違うんだ。セント・エドマンズはきみ宛《あて》のデイモスの手紙を暖炉から拾い、それできみに恐れを抱いたのだ。自分の計画をやつに売られるのではないかと思って」

「そんな！　わたしはセント・エドマンズのことも彼の仲間もナポレオンのことも何も知らないのに……」ベッドの支柱にもたれる。「デイモスっていったい何者なの？」

「やつは謎《なぞ》の暗殺者だ。情報も売る」

「スパイってこと？」

「それよりむしろ犯罪者というべきだろう。やつはいつも自分をいちばん高く買ってくれる人間に忠誠心を示す。根っからの悪党だ」ヴィンセントの胸に冷たい恐怖の塊が重く沈んだ。あの獣《けだもの》がダイアナを追いかけ回していたのに、わたしはそれを知らなかった。彼女の話は突飛に聞こえるが、一言一句わたしは信じる。ひとつには、あの悪党のやり口を知っているから。だが、それ以上にダイアナの性格を知っているから。わたしは彼女を信じる。


ヴィンセントはダイアナをぎゅっと抱き締めた。

「やつはセント・エドマンズよりはるかに危険だ。おまけにわたしを憎んでいる。わたしが阻止しなければ、やつはきみを抹殺するだろう。わたしを傷つけるために」

ダイアナはヴィンセントにしがみついて身を震わせた。「四日前に来た最後の手紙で、わたしを迎えに来ると言ったわ。死刑執行人が来たほうがましだったと思わせてやるって」

「いいぞ」ヴィンセントは静かに言った。「これでやつを殺す機会ができた」

押し黙ってしがみつくダイアナを、ヴィンセントは夕暮れが訪れるまで腕のなかでやさしく揺すり続けた。デイモスの最後の手紙に自分がどれほど怯《おび》えていたか、ダイアナは今まで気づいていなかった。子供のことや怪我《けが》人の手当てや何やかやで、恐怖に震える暇などなかったのだ。

しかし、ヴィンセントに打ち明けたとたん、恐怖が押し寄せてきた。急に怖くなって、泣けなくなった。何も感じなくなった。彼に抱かれているうち、やっと背中や髪を撫《な》でる彼の手が感じられてきた。慰めの言葉が耳に届いた。恐怖が消え始めた。

ついにダイアナはしゃんと座ってヴィンセントを見た。「あまりに突飛で信じられないでしょう?」

ヴィンセントは彼女の顔から乱れた髪を払いのけた。「あの男を、そしてきみのことを知らなかったら信じなかっただろう。だが、これこそまさしくやつのやりそうなことだ。自分の言いなりにさせるため女性を苦しめ、虐待するんだ」

「わたし、ばかだったわ。故意にロジャーを突き飛ばしたのではないんだもの。自分から当局に出向けばよかった。今ならわかるけれど、彼はわたしに不利な証言などしなかったはずよ。わたしを利用したいのだから。だけど……」心配そうにヴィンセントをちらりと見る。「あのお金で彼に縛られてしまった。わたしは男から報酬をもらったなんてあなたに思われたくなかった」ダイアナはまた両手で顔をおおった。「恥ずかしい。ばかだったわ」

「それがやつの狙《ねら》いだ。やつはまっとうな人々を操り、罠《わな》にかけるために彼らの善良な心につけ込む」ヴィンセントはダイアナの手を握った。「金のことはウィンが悪い。彼がちゃんと気遣っていたら、きみはすぐにすべてを彼に話しただろう」

「ええ」ダイアナは考え込むように遠くを見つめた。「そうしたと思うわ。わたし、とても孤独だったの」

「なんて亭主だ」ヴィンセントの表情が硬くなり、顎がこわばった。「だが、きみはもう一人ではないし、セント・エドマンズも脅威ではないよ。彼の仲間はまだどうかわからないが」

「彼はどうなるの? なぜ解放したの?」

「留《とど》めておく理由がないからだ」ヴィンセントはセント・エドマンズとの会話を話して聞かせた。

ダイアナは熱心に耳を傾けた。「すると、彼は仲間に始末されるということ？」

「おそらく。ひとつには僕との話でここに長居をしたせいもあるが、自分でも死が近いと思っているようだ。彼はもう役に立たないし、知りすぎている」

ダイアナは身震いした。「恐ろしい人たちね」

「陰謀というのは恐ろしいゲームさ」ヴィンセントはダイアナの顔をじっと見て言った。「だが、わたしもその世界にいる。きみがわたしの妻になるのを承知する前に、そのことをよく考えてもらいたい」

ダイアナは黙ってうなずいた。なんと複雑な人を愛してしまったの。スパイを。彼が人を殺したかどうかを尋ねるのはよそう。真実は知りたくない。

ふともうひとつ疑問が浮かんだ。「どういう経緯であなたがわたしの庇護《ひご》者になったの？　セント・エドマンズの決意が固かったので、わたしは彼に連れていかれるのではないかとひやひやしたわ」

ヴィンセントはやましそうな目でダイアナを見た。答えを聞いたら悲しむだろう。彼は咳払《せきばら》いをした。

「わたしたちは、さいころを振って決めたんだ」

「なんですって！」ダイアナはベッドから飛び下り、両手を腰に当てて彼をにらんだ。「なんて失礼な！」

「だって」ヴィンセントが手を伸ばすとダイアナはあとずさった。「きみを奪われたくなかったんだ」

「でも、彼が勝ったら？」胸の前で腕を組む。

「それはなかった。わたしがいんちきをしかねないと彼が言うから、それならさいころを交換しようと申し出た。サドベリーが聞いていたので、彼は拒否できなかった。彼のさいころは十一か十二の目になるように細工されているとわたしは期待した。ハザードでは勝ちの目だ。だが、驚いたことに、六の目になるように鉛が仕込まれていた」ダイアナのけげんそうな顔をちらりと見る。「勝負を支配するには五から九の目をまず出さなければならないんだよ」

「あら、そう。でも、あなたが勝ったわ」

ヴィンセントはにやりと笑ってうなずいた。「わたしのさいころは負けるように仕組んであるのさ」

「負ける？　なぜ負けたいの？」

「誰にも怪しまれずに金をやりとりできる便利な手段だから。わたしは使っている情報屋にしばしばその手を使って、金を渡した」真顔になる。「でも、放蕩《ほうとう》の限りを尽くしていたときでも、いかさまで勝ったりは絶対にしなかった」

「すると……わたしは侮辱されたうえに、いかさま賭博《とばく》の賞品なわけね」ダイアナは顎をつんと上げた。

これでは彼女をなだめるのは無理だろう。直接行動に出るしかない。ヴィンセントは電光石火の早業でダイアナをベッドに押し倒し、抵抗する隙を与えずに唇を重ねた。最初は抗《あらが》い、体をこわばらせたダイアナだったが、やがて力が抜けてきた。息をつくため唇を離したとき、彼は顔を上げてダイアナを見下ろした。「わたしは絶対にきみをセント・エドマンズなどに渡さなかったよ。絶対に」

二人は断固たる調子でドアをノックする音に妨げられた。ヴィンセントがドアを開けると、ダービンがもじゃもじゃの眉をほとんどくっつけんばかりの渋い顔で立っていた。「お客さまがお待ちです」執事は非常に堅苦しい態度で、廊下の突き当たりに向かって声を張りあげた。「コックはいつまでも料理を温めてはおけません」

ヴィンセントはにやりと笑った。「わたしはひんしゅくを買っているんだな。すぐに行く」ダービンはよそよそしくお辞儀をして立ち去った。ヴィンセントはダイアナに振り向いた。「わたしたちの面目は丸潰《まるつぶ》れだ」

「それも当然ね」ダイアナは急いで立ち上がり、衣装だんすのところに行った。「さあ早く。ボタンをはめるのを手伝って」

ヴィンセントは言いつけに従った。結局、非常に手間取ったが、やっとなんとかダイアナの着替えが終わると、彼女はヴィンセントを着替えさせるために部屋に追いたて、自分一人で髪をいつものシニョンにまとめた。

疲れていた。百年もたったような気がした。でも、重い肩の荷が下りた感じだった。とうとう打ち明けた。ヴィンセントはわたしの愚かさも嘘《うそ》も知ったうえで信じてくれた。何よりも、まだわたしを求めている。それさえわかれば、わたしをつけ狙う悪魔などもう恐れはしない。

ダイアナはヴィンセントが現れる直前に、護衛たちを引き連れて客間に入った。サドベリーとデラメアがシェリー酒を飲みながら、辛抱強く待っていた。

二人はすっと立ち上がり、デラメアが急いでダイアナにワインのグラスを渡した。ダイアナはばつが悪かった。ヴィンセントとのつかの間の戯れでかすかに残った喉もとの赤い跡やかすかに腫《は》れた唇を、鋭い、黒い目で皮肉たっぷりに見られたからだ。彼女は思わず顔を赤らめた。

デラメアは冷笑を浮かべ、それから真顔になった。「わたしの荷物を取りに行かせました。側仕《そばづか》えも来ます。あなたの身が安全になるまで、ここに泊まってできるだけお助けしたいと思います。あなたに危害が加えられると思うと耐えられません」

「ありがとうございます」ダイアナは気のない口調で丁寧に礼を述べた。彼に口説かれるのはごめんだが、男性が一人増えれば、ヴィンセントの役に立つだろう。

ダイアナはなんとかデラメアを寄せつけることなく、夕食が終わると疲れたと言って席を立った。本当に疲れていた。一度座ったら、その場で眠ってしまいそうだった。エマが現れ、髪を梳《と》かして三つ編みにし、ナイトウエアに着替えるのを手伝った。じきにヴィンセントも来るだろう。彼も疲れているはずだ。ダイアナはベッドに横たわって待った。

しばらくしてドアをノックする音で目が覚めた。ベッドを出てドアに向かう。

「ヴィンセント?」返事があったので鍵《かぎ》を回すと、部屋に入ってきた彼は真っすぐベッドに向かい、座って服を脱ぎ始めた。ダイアナはあとを追った。

「どこにいたの? ずいぶん遅かったわ」

彼はあくびと伸びをした。「鼠《ねずみ》捕りの男やマーシヨーと話をしていた」

「鼠捕りの男って、本当は……?」

「わたしの密偵の一人だ。彼を襲った男がわかるかと思ったが、暗闇《くらやみ》でいきなり刺されたそうだ」靴下を投げ捨てる。「彼にデラメアと側仕えを見張らせていたんだ。おそらく……。しかし、彼が出てくるとき、デラメアたちは宿屋にいたそうだ」

「ミスター・デラメアと側仕えと言えば、ここに移ってくるそうよ」ダイアナはヴィンセントがシャツを頭から脱ぐのを手伝った。

「らしいな」ヴィンセントはシャツを椅子に置き、にやりと笑った。「彼は気前よく、わたしにもその側仕えを使わせてくれるだろう」

「怪しいものね。あなたは側仕えを呼ばないの?」

ダイアナはベッドに上がった。

「ああ。彼はある仕事をしている。わたしのためにね」

ダイアナはため息をついた。「これも偽りの仮面ね」

「わたしの生活は偽りに満ちている」彼もベッドに入った。「だが、デイモスの問題が片づいたら、この仕事を辞めて忘れることにする」ダイアナを傍らに抱き寄せる。「しかし、別の悩みが生まれた」

「もう、いやよ」

「マーショーと話した。彼女がわたしとデラメアとした会話のことで。きみにも言ったが、わたしは彼女が話した出来事を何ひとつ覚えていなかった」

「ええ。でも、それは当然よ。あなたはたった六つだったのよ――セリーナの年だわ」

ヴィンセントは片肘をついてダイアナを見た。

「わたしは忠実な乳母のまったく違う一面を知った」

「どんなふうに？」

「乳母のそうした話は完全なでっち上げだった！」

ダイアナは仰天している彼の声につい笑ってしまった。「まあ、なんてずるい！」

「確かに」ヴィンセントはまた仰向けになり、ダイアナを引き寄せた。「だが、マーショーによれば、デラメアはあらゆるテストに合格したそうだ。彼はヘンリーに間違いないようだ。そこで、わたしは重大な決断を下さなければならない。彼が兄なら、それを受け入れるか？　受け入れれば、彼は父の正当な相続人として称号や財産、そしてわが家をわたしから取り上げるかもしれない。あるいは彼を否定して、もっと面倒な事態にするか？」

「そんなことができるの？」

「さあ。それは議会が決断を下す。しかし……」ヴィンセントはダイアナの顔を見た。「名誉ある行動とは何か？」

「それは名誉をどう考えるかによるのでは？」

「名誉とは、わたしにとって偽りだらけの生活のなかでの碇《いかり》であり、かつて恥ずべき獣だったわたしを救ったものだ」

「その獣はもう遠い過去の話よ」

ヴィンセントはため息をついた。「そうだといいが。しかし、わたしにはまだ正すべき悪がたくさんある」

ダイアナはうなずいた。「だから、国王陛下に仕えているのね。世のなかの悪事を正すために」

ヴィンセントはしばらく押し黙っていたが、やっと口を開いた。「ああ、わたしは罪滅ぼしをしたかったんだ。だが、そうするうち、さらなる邪悪に深入りしていた。しかし、それもじきに終わる。わたしは今や普通の、でも高潔な人間になることを学ばなくてはならない」

「あなたはもう立派な人よ」

ダイアナはわたしを立派な人間だと思っている。ヴィンセントは心の底から安堵《あんど》した。彼は何よりも徳と名誉と尊敬が欲しかった。ダイアナは別として。彼女はまだ結婚を承諾しないが、ためらわせているのは彼女の過去であって、わたしの過去ではなかったのだ。

しかし、デラメアが、ヘンリーが正当な伯爵だと立証されたら？　わたしはダイアナに何をあげられるだろう？

ヴィンセントが考えにふけっていると、客たちが軽い昼食をとろうと集まってきた。デラメアがダイアナの機嫌をとるのを見て、ヴィンセントのいらだちはますますつのってきた。ダイアナは礼を失しない程度に応えているだけだったが、ヴィンセントはもうたくさんだった。ついに彼と話をするときが来た。

皆がお茶のために客間に移るとき、ヴィンセントはデラメアに声をかけた。「すまないが、ちょっと書斎に来てもらいたい。話がある」

デラメアはうなずき、ダイアナにお辞儀をするとヴィンセントについて書斎に入った。「いつでも役に立つよ。で、わたしにどんな用かな？」

ヴィンセントはデラメアの皮肉っぽい言い方を無視し、彼を椅子に座らせた。自分はいつものようにデスクのうしろに腰を下ろす。「はっきりさせるときが来たようだ。レディ・ダイアナに対するあなたの態度を見ると、あなたはわたしと彼女が結婚の約束をしているのを知らないらしいな」

デラメアはせせら笑った。「知っているとも。おまえは毎晩、彼女の部屋で寝ているからな。どうした？　愛人を失うのが怖いのか？」

赤い靄《もや》で目の前がかすんだ。ヴィンセントは思わず立ち上がった。必死に怒りを抑え、デスクの上に身を乗り出す。「レディ・ダイアナは……わたしの愛人では……ない」

「そうかね？」デラメアはまだ薄笑いを浮かべている。「わたしにはどこが違うのかわからんが」

議論して勝つのは難しい。だが、彼はわたしを挑発しているのだ。ヴィンセントはゆっくり息をつき、また椅子に座った。「彼女は許嫁《いいなずけ》だ」そう言っても過言ではない。気を静めて、デラメアを見据える。

「わが家の客人と喧嘩《けんか》するのは不本意だが、あなたはただの客にすぎないことを自覚するべきだ」

「しかし、わたしはそれ以上の存在になるかもしれないのでは？　おまえが認めようが認めまいが、わたしは自分が誰かを知っている。彼女との結婚の約束も、わたしが正当なロンズデール伯爵だということになれば、どのように変わるだろうな？」

「おまえはいつもわたしの物を欲しがった」ヴィンセントはうっかり口を滑らせた。

「ほらみろ」デラメアはまだにやついていた。「おまえはわたしを兄だと認めた。だとすれば、議会が認めないわけがない」

「議会は適切に処理するだろう。わたしはまだ判断を差し控える」

「だが、最後はわたしの主張を支持することになるさ」デラメアの薄笑いは突然、怒声になった。「なぜなら、おまえは正義漢だからだ。昔からおまえは父のお気に入りで、いい息子だった。わたしはそんなおまえが憎かった。わたしがそう言ったことを覚えているか？　わたしが家出した日だ。父を後悔させてやると言った。わたしの家出はおまえのせいだ。だから今、わたしは自分の物を取り戻すつもりだ」

デラメアは立ち上がり、部屋を出ていった。

ヴィンセントは押し黙り、放心したように座っていた。遠い昔の、幼稚な口論が克明によみがえってきた。あの日、父に叱《しか》られたヘンリーは不機嫌だった。それをヴィンセントのせいにし、波止場に行くことを許されるまですねていた。父はどちらの息子にも甘かった。だが、ヘンリーはそれが不満で、いつも弟を目の敵にした。彼は腹いせに家出したのだ。もはや疑いの余地はない。兄が帰ってきた。

その日の午後、ビザムとセリーナが昼寝をしているあいだ、ダイアナは一人になろうと、刺繍《ししゅう》道具を持って居間に行った。ヴィンセントから、狙撃《そげき》犯がつかまるまで外出は固く禁じられている。彼女はため息をついた。長く、つらい夏になりそうだ。

少し前、コールドベック卿とリットン卿がやってきて、ヴィンセントと書斎にこもった。戦略を練っているのに違いない。デイモスをどうやって見つけるのだろう？　わたしを撃ったのは誰？

そんな気の重いことを考えていると、足音がした。ダイアナのささやかな静寂のときは終わりを迎えた。デラメアが入ってきた。もう、いや！　今日は彼のお世辞を受け流す気にもなれないわ。

ダイアナは立ち上がった。「こんにちは。子供たちの様子を見に行こうと思いますの」

――デラメアが前に立ちふさがり、ダイアナを椅子に押し戻した。「まだ行かないでください。お話があります」刺繍道具を取り上げて脇《わき》に置く。「わたしは弟と話してきたところです」

ダイアナは眉を上げた。

デラメアがにやりと笑った。「ええ、もうそう呼んでいいかと思います」

「おっしゃっていることがわかりません」うしろに下がろうとしたが、座っていた椅子が邪魔をした。

「弟とわたしは有意義な会話をしました」デラメアはダイアナの両手を取って握り締めた。「彼が正当なロンズデール伯爵であるかどうかは大いに疑問だと思います」

「わたし……」ダイアナは手を引き抜こうとしたが、デラメアは離そうとしなかった。

「議会の判断がどうであれ、あなたにはロンズデール伯爵夫人になる可能性があることを知っていただきたいのです。性急な決断をなさらないように」

デラメアが一歩下がった。ダイアナは驚いて彼を見つめた。デラメアはそれ以上言わず、一瞬目を細めてダイアナを見た。そしてくるりと背を向け、出ていった。

ヴィンセントは断固たる決意でダイアナの寝室に向かった。ヘンリー・デラメアの身元にもはや疑問の余地はなかった。彼の言うとおり、ヘンリー・イングルトンに間違いない。わたしは名誉にかけてもそれを認めざるをえない。上院がどんな判断を下そうとも。

どんなに犠牲を払おうとも、わたしはまっとうな道を歩む。

今夜、彼はダイアナから結婚の返事を聞きたかった。これまでわたしには、わたしの人間性ではなく所有物に関心を示す友人しかいなかった。でも、ダイアナはそんな価値観の持ち主だとは思えない。とはいえ、彼女は極貧の生活に耐えてきた。経済的な安定は彼女にとって最も重要な問題だろう。

それ以外にわたしは何を差し出せるのか？　わた

しは唾棄《だき》すべき過去を持つ、無愛想な、血塗られた手の男。たぶん結婚の申し込みは撤回すべきなのだろう。そのほうが公正だ。

でも……それはできそうにない。

わたしは成人してからの半生を、過去の過ちを克服するために苦闘してきた。被害者に賠償した。謙虚に許しを請うた。命の危険も顧みず国家に奉仕もした。これ以上何ができる？　ほかの人たちはおまえを許している、だから、おまえも自分を許せ、とおじは言った。たぶん今がそのときなのだ。

過去を忘れ去り、未来に目を向けるときなのだ。

子供のころ、わたしはヘンリーを喜ばそうと自分のおもちゃを与えたが、それは無駄な試みに終わった。今や、わたしは法律に従って、ヘンリーに伯爵の地位もわが家も渡すことになるかもしれない。

だが、ダイアナのためならわたしはヘンリーと戦う。

寝室のドアが開くと、ヴィンセントはダイアナの顔をしばらく食い入るように見つめ、彼女の考えを読み取ろうとした。絶望的な状況でも、いつものように表面は落ち着き払っている。彼はダイアナを抱き締めた。それから、手を引いて暖炉のそばの椅子に移った。けげんそうな顔のダイアナをそっと椅子に座らせ、自分ももうひとつの椅子に腰を下ろして、数秒ほど無言で見つめた。

やがてヴィンセントは口を開いた。「明日、大法官に手紙を書かざるをえない。デラメアが兄のヘンリーであることにもはや疑問の余地はなくなった」

「何があったの？　彼、とても妙な口ぶりだったわ」

ヴィンセントはヘンリーとの会話について話した。

「そのことはわたしたち以外の誰も知らないと思う。そして、ヘンリーはまだ根に持っている。年は取ったが、過去を何ひとつ忘れてはいない。今でもわたしを憎んでいる。少なくともそれだけはわかる」

「悲しい話ね」ダイアナはうなずき、続きを待った。

「ああ、本当に。そしてそれはわたしの立場を一変させるかもしれない。わたしはきみに妻になってほしいと言った。それがわたしの何よりの望みだ。きみには由緒正しい称号と歴史ある屋敷、それに莫大《ばくだい》な財産を差し出せると思ったが……わたしの境遇は変わるだろう。それをまず知ってほしい」

「でも、わたしの状況だって……」

ヴィンセントは手を上げて制した。「きみの状況はきみの思い違いだった。なんなら、わたしが証人になってもいい。きみはグッドナイトの死とは無関係だし、デイモスだって作り話を口にするためにこのこ姿を見せたりはしないだろう。やつが人前に出るものか。きみが絞首刑になる危険はないよ」

ダイアナは椅子の肘掛けに肘をつき、手で額を抱えた。「こんなに長いこと……こんなに怯えて。まったく取り越し苦労だったのね。なんてばかなわたし。デイモスにいいように操られるなんて、愚かにもほどがあるわ。そもそもウィンと結婚したのだって、ばかだったからよ。あんなつまらない男を子供たちの父親に選ぶなんて」

「違う。きみの結婚は若すぎたんだ。デイモスのような狡猾《こうかつ》な策士にきみがかなうわけもない。たとえきみが……」ヴィンセントはまた義理のおじの言葉を思い出した。「今、きみはこの経験から学んで自分を許す、それしかないんだ」

「自分を許す？」ダイアナは一瞬沈黙した。「そうね。そうするべきね。過去はやり直せないもの。少なくともデイモスの脅しには屈しなかったのだし」

「ああ。きみは実に勇気があった」ヴィンセントは椅子から立ってダイアナのそばにひざまずき、手を握った。「ダイアナ、わたしの妻になってくれ。わたしはロンズデール伯爵ではなくなるかもしれないが、金には困らない。父が次男のために取り分けておいてくれた財産がある。それはいつでもわたしのものになる。実は、それを投資してかなり儲《もう》けた」

ダイアナはにっこりした。「エルドリッチ・マナーに移りましょう。何かとあったけれど、わたし、あそこでけっこう幸せだったわ」

ヴィンセントの胸に大きな安堵感が押し寄せた。愛されているのはわかっていたが、しかし……。

「では、わたしの花嫁になってくれるね、ヘンリーがどうなっても？」

ダイアナは彼の顔を両手ではさんだ。「ええ、もちろん」

ヴィンセントがダイアナをひしと抱き締めた。ダイアナは顔をすり寄せ、彼の髪に指を絡ませた。

「ああ、ヴィンセント、愛しているわ。とっても」

感極まった声だった。ヴィンセントの頬にも温かい涙が伝っていた。彼は椅子からダイアナを下ろし、暖炉の前の床に並んで横たわった。

「ダイアナ、ああ、いとしい人！」ヴィンセントはダイアナの涙に、まぶたに、髪に口づけた。頬のかすかに残る傷跡にも。ひとしきりキスの雨を降らせたあと、彼は脚をダイアナの体に絡ませて、唇と唇を重ねた。彼の唇が喉もとに滑り下りてくると、ダイアナは髪に指を差し入れたまま、とろけていった。彼がナイトウエアの紐《ひも》をほどいている。熱い舌で胸のふくらみをなぞり、その頂で一瞬動きを止めた。興奮のあまり高まりが痛いほどだ。ヴィンセントは彼女を味わい尽くしたかった。むせるほどにおいを吸い込み、慈しみたかった。

妻を。生まれてくる子供たちの母親を。

ヴィンセントはナイトウエアをめくって、妻のなだらかなおなかに口づけた。いつの日か、ここにわたしの子供が宿り、まろやかにふくらんでくるだろう。ヴィンセントはさらに唇を下に移動させた。白い肌を滑りながら、太腿の内側にキスをする。ダイアナが体を開いた。

ヴィンセントは我慢できず、妻の上におおいかぶさった。ダイアナも腰をもたげて自らを押しつけた。彼が身を沈め、ふたりは激しいキスを交わした。舌と舌を絡ませ、肌が汗ばみ、原始の愛が本能的にリズムを刻む。ダイアナはのけぞって腰を激しく動かした。ヴィンセントもその動きに呼応した。

ついにダイアナの口から喜びの声がこぼれた。初めてヴィンセントは彼女が声をあげるにまかせた。

世界よ、聞くがいい。彼女はわたしのもの。そして、わたしは彼女のものだ。いつまでも、永遠に！

やがてヴィンセントにもクライマックスが訪れた。めくるめく官能の洪水に翻弄《ほんろう》されながら彼は勝利の雄叫びをあげた。そう、彼女はわたしのものだ。

いつまでも、永遠に……。

## 18

翌日、ヴィンセントはダイアナと子供たちの部屋をつかの間訪ね、一緒に軽い食事をとり、ビザムに幅広のタイ《クラヴァット》を台なしにされたが、それ以外の時間は書斎で、兄が帰還したことを認める手紙書きに費やした。書いては消して、最初から書き直す。ロンズデール伯爵家が自分にとってどれほど大切か、立場が脅かされて初めて気づいた。ここは生まれてからずっとわたしの家だった。わたしの血肉となっている。ここを去るなんて心が張り裂けそうだ。

だが、わたしにはダイアナがいる。ビザムも、セリーナも。それを支えに義務を果たした。

ヘンリーは夕食のあいだずっと、いやに満足げな顔でわたしを見ていた。どうしたわけかダイアナに言い寄るのをやめたらしい。いい傾向だ。さもなければ、わたしはたった一人の肉親に暴力を振るってしまうかもしれない。彼も底抜けのばかではないらしい。わたしが大法官に手紙を書くことを聞いたからには、この重大な局面で復権を危うくするような真似《まね》はするまい。

ヴィンセントは男性陣とポートワインを飲むのを断って、手紙の清書をしようと書斎に戻った。そして署名を終えたとき、ヘンリーがノックもしないで入ってきた。

彼はデスクに近寄り、その上に一枚の紙を置いた。

「わたしも大法官に、わたしの立場を説明し、要請を認めてくれるように手紙を書いた。同封して送ってもらえるとありがたい」

「わかった」ヴィンセントは紙片を手に取った。一瞥《いちべつ》して、最後に署名に視線を落とした。

ヘンリー・デイヴィッド・ルーファス・イングルトン。またの名をヘンリー・デラメア。

ヴィンセントはその名前を見つめた。何かが彼の注意を引いた。なんだろう？　どこか見覚えがある。

突然、気づいた。

氷の塊が胃袋に落ちたようだった。慎重に自分を落ち着かせる。目を上げると、ヘンリーが凶暴な目つきでしげしげと見つめていた。ヴィンセントは平静を装ってうなずき、静かに手紙を畳んで、ひとつの封筒に入れた。無料送達の署名をし、デスクの引き出しにしまう。「明日出そう」

ヘンリーがゆがんだ微笑を浮かべ、お辞儀して出ていったあとも、ヴィンセントは長いことドアを見つめていた。ああ、わたしはどうすればいいのだ？

ロンズデール伯爵として正式に承認された称号を保持していれば、議会も惰性で、無理やりその座を変えたりはしないだろう。だが、称号が空席ならで……。わたしがすでにヘンリーを兄として認めていたなら……。わたしが死んだら……。

わたしは自分の死刑執行令状に署名してしまった。ヘンリーはいざとなれば、一瞬もためらうことなく、弟という小さな障害を取り除くだろう。ヴィンセントはかつてデイモスが書いた手紙を入手した。今でもその一字一句を記憶している。筆跡も。飾字体を用いた、名前の頭文字のDも。

兄と最も憎むべき敵デイモスは同一人物だった。

どれくらいそこに座っていただろうか。彼は考え続けていた。なんとかしてヘンリーが凶悪な暗殺者であることを証明しなければならない。そしてわたしは生き残らなければ。デイモスをかつて誓ったように自分の手で殺せば、伯爵の地位をめぐって競争相手を排除しようとしたと思われるだろう。

しかも、実の兄を殺すことになってしまう。

どうしてヘンリーはこんな真似をしたのだ？　なぜわたしが求める、ただの兄ではいられないのだ？　それなら、喜んですべてを分かち合うのに。書斎のドアを叩《たた》く切迫した音が聞こえた。ヴィンセントは顔を上げた。「入れ」

ジェームズ・ベンジャミンが息を切らして入ってきた。「誰かが囲い地をうろついているので、配下の者たちが追っています。レディ・ダイアナを狙撃《そげき》したやつかもしれません」

ヴィンセントはぱっと立ち上がった。「すぐに行く。馬を用意しておけ。そいつを逃がすな」

ベンジャミンは部屋を飛び出し、夜の闇《やみ》に消えた。ヴィンセントも書斎を出たが、階段を上って客間に向かった。ダイアナと子供たちをヘンリーがいる屋敷に無防備のまま置いてはいけない。

デイモスがいる。そう思うと血が凍った。

だがしかし、ダイアナを狙撃した男がつかまるまで彼女は安全とは言えない。今はその男のほうが兄よりも危険だ。ヘンリーはダイアナに気がある。まさか殺したりはしないだろう。このことを彼女に話さなくては。だが、わたしの話を聞いたら、彼女はたぶんうろたえ、それが顔に出てしまう。デイモスはヘンリーだった。それにわたしが気づいたことを彼に知られたら、誰もが一瞬たりとも安全ではなくなる。

走りながら、ヴィンセントは決断した。同時に三箇所にいることはできない。助けを頼まなければ。サドベリーを信じよう。

階段を上りきると彼は歩調を落とし、忍び足で進んだ。客間のドアのすぐ外で立ち止まり、こっそり覗《のぞ》き込む。そこからはヘンリーもダイアナも見えなかったが、サドベリーがドアの向かいのいつもの場所に座っていた。彼がちらりと顔を上げ、ヴィンセントの目を見る。ヴィンセントは口に指を当て、それからサドベリーを指さし、次にヘンリーとダイアナがいる方向を指し示した。その身ぶりをもう一度繰り返す。意味が通じるようにと祈りながら。

サドベリーがあくびをし、物憂げに伸びをすると、ヴィンセントを見た。かすかにうなずく。

ヴィンセントは踵《きびす》を返し、次は子供たちに世にも恐るべき敵の魔手が伸びないように手を打った。

ヘンリーが客間を出ていった。ダイアナはヴィンセントを待っていたが、彼は書斎で忙しいようなので、お茶を飲みながらサドベリーの冗談を楽しんでいた。やがて、三十分ほどするとヘンリーが戻ってきた。今夜の彼はいつものように会話を独占することも、いやがるダイアナに言い寄ることもなく、ただ彼女をうろたえさせるほど熱い視線で彼女を見つめて座っている。

うんざりしてきたダイアナは、お茶を飲み終えると自分の部屋に引き揚げた。サドベリーもそろそろ寝る時間だと言って、一緒に上がってきた。フィーサムが忠実についてきたが、驚いたことに、廊下で張り番をしているはずの従僕がいない。乳母の用事でどこかに行ったのだろうか。

エマの手伝いで寝支度を終えると、彼女を下がらせ、窓辺に腰を下ろした。囲い地の遠くのほうで叫び声がしたようだった。何かあったのかしら？　ヴィンセントが呼ばれたのだろうか？

ドアがノックされた。「ヴィンセント？」

「いえ、わたしです」フィーサムの声だった。ドアを開けると、小さな包みを手渡された。「階下の従僕が持ってまいりました」

「ありがとう」ダイアナはドアを閉め、包みを注意深く眺めた。今度は何？　開けると、小さな白い衣類が入っていた。それを手に取る。

セリーナのペチコートだった。

今夜食べたチェリーパイの、血のように赤いしみがまだついている。とたんに心臓が早鐘のように打ちだした。開けたときに落ちた紙きれを拾い上げて、見る。ダイアナは恐怖のどん底に突き落とされた。

〈わたしの不実な売女《ばいた》よ。

ついにわたしに従うときが来た。植え込みのはずれにある東屋《あずまや》にすぐに来い。一人で。

娘の命がかかっているぞ。

デイモス〉

ああ、なんてこと。彼がここに来た。

ダイアナはあえてその場を動かなかった――じっくり考えなくては。一度、セリーナの髪の毛でだまされたのだから、はっきり確かめなくてはならない。

ダイアナは黒い散歩用のドレスをどうにか着込むと、三つ編みにした髪を背中に払い、ドアに向かった。

大きく息をついてフィーサムに作り笑いを見せ、子供部屋に向かう。ドアを開けてなかに入り、うしろ手に閉めた。部屋はもぬけの殻だった。

誰もいない。

乳母も、スロックモートンも、セリーナも、ビザムも。

膝から力が抜けた。ダイアナはドアをつかんで自分を支えた。大変だわ。彼が子供たちを連れ去ったのだ。デイモスが子供たちを。

ダイアナは必死に膝に力を入れようとした。今、くじけるわけにはいかない。子供たちはわたしが行くのを待っている。それはつまり、デイモスのもとに行くということ。でも、あの悪魔がわたしを意気地のない子羊だと思っているなら、じきにそれは間違いだったと思い知るだろう。これまで感じたことのない激しい怒りがダイアナの胸にこみ上げた。

ダイアナは固く決心すると部屋に戻った。ピストルの点火薬を点検してポケットにしまう。それから大急ぎで手紙をしたため、フィーサムに渡した。

「これを旦那《だんな》さまに届けてちょうだい。まだ書斎にいると思うの」

「でも……」忠実なフィーサムはどうやら持ち場を離れたくないらしい。

「大丈夫よ」ダイアナは無理にほほえんだ。「ドアに鍵《かぎ》をかけておくから」フィーサムは顔をしかめ、ちらちら振り返りつつその場を離れた。

ダイアナは明るい金髪に黒いベールをピンで留め、待った。フィーサムが階段を下りていく足音が聞こえるやいなや寝室を抜け出して、廊下を逆方向に進んだ。ヴィンセントが実際どこにいるのかは知らなかった。書斎にいるなら、彼は駆けつけてくるだろう。いなくても、わたしの護衛を使いに出したことで、東屋に一人で行く時間が稼げる。

ダイアナは裏階段を音もなく駆け下りて、裏口から外に出た。真っすぐ東屋に行く気はなかった。迷路の裏から入れば、彼を待ち伏せできるかもしれない。月は昇ったばかりで、まだ庭にほとんど光は差し込んでいないが、ダイアナは小道を離れて、暗がりから暗がりへと移動した。ピストルを握り締めて。

植え込みの反対端に達すると、生け垣に片手を沿わせてそろそろと前進する。東屋からさほど遠くないところに迷路の入り口があるが、そこを使うのはいやだった。デイモスが待ち構えているかもしれない。もっとも、デイモスはわたしを見くびっている。彼はいろいろな手段を講じてわたしを恐怖に陥れ、言いなりにさせようとした。その見くびりはきっとわたしに味方するだろう。

もはや恐怖におののいてはいない。激怒しているのだから。

だが、賢明に立ち回らなければ。何よりも、子供たちの監禁場所を突き止めなければならない。ダイアナはピストルをポケットに戻した。デイモスはわたしがピストルを持っていることを知らないはずだ。指先が灌木《かんぼく》のまばらな部分にぶつかったので、身をくねらせて生け垣のなかにもぐり込む。顔を枝が引っ掻《か》き、ベールが引っかかった。

ダイアナは生け垣を這《は》うようにしてすり抜けたが、なかの小道には決して足を踏み入れなかった。じっとたたずみ、耳をすます。誰かがやってくる。ダイアナは隠れて様子をうかがった。男が散歩道を忍び足で移動している。ダイアナは黒いベールを引き上げて、もっとよく見ようと目を細めた。中肉中背。明るい髪。見たことのない男だった。

デイモスだわ。

男が東屋のほうに歩き続けるので、ダイアナは生け垣の隙間《すきま》から滑り出た。ベールが枝からはずれない。時間がないので置きっぱなしにした。彼女は静かに男を尾行した。

ヴィンセントは心のなかで毒づきながら玄関ドアに続く石段を乱暴に駆け上がった。侵入者を見失った。そいつが何者かはわからないが、捜索隊の手を逃れたことは間違いなかった。もっとも、まったく成果がなかったわけでもない。彼らが小さな林を通りかかったとき、一人が地面に横たわるブーツを発見した。セント・エドマンズ卿《きょう》の脚だった。

彼の遺体が転がっていた。

彼が自分の寿命はもう長くないと言ったのは当たっていた。これで、少なくとも一人、敵に悩まされることはなくなった。

書斎のドア近くまで行ったとき、ヴィンセントは従僕に呼び止められた。「旦那さま宛《あて》のお手紙がございます。フィーサムがレディ・ダイアナから渡されたものです。彼は待つのが苦手でして」

ヴィンセントは手紙を受け取り、ざっと目を通した。なんてことだ！　ダイアナがデイモスを追って出た。彼女はまだやつの正体がヘンリーであることを知らない。何も知らずにやつに近づいている。くそっ。だが少なくとも、彼女はマーショーとスロックモートンが子供たちをどこに隠したかは知らない。いくらデイモスでも知らないことは聞き出せまい。ヴィンセント自身も知らなかった。

彼は裏口に向かって廊下を駆けだした。

ダイアナは軽い上靴で小道を音もなく歩き、東屋に向かって男を尾行していった。でも、セリーナはどこ？　きっと近くにいるはずだ。たぶんデイモスが娘のところに導いてくれるだろう。

突然、何かに三つ編みにした髪をつかまれ、ぐいとうしろに引っ張られた。ざらついた手で口をふさがれ、硬い体に引き寄せられる。首をねじって見上げると、星明かりでぼんやりしてはいるが見慣れた顔があった。ヴィンセント？　違う……。

ヘンリーだ。

ダイアナは口をふさぐ手を引き剝《は》がそうとしながら、身ぶりで狂ったように散歩道を指し示した。ヘンリーは耳をダイアナの口もとに近づけ、彼女の顔を押さえる手を緩めた。「助けて。あの男は暗殺者よ。ビザムとセリーナを連れ去ったの。子供たちを見つけて、暗殺者を阻止しなければ」

ヘンリーが驚いたように両の眉を吊《つ》り上げた。おもむろに笑みを浮かべ、ダイアナの耳もとで言った。「本当に？　では、やつを追跡しよう」

ヘンリーはダイアナの腕をしっかりつかみ、ベルトからピストルを引き抜いた。二人は小道を急いだ。ゆるやかな角を曲がると小さな芝生が目の前に開け、その先に低いアーチ形の石でできた建造物があった。見知らぬ男がそこを探っている。ダイアナはポケットに手を入れて武器を握り締め、叫んだ。「デイモス、動くな！」

男は飛び上がり、さっと振り向いて二連式のピストルを胸の前に構えた。真っすぐダイアナに銃口を向ける。ヘンリーは彼女を生け垣に突き飛ばし、自分は反対方向に身を伏せた。銃声が轟《とどろ》き、銃口が火を噴いた。

ダイアナは身を起こすと、ピストルをポケットに隠したまま持ち上げた。引き金を引く。発砲音が耳をつんざき、服の焦げるにおいと火薬のにおいがまざり合った。男のピストルがぽとりと落ち、男は前のめりにばったり倒れた。

一瞬、ダイアナは呆然《ぼうぜん》と立ち尽くした。デイモスがいきなり撃ってくるとは思ってもいなかった。彼はもっと酷《むご》い報復をほのめかしていたのだから。でも、子供たちはどこに？　ダイアナは男のそばに駆け寄り、膝をついて肩を抱き起こした。まだ死んでいないかも。まだ話ができるかも。

ヘンリーがそばにやってきた。ピストルをベルトにはさみ込み、身をかがめると、冷ややかに言った。「驚いたな。何者か知らんが、これは予期していなかった」彼はダイアナを険しい目つきで見た。「あなたがピストルを隠し持っていたことも。わたしももっと用心しなくては」立ち上がり、ダイアナも引っ張り上げる。「だが、この男はわたしが邪魔な弟を始末するとき、非常に役に立つ。こいつに罪をなすりつければいい」

ダイアナははっとした。「なんですって？」腕を振り払って、あとずさろうとした。

ヘンリーはさらにダイアナの腕を締めつけ、もう一方の手で彼女の顎をつかんだ。指が皮膚に食い込む。彼は唇をゆっくりとゆがめた。「わたしのことを知らないのか？　きみを迎えに行くと言ったぞ」

息が止まった。ダイアナは驚いた顔で、声もなく彼を見つめた。あえぎながらやっと言う。「あなたがわたしを……」真実の一撃だった。「あなたがデイモス？」

「約束したではないか、このふしだら女」彼はダイアナの顎から手を離すと三つ編みにした髪を握り、もう一方で腕をつかんで東屋に引きずり始めた。「だが、今は弟を待たなくては。おまえがいないと知ったら、弟は捜しに来る。手紙を残してきたか？」ダイアナが答えないとわかると、彼は笑った。「当然、書いてきたはずだ。わたしの言いつけどおり、素直に一人で来ればよかったものを」

しまった！　銃を使わなければよかった。でも、撃たなかったらわたしが殺されていた。だけど、いちばん重要なのは……。「子供たちはどこ？」

「おまえの立場をはっきりわからせたら教えてやろう」二人は東屋に着いた。ヘンリーは背後から襲われないようにそれを背にした。「ロンズデール伯爵として確実に認められるように弟を始末しなくては。

そして、弟の囲われ者よ、おまえはわたしの妻になるのだ」彼はダイアナをにらみ、三つ編みの髪を手に巻きつけた。「元は取ると言ったはずだ。おまえがわたしに従う限り、子供たちも手もとに置いてやろう。従わなければ、彼らを使って知り合いに儲《もう》けさせるまでのこと。二人ともかわいい顔をしているからな」

「だめ！　指一本触れさせないわ！」激しい怒りが押し寄せた。ダイアナは渾身《こんしん》の力でこぶしを振った。

こぶしは彼の顎に炸裂《さくれつ》した。激痛が手から腕へと走り抜ける。ヘンリーがうめきながらあとずさる。ダイアナは彼のベルトのピストルをつかんだ。ずきずき痛む手でなんとか抜き取ったが、しっかり握れず、落としてしまった。拾おうとして手を伸ばす。

「こいつ！」ヘンリーの平手が暗闇《くらやみ》からぬっと現れ、ダイアナの横っ面を張り飛ばした。

ダイアナの脳内を一瞬、光が駆け巡った。気が遠くなったが、前に倒れながらもピストルを手で探った。頭にはひとつのことしかなかった。銃を手にできれば、彼を撃ち殺せる。だがそのとき、髪をつかまれて顔をぐいと引っ張り上げられ、地面が見えなくなった。激痛に頭皮が悲鳴をあげたが、それでも懸命に銃を手探りする。

あそこ。あそこだわ。もう少しで手が届く。

「ちくしょう」ヘンリーはピストルを蹴《け》飛ばした。銃はダイアナの手の届かない、暗がりに滑っていった。彼がまたダイアナを地面に突き落とし、片足を振り上げた。ダイアナは必死に身を転がして逃げたが、ブーツで肩甲骨のあいだをしたたかに踏みつけられた。息がもれる。もう一度転がろうとしたが、もはや体は言うことを聞かない。息もできない！

「ヘンリー！」そのときヴィンセントの声がした。

ヘンリーはぐったりしたダイアナの体を盾にしようと両手で彼女をつかんだが、抱き起こす前に銃声が轟いた。彼は舌打ちしてダイアナを手放し、横っ飛びに身をかわした。

ヴィンセントが生け垣から躍り出た。ダイアナを越えてヘンリーに飛びかかり地面に叩きつける。激しい取っ組み合いが始まった。蹴りつけ、殴る。引っ掻き、喉を絞め、歯ぎしりして噛《か》みつく。

ようやく息を吹き返したダイアナは取っ組み合う男たちから這って離れた。ピストル、ヘンリーのピストルを見つけなくては。生け垣の暗がりをやみくもに手探りする。どこなの？　ああ、見つからない。

やっとどうにか立ち上がった。何かしてヴィンセントに手を貸さなくては。空のピストルを棍棒《こんぼう》代わりに使えるかも。ダイアナはポケットからピストルを取り出し、銃身を握ると、筋状に差し込む薄明かりに目を凝らした。二人の男はまだ格闘している。

ヴィンセントはどっち？

よく似ている二人。でも今、この明かりでは……。

ああ、どっちがどっちなの？　二人とも黒い上着に黒いブーツ。乱れた黒髪が角張った顔に陰を落とし、顔形がはっきりしない。ダイアナは途方に暮れて立ち尽くした。

次の瞬間、三つのことがほぼ同時に起きた。ダイアナには何がなんだかわからなかった。取っ組み合う男たちの一方が投げ飛ばされて、二人の体が離れた。双方が膝をつく。銀色に光る何かが植え込みから芝生の上を矢のように飛んでいった。

ぐさりという音。

そして銃声。生け垣の反対端から誰かが倒れ出た。

「ヴィンセント！」ダイアナは倒れている男に駆け寄り、その上に身をかがめた。ああ、ヴィンセントなの？　死んでしまったの？

「そいつに触るな！」ヴィンセントの声だった。

ああ、よかった。ヴィンセントの声だわ。

芝生に倒れていた男が片肘をついて身を起こした。

月明かりが胸から突き出たナイフに落ちる。彼は咳《せき》をした。「やるじゃないか、弟よ」ナイフの柄を弱弱しく引っ張った。「だが、彼女は渡さないぞ」

ナイフが引き抜かれた。ヘンリーは最後の力を振り絞り、ダイアナ目がけて投げつけた。

だが、それはもはや彼の手にあまる試みだった。ヴィンセントがダイアナを軽く脇《わき》に押しやり、ナイフは虚《むな》しく二人のそばに落下した。ヘンリーが仰向けに倒れる。今や胸と口から血が噴き出していた。喉がごぼごぼと鳴った。

「ちくしょう。わたしが勝つはずだったのに！」

彼はもう微動だにしなかった。ダイアナはヘンリー・イングルトンが、デイモスとして知られた男が臨終の言葉を吐いたのを知った。

まだ膝をついていたヴィンセントが一瞬、目をおおった。やっと首を振り振り、兄の肩に手を置いた。

「なぜこんなことに？　ヘンリー、なぜだ？」

むろん答えが返ってくるはずもない。永久に。

サドベリーがピストルを手に近づいてきた。

「死んだのか？」

「ああ」ヴィンセントは立ち上がり、ダイアナに手を貸して立たせた。「恩に着るよ、サドベリー。ナイフを投げたのは誰だ？」

「彼の側仕《そばづか》えだよ」サドベリーは生け垣から倒れ出た男を身ぶりで示した。

「やつを撃ったのはきみか？」

「ああ」サドベリーはうなずいた。「尾行していた」

「すると、わたしが撃ったのは何者？」ダイアナには何がなんだかさっぱりわからなかった。

ヴィンセントは三人目の犠牲者に歩み寄り、見下ろした。「わたしには定かでないが、きっとトバイアスならわかるだろう。こいつは彼を仲間に引き込んだセント・エドマンズの共謀者だと思う」

「わたしは彼がデイモスだと思ったの。でも、彼が先に発砲しなかったら、わたしだって撃たなかった」ダイアナは両腕でわが身を抱き締めた。なんという悪夢！

「きっとこれが初めてではないはずだ。きのうきみを撃ったのも彼にほぼ間違いない」ヴィンセントはダイアナを引き寄せた。「でも、これで終わった」

サドベリーを見る。「外務省の差し金か？」

サドベリーはにやりと笑った。「ああ。きみを見守るのは大変だったよ」彼は驚きで見開かれたダイアナの目を見て、ヴィンセントに言った。「彼女を屋敷に連れていけ。ここはわたしが片づける」

「いや！」ダイアナは動こうとしなかった。「子供たちが！　彼は子供たちを連れ去ったと言ったのよ」

「嘘《うそ》だよ」ヴィンセントはダイアナの腰に腕を回して迷路を抜けた。「子供たちは無事だ。マーショーとスロックモートンがかくまっている」

「ああ、よかった」ダイアナはヴィンセントの肩に頭を預けた。「でも、これでわたしは本当に人を殺してしまったわ」しゃくりあげるように言う。

「後悔しているのか？　彼はきみからセリーナとビザムを奪ったかもしれないんだよ」

「そうね。そうなったら、わたしは同じことをしたわね。でも……」彼女は突然泣きだした。

「わたしはただ、きみを苦しめた連中を殺したのがわたしでないことだけが残念だ」ヴィンセントはダイアナの背中を撫《な》でて引き寄せた。彼女が泣きやむまで待ち、そっと顔を上向けてキスをする。「かわいそうに、こんなに殴られて。でも、もうきみは安全だ。わたしたちの子供も」

わたしたちの子供。

ダイアナはヴィンセントの目を見上げてほほえみ、それからまた泣き始めた。

# エピローグ

一八一五年三月
イングランド、ヨークシャー

夕食後、彼らは客間にいた。チェス盤に向かい、一人ゲームをして戦略に磨きをかけるヴィンセント。その様子を見守りながら、かわいい子供の服を縫う妻。突然、ヴィンセントが顔を上げた。ダイアナも頭を上げ、耳をすます。蹄《ひづめ》の音だ。馬が全速力で馬車道を駆けてくる。

ヴィンセントは立ち上がり、廊下に出た。数秒後、ジャスティニアン・サドベリーのひょろ長い体が階段を二段ずつ駆け上って現れた。眉に泥はねがついている。「ロンズデール、聞いたか？」

ヴィンセントは彼を客間に案内した。「何を？」

「ナポレオンがエルバ島を脱出した」サドベリーは厚地の外套《がいとう》を脱ぐと、そばのダービンに預けた。

「なんてことだ。どうやって？」ヴィンセントは凍える友人に急いでブランデーのグラスを渡した。

「さあね。彼は百二十人の部下とともにエルバ島を脱出した。フランス軍が彼に追いつき……」サドベリーはブランデーをひと息にあおると、むせながらグラスを差し出した。

ヴィンセントは注《つ》ぎ足した。「どうなった？」

「やつはフランス軍の前に進み出て、外套の前をぱっと開き、叫んだ。『皇帝を殺せる度胸があるならやって見ろ！』と」

「なんと大胆な」ヴィンセントは自分に酒を注いだ。

ダイアナが縫い物を脇《わき》に置いた。「それで、兵士たちはどうしたの？」

「『皇帝、万歳』と叫んで、味方についた」

ヴィンセントはほとんど信じられなかった。口をあんぐり開けてサドベリーを見つめた。「全員が？」

「将軍たちまで。彼らはパリに進軍している。国王は逃亡した」サドベリーは顔から泥はねを拭《ぬぐ》った。

「きみが知りたいだろうと思って」

「すると……ぼくたちは失敗したわけだ」ヴィンセントはのろのろと椅子に戻った。「危険を冒し、謀略を巡らし、血を流したあげくのはて、何も達成できなかった。ぼくたちがしたことはすべて無駄だった」

「そうだな」サドベリーはむっつりと同意した。

ヴィンセントは肩にダイアナの手が置かれたのを感じた。「違うわ」ダイアナは彼の目をじっと見つめた。「こうなったからといって、あなたがしたことの意味は変わらない。あなたは国のために自分の命を危険にさらした。過去を償うために未来を捨てた。自分の名誉と国を守るために戦った。『何があっても』それは変わらないわ」

ヴィンセントはしばらく黙って考えた。そして、ついにうなずいた。「ありがとう、ダイアナ」彼女の手に手を重ねて、サドベリーをちらりと見る。

「ぼくは真の友人が誰かも学んだよ」

サドベリーがにやりと笑ってグラスを差し出した。

「まあまあだな、このブランデーは」

とっておきの、ときめきを。
ハーレクイン


ダイアナの秘密
2006年8月5日発行

著　者　パトリシア・F・ローエル
訳　者　井上　碧（いのうえ　みどり）

発行人　ベリンダ・ホブス
発行所　株式会社ハーレクイン
東京都千代田区内神田 1-14-6
電話 03-3292-8091（営業）
03-3292-8457（読者サービス係）

印刷・製本　凸版印刷株式会社
東京都板橋区志村 1-11-1

編集協力　有限会社イルマ出版企画





ISBN4-596-32261-9 C0297

# 8月20日の新刊 発売日8月18日 （地域によっては19日以降になる場合があります）

## 愛の激しさを知る　ハーレクイン・ロマンス

| | | |
|---|---|---|
| かたくななレディ | ヘレン・ブルックス／高橋美友紀 訳 | R-2127 |
| 引き裂かれた一夜 | サラ・クレイヴン／槙　由子 訳 | R-2128 |
| 砂塵に舞う花嫁（砂漠の恋人） | ♥ペニー・ジョーダン／田村たつ子 訳 | R-2129 |
| 惑いの結婚指輪 | キム・ローレンス／青海まこ 訳 | R-2130 |
| 夫に片思い（求む、妻Ｉ） | ♥ミランダ・リー／藤村華奈美 訳 | R-2131 |
| ギリシア式に愛して | キャシー・ウィリアムズ／柿原日出子 訳 | R-2132 |

## 人気作家の名作ミニシリーズ　ハーレクイン・プレゼンツ 作家シリーズ

| | | |
|---|---|---|
| キスは約束の味（愛を知らない男たちⅢ） | スーザン・マレリー／公庄さつき 訳 | P-280 |
| 危険を愛する男たちＶ | | P-281 |
| 　ラッキーをつかまえろ | スーザン・ブロックマン／長田乃莉子 訳 | |
| 　大いなる誘惑 | スーザン・ブロックマン／黒木恭子 訳 | |

## 一冊で二つの恋が楽しめる　ハーレクイン・リクエスト

| | | |
|---|---|---|
| 一冊で二つの恋が楽しめる－恋人には秘密 | | HR-123 |
| 　過去があるなら | キャロル・モーティマー／高木晶子 訳 | |
| 　熱い夜の記憶 | エリカ・スピンドラー／佐野　晶 訳 | |
| 一冊で二つの恋が楽しめる－魅惑のシーク | | HR-124 |
| 　愛した人はシーク | トレイシー・シンクレア／村上あずさ 訳 | |
| 　シークに魅せられて | シャロン・ケンドリック／吉本ミキ 訳 | |

## 実力作家による作品を刊行するシリーズ　ハーレクイン・スポットライト

| | | |
|---|---|---|
| 私の知らないあなた | ♥ローリー・フォスター／高山　恵 訳 | HT-3 |
| 珊瑚の海に抱かれて | エリザベス・ローウェル／萩原ちさと 訳 | HT-4 |

## キュートでさわやか　シルエット・ロマンス

| | | |
|---|---|---|
| 素直になれたら（テキサスの花嫁Ⅱ） | ジュディ・クリスンベリ／森山りつ子 訳 | L-1186 |
| 不慣れな誘惑 | マーナ・マッケンジー／堺谷ますみ 訳 | L-1187 |

## ロマンティック・サスペンスの決定版　シルエット・ラブ ストリーム

| | | |
|---|---|---|
| 愛は秘密とともに（華麗なる逃走Ⅲ） | スーザン・カーニー／鈴木いっこ 訳 | LS-298 |
| 囚われの天使 | ♥スーザン・マレリー／南　亜希子 訳 | LS-299 |
| プリンセスと野獣（狼たちの休息XIV） | ♥ビバリー・バートン／宮崎真紀 訳 | LS-300 |

## 個性香る連作シリーズ

| | | |
|---|---|---|
| シルエット・アシュトンズ　明日なき恋心 | ローラ・ライト／瀧川紫乃 訳 | SA-11 |
| シルエット・サーティシックスアワーズ　愛されぬ花嫁 | サンドラ・ステファン／津田藤子 訳 | STH-8 |
| デボラ・シモンズ・コレクション　黒い豹 | デボラ・シモンズ／上木さよ子 訳 | DSC-2 |
| フォーチュンズ・チルドレン　偽りの愛はいらない | ジェニファー・グリーン／葉山　笹 訳 | FC-12 |
| パーフェクト・ファミリー　愛は苦悩とともに | ペニー・ジョーダン／霜月　桂 訳 | PF-7 |

**クーポンを集めてキャンペーンに参加しよう！**

どなたでも！「25枚集めてもらおう！」キャンペーン　「10枚集めて応募しよう！」キャンペーン兼用クーポン ➡ 07 07 ⬅ 会員限定ポイント・コレクション用クーポン

♥マークは、今月のおすすめ